リー…………………………保安官
カイル・ブロー………………｝保安官助手
カーター・ルブランク………｝

生きるか死ぬかの町長選挙

ジャナ・デリオン
島村浩子訳

創元推理文庫

SWAMP SNIPER

by

Jana DeLeon

生きるか死ぬかの町長選挙

第1章

「フォーチュン」ガーティの声が、一キロ以上遠くからのようにしか聞こえない。彼女はわたしの真横に立っているにもかかわらず。

唇を読めるかもしれないと横を向いた瞬間、臨時の演壇に据えられたマイクのスイッチがオンになったため、キーンという音に耳が痛くなった。ここはメインストリートのど真ん中。ルイジアナ州シンフルにこれだけの数の住人がいるときょうより前に誰かが言ったら、わたしはその人を嘘つきと呼んだだろう。バイユー（アメリカ南部特有の濁った川）の流れるこの小さな町に来て二週間、雑貨店とフランシーンのカフェ、そして完璧に手入れの行きとどいた家が並ぶ狭い区画で出会ったのは、ほんのわずかな人々だった。でもどうやら、この湿地にはわたしが存在すら知らなかった人々が何家族も住んでいるらしい。

片足を動かしただけで誰かにぶつかってしまう。ひと言もしゃべらず、単独で仕事をすることに慣れている内向型人間にとっては非常に困難な状況だ。このあと我慢が続くかどうかわからない。というか、絶対に続かないと思う。

ガーティの口が動いたが、マイクのキーンという音のせいで何を言っているのかぜんぜんわからない。わたしは首を横に振りながら耳を指した。ガーティはため息をついて宣伝材料が入った箱を突きだしたかと思うと、群衆のほうにさっと手を振った。箱の中身を適当に配れという意味らしい。箱のなかを見たわたしは、思わず眉がつりあがった。ちょうどそのタイミングでマイクがオフになったので、わたしはつかの間の凪を利用して尋ねた。

「宣伝のためにSLSの咳止めシロップを配るつもり？」サンプル用の瓶は小さい——飛行機で出されるアルコール飲料サイズだ——けれど、少量でもその効力は侮れない。

ガーティが困惑した顔になった。「もちろんよ。いけない？」

〈シンプル《S》・レディース《L》・ソサエティ《S》〉の〝咳止めシロップ〟の中身が実は密造酒であるということは、あまりに広く知られた事実であるため、ガーティとしてはもはや何が問題かわからないようだ。

「知らない人が子どもに渡したらどうするの？」わたしは叫び声をあげているいたずらっ子の一団を指差した。子どもたちは人混みを駆け抜けながら、水鉄砲を発射している。

水がガーティの額を直撃した。「そうしたら、どんなマイナスがあるわけ？」

ちょっとのあいだ考えをめぐらしてみたが、何も思いつかなかった。未成年者の非行為に手を貸したかどで逮捕され、少なくともひと晩留置場に入れられるだろうけれど……とても静かでとても空いている留置場だ。

わたしは人混みを歩きはじめ、相手を注意深く選びながら咳止めシロップを渡していった。騒いでいる子どもが「ママ」と叫び、返事をした女性がいたら、その女性にひと瓶渡した。いらつき、混乱した様子の女性がいたら、子持ちだろうと判断して、その女性にもひと瓶渡した。自分のポケットにも二本滑りこませた。この散々な企画が終わったあとは、間違いなく必要になるから。

「町長にはアイダ・ベルを」咳止めシロップを渡しながら言った。

わたしが瓶を手渡した女性はひとり残らず「もちろんよ」と答えた。

瓶を配り終えると、箱をごみ箱に捨て、ピクニックテーブルにのぼって通りを見渡し、ガーティをさがした。

「また余計なことに首を突っこんでいるみたいだな」

彼の声がすぐ後ろから聞こえたので、わたしはびくっとし、そのことに腹を立てた。でもここは騒々しいお祭り会場であることを思いだし、背後に近づかれても気づかなかった自分を大目に見ることにした。くるっと振り向き、ピクニックテーブルから飛びおりると、カーター・ルブランク保安官助手の前に着地した。

「小さな町の選挙よ。どれほどまずいことが起きるっていうの?」

カーターは顔をしかめた。「アイダ・ベルが立候補したからには……そんなこと訊く必要もないんじゃないか?」

わたしは首を横に振った。「アイダ・ベルは問題なしよ。それどころか、わたしからすると、彼女はこの町の問題をたくさん解決してるように見える。あなたが解決すべきものも含めて」痛いところを突かれて、彼は不機嫌な顔になった。最近アイダ・ベルと仲間たちが——わたしもその一員なんだけれど——犯罪者のもくろみを挫いたことが一度ならずあり、そのせいでカーターはかなり激しい非難を浴びたのだ。一連の出来事に関し、彼は不機嫌な、そしていささかいらだった態度を変えようとしなかったので、わたしとしては機会あるごとに彼を刺激せずにいられないのである。

「気がついていないようだが」カーターが言った。「本来ならあんたたちはガーティの家で編みものをしているか、アイダ・ベルの大事なコルヴェットにワックスをかけてるかしていればいいんだ。それなのに、おれの捜査に首を突っこむから、三人そろってシンフル墓地の永住者になりかけた」

「それで、すべてはアイダ・ベルが悪いんだって言いたいの?」

「あんたたちが危険な目に遭おうとしつづけるなら、そのうち本当にまずいことになると言いたいんだ」

彼が完全に間違っているとは言えないし、手柄をアイダ・ベルに奪われて、どんな気持ちでいるかも理解できる。わたしたちが法執行機関の仕事に手を出さなかったとしても、彼は事件を解決しただろうし、間違った人が死んだり、刑務所へ行ったりということもなかっただろう。ただし、アイダ・ベルとガーティはそういうリスクを冒すのが嫌いで——神よ赦したまえ——わたしも彼女たちに騒動へ引きずりこまれるがままになってしまった。

「やっぱりな、おまえが口説くのは町で一番いかした女だ」

後ろから男性の声が聞こえたので振り向くと、ハンサムでたくましい体つきの男がわたしのことを値踏みするように見ながら、通りを渡って近づいてくるところだった。

三十代半ば、身長百九十センチ、体重九十キロ、そのほとんどが筋肉で、取っ組み合いの経験も豊富そう。脅威レベル中。

男性はたったいまこの世で最高にウケるジョークを耳にしたかのようににやにや笑いながら、カーターの正面に立った。カーターのほうはそれほど感激していない様子だ。この場のテストステロン量が倍まで増加したように感じられた。

「調子はどうだ、ボビー?」カーターはそう言いながら片手を差しだした。

ボビーはカーターと握手を交わしつつ、わたしを頭で指した。「おまえほどよくないのは確かだな」

カーターは息を吐いた。「こっちは勤務中なんだ。ミズ・モローとは保安官事務所関連の話をしてたんだよ」

ボビーはわたしの顔をちらっと見て、眉をつりあげた。「この町にはいかしすぎてるって理由で逮捕するつもりか? 彼女に罪があるとしたら、それくらいしか思いつかないからな」

いま現在、〝いかした〟わたしは、ショートパンツにタンクトップとテニスシューズという格好で、髪をポニーテールにまとめ、リップクリームを塗っただけの状態なので、ボビーがまじめに言っているとは思えなかった。でも、人の気を惹くための下手な努力に辛辣な言葉を返すより、見るからに動揺した様子のカーターをからかってやりたいという気持ちのほうが大きかった。

「ほらね、わたしがこの町に貢献できる点をちゃんと評価してくれる人もいるのよ」

「ダーリン」ボビーが言った。「真価を認められていないと感じることがあったら、いつでもおれに電話をくれ。カーターの彼女の相手ならいつでも務めるよ。世の中にはもっといい男がいるってことを教えるために。ボビー・モレルだ。おれの居場所は誰でも知ってる」わたしにウィンクをしてから、彼は立ち去った。振り向いてカーターに手を振りながら。

ボビーを見送ってから、わたしはカーターを振り返り、にっこり笑った。「ボビーもこの町の問題なんだって言うつもりでしょ?」

カーターは遠ざかるボビーからわたしへと目を戻した。「いや、それはないな。まあ、かっとなりやすい男だし、高校を出てからは本を一冊も読んでないんじゃないかって気はするけど、悪いやつじゃない。先週まで陸軍特殊部隊に所属してたんだ。ボビーのおふくろさんから、除隊になって帰郷すると聞いていた」

特殊部隊? 脅威レベルが一段階上昇した。

「シンフルじゃ、あなたたち元軍人タイプ向きの仕事ってあんまりないはずよね。彼があなたの職を狙ってるなら別だけど」

カーターは声をあげて笑った。「それはないな。中学時代から、ボビーはこの町を出られる日を指折り数えてた。ここにいるのは次にやりたいことを見きわめるまでだろう。そのあとはどっかの〝何かしら起きる〟街へ直行するんじゃないか。昔から、シンフルじゃなんにも起きないってぼやいてたからな」

「彼、この二週間のシンフルにいるべきだったわね」

「ふむ」カーターはしばらく考えこむような顔をしてから、ふたたびわたしを見た。「高校時代の女子の噂だと、ボビーは楽しい思いをさせてくれるらしいぞ。ただ、おれがあんたなら、熱をあげないようにする。ボビーはほんの気分転換のつもりだろうから」

「わたしが熱をあげるタイプの〝女子〟に見える？」

「いいや。そこがまた魅力的なところだ」彼はにやりと笑うと街灯にのぼろうとしている子どもたちのほうへと歩いていった。

わたしは胸から上が赤くなるのを感じ、くるっと向きを変えると反対方向へ足早に歩きだした。わたしが女子っぽい反応をするところを、カーターに見られなくてよかったと思いながら。見られたら、絶対に生きていられない。

認めたくないが、規則を守れとうるさいにもかかわらず、カーター・ルブランクという男はわたしを惹きつける。過去に出会ったほかの誰よりも。わたしは広場恐怖症の猫好き婦人になるような、はにかみ屋のヴァージンじゃない。でも、これまでに一度も真剣な恋愛をしたことがない。わたしを赤面させるような男性に会ったことがないのは絶対に確かだ。

ようやく出会っても嬉しくなかった。

さらに気に入らないのは、カーターがわたしにどんな影響を与えているかを絶対に自覚し、こちらの弱点を刺激して楽しんでいることだった。

「あんた、なんにもしないでそこに突っ立ってるつもりかい？　それともあたしの演説を聴きにくるかね？」アイダ・ベルの声がすぐ後ろで鳴り響いた。

わたしはため息をこらえた。まだ明るいうちから、わたしにまんまと忍び寄った人物がまたひとり。ルイジアナからCIAに戻れる日が来たら、ミッションに復帰できるようになるまでみっちり再訓練をする必要がありそうだ。

「もうそんな時間？」と訊きながらも、本心では〝やった、やっとその時間が来た〟と考えていた。演説が終わるやいなや、静かで人気《ひとけ》のない家に飛んで帰ろう。わたしのジープに可能なかぎりのスピードで。

「そんな時間だよ」とアイダ・ベルは答えた。「咳止めシロップは全部配ったかい？」

「一本残ってる」わたしはその一本をつかんでみせたが、ショートパンツのポケットに入っている二本のことは黙っていた。このばかばかしい騒ぎにつき合ってあげてるんだから、せめてこれぐらいもらってもいいはずだ。

アイダ・ベルはわたしの手から瓶を奪った。「これはもらっとくよ、あとで必要になるだろうからね」

わたしはうなずき、急いで彼女のあとを追い、メインストリートの端に設けられた臨時の演壇へと人混みを縫っていった。アイダ・ベルは横にまわってから演壇にのぼり、わたしは汗ばんだ人々をかき分けて、最前列にいるガーティの隣に立った。

進行役が候補者ふたりと話すあいだに、わたしはアイダ・ベルの対立候補を初めてじっくりと観察する機会を得た。

五十代半ば、身長百七十五センチ、体重八十キロ強——そのうち十キロ程度は太鼓腹。わたしにとっては脅威ゼロ。でもアイダ・ベルにとってはどういう種類の脅威なのだろう。

「対立候補はどんな男なの?」ガーティに尋ねた。

ガーティは男を見て顔をしかめた。「シオドア・〝おれのことはテッドと呼んでくれ〟・ウィリアムズ。実を言うと、あまりよく知らないのよ。二年ほど前に北部のどこかから引っ越してきたの。本人が明かしたわけじゃないけど、噂では親族が経営していた会社を——何かの製造業らしいんだけど——相続したんですって。それを売却して、〝あの男にはまったく若すぎ〟な奥さんに荷造りをさせてニューイングランド（米国北東部地方）からシンフルへ来たのよ」

「ほんとに? なんだか変ね。だいたいシンフルのことをどうして知っていたの?」

「なんでも昔、マッドバグに住んでいたジェイムズ・パーカー爺さんと一緒に来たことがあったんですって。このあたりのバイユー沿岸の町へ釣りをしに連れてこられたらしいわ」

「マッドバグに住んでいた。過去形ね」

「そうよ。十五年かそこら前に亡くなったの。でもどうやらテッドはこの土地にいい印象を持ちつづけていたようで、財産が手に入ると、不動産業者にこのあたりで住むところをさがさせたみたい。ちょうどアダムズ・ファミリーがニューオーリンズに引っ越してきたところだったから、テッドを手に入れたあたしたちは幸運な勝者ってわけ」

わたしはにやりとした。「アダムズ・ファミリーですって？」

ガーティもにっと笑った。「そう。この冗談を言うたび、自分でも笑いそうになるのよね。それにしてもあなた、一般社会の話題によくついてこられるようになったじゃない、フォーチュン」

わたしはうなずいた。「テレビやインターネットを見るのに、かなりの時間を割いてるから。世の中がこんなに広くて、おもしろくて退屈で奇妙で、それがみんな一緒くたになってるなんて知らなかった」

「言い得て妙だわね」

「で、テッドは対立候補としてどうなの？　ここの住民になってからあんまり時間がたっていないうえに、北部出身だってことを考えると……」

ガーティがしかめ面になった。「意外だろうけど、テッドはこの町の住民にかなりうまく取り入ってるの」

「取り入ってるって、つまりお金をばらまいたってこと？」

「決まってるでしょ。シンプルでつねに不足しているものっていったらお金だもの。ここにいる田舎者たちにいい印象を与えたり、忠誠を買ったりするのなんて簡単。男の住民の大半はテッドに投票するでしょうね。男だからって理由と、テッドが名刺みたいに釣り用具を配ってるから」

「で、女性は？」

「シーリア一味以外はほとんどがアイダ・ベルにつくと思うけど」

わたしはやれやれと首を振った。シーリア・アルセノーはカトリック信者中心の婦人会、GWのリーダーである。GWは神の妻《ゴッズ・ワイヴズ》の略だが、アイダ・ベルは〝人生の無駄遣い《ゴット・ノー・ライヴズ》〟と呼んでいるし、シンフルに来てからの短いあいだに目撃したことに基づけば、わたしはアイダ・ベルに賛成だった。ちょっと失礼な呼び名には思えるけど。

アイダ・ベルはもうひとつの婦人会〈シンフル・レディース・ソサエティ〉を率いており、こちらはメンバー全員がオールドミスか、夫を亡くして一定期間が過ぎた人ばかりだ。〈シンフル・レディース・ソサエティ〉は、身近に男性がいると女性が生まれながらに持っているすぐれた能力が鈍ってしまうという考え方で、男性の連れ合いがいる女性は入会が許されない。この規則はシーリア一味にとっておもしろくなく、長年の確執を生み、両者はおもにバナナプディングをめぐって争いつづけている。

「シーリアがアイダ・ベルに投票する可能性はなし？」わたしは尋ねた。「パンジー殺害犯を見つけたのがわたしたちでも？」

つい先日、シーリアの娘がきわめて下劣な殺人事件の被害者となった。アイダ・ベルとガーティ、そしてわたしは殺人犯を〝暴く〟ことに成功したが、その過程でわたしが殺されかけた。わたしはてっきり——どうやら間違っていたようだけれど——あの成功によって両婦人会の関係が改善の方向へ進むとばかり考えていた。

ガーティがため息をついた。「そういう単純な話だと思うでしょ？　でもね、現実には、シーリアがGWたちにアイダ・ベルに投票するよう言ったりしたら、三十年に及ぶ彼女たちの存在意義が根底から崩れてしまうわけ。シーリア自身がアイダ・ベルに投票しても、あたしは驚かないけど、彼女が投票したって認めることは絶対にないでしょうね」

わたしはかぶりを振った。「ものすごいエネルギーの無駄遣いに思える」

「まったく同感よ」ガーティが演壇を指し、手を叩いた。「始まるわ」

進行役のシンディルーという大柄な女性がマイクに近づいたので、わたしは身を縮めた。マイクがまたキーンと不快な音を立てると思ったからだ。ところが、スピーカーから聞こえてきた大音響は鼻にかかった南部訛りだけだったのでほっとした。

「みなさん、静粛に」彼女は群衆に向かってさっと手を振った。「これより討論会を始めます。シンフルは礼儀を重んじる南部の町ですので、コイン投げは省略して、アイダ・ベルから演説をスタートします。彼女はレディですから」

誰かが「そこは討論の対象となるな」とつぶやくのが聞こえたが、振り返って見まわしても犯人らしき人物は見当たらなかった。それでよかったかもしれない。わたしが一番避けるべきなのは、カーターに逮捕され、素性を詳しく調べられるような事態に陥ることだ。これまでのところ、保安官助手に精査されることはかろうじて免れてきたものの、彼に厳重に調べられたら、偽装がばれずにすむかどうかわからない。

アイダ・ベルがマイクに近づき、演説を始めると騒音はほぼゼロになった。いい演説だったと、わたしは思う。ふつうのテレビ番組を観るようになったのは先週からなので、実を言うと比較の基準がないのだけれど。それに政治家はわたしが一番見たくない対象だ。彼らは少しでも機会があれば、CIAにちょっかいを出してきて、こちらの仕事をやりにくくする。だからわたしはどうしても必要なとき以外、彼らの言うことに耳を貸さないようにしている。

アイダ・ベルが演説を終えると、聴衆の半分である女性たちが喝采した。続いてテッドがマイクの前に立つと、男性たちがはやしたてた。

わたしたちから二、三人向こうに立っている人物が甲高い声で言った。「票をさらっちゃいなさい、ベイビー!」

わたしは身を乗りだし、声の主をすばやく観察した。

三十代半ば、体重六十キロ強――そのうち五キロ程度は胸のシリコン。爪が長すぎて銃はつかめない。発砲できないのは言うまでもなし。脅威レベルは子犬に劣る。

全体的に不快な感じ。ぴっちりしたパンツにポルノの衣装と紙一重の襟ぐりが深いトップス、ふくらませた赤褐色の髪、この集会に参加している女性全員分よりも厚い化粧。

「あれが妻?」わたしは訊いた。

ちらりと見たガーティがぐるりと目をまわした。「そう。すっかり溶けこんでるでしょ」

「夫よりもたっぷり二十歳は若いわよね。ああいう女がなんでまたシンフルみたいな場所に住みたいと思うわけ?」

「昔からよくある話じゃないかしらね――ファザコンてやつ。さらにテッドはお金を持ってるし、ポーレットはこの世で一番頭がいいってタイプには見えないでしょ」

わたしは呆れて首を振った。働かずにすむというだけで、女性はここまでハードルをさげるのか。一般大衆は矛盾の多い、理解に苦しむ人々だ。

テッドが演説を開始するやいなや、最後に車を買ったときのことがわたしの脳裏によみがえってきた。まさにあれ。満面に作り笑顔を浮かべ、勢いよくうなずいて……テッドは中古車セールスマンの売りこみテクを完璧に身につけている。わたしがさらにいらっとしたのは男性聴衆がテッドの意見に賛成らしいことだった。あるいはガーティの言うとおり、彼が無料で配ったものが気に入ったのか。

　ほら吹きおやじが演説を終えるまで、果てしない時間がかかった。わたしはこれで終わりになるよう祈ったのだが、シンディルーがマイクをもう一本演壇に据えたかと思うと、アイダ・ベルとテッドがそれぞれマイクの前に立った。

「討論するの？」わたしがシンフルについて持っている知識からすると、どんな事態になるかわかったものじゃない。

「討論じゃないわよ」とガーティ。「公約をするだけ」

　よくわからず、わたしは眉を寄せた。とそのとき、アイダ・ベルが咳払いをしたかと思うと言った。「子どもの遊び場に照明を増やすと約束する」

　女たちが全員喝采した。

　テッドがアイダ・ベルに向かってうなずいてから言った。「おれは公共ドックの再舗装を約束しよう」

男たちが全員喝采した。

「どういうことかわかった」わたしは言った。「でも、ふたりは本当に言ったことをすべて実行できるの？　だって、お金が必要でしょ？」

ガーティが関係ないと言うように手を振った。「どれも実行なんてできやしないわよ、本当はね。シンフルに余分なお金はまったくないもの、この百年。でもシンフル住民は知りたいわけ、町が宝くじを引き当てるようなことがあったら、何をしてもらえるか」

わたしはやれやれと首を振った。つまりシンフルの町長選で肝心なのは、対立候補よりも多くの住民を感心させられる虚構を作りだす力というわけか。そりゃ政治家が口を開けば、まくしたてるのは虚構だろうけれど、ここではそれを隠そうともしない。

「この町でアルコールを合法にすることを約束しよう」テッドが言った。

聴衆が居心地悪そうに沈黙し、ガーティが満面の笑顔になった。「あいつ、派手にやらかしたわね」

わたしは眉を寄せた。女たちが町での飲酒合法化に反対するのはわかる。合法となれば、バーができ、夫たちが外で暴れるかもしれない。それに、女たちのほうは全員〈シンフル・レディース〉の咳止めシロップを持っている。でも、男たちのこの奇妙な沈黙はどういう理由からなのだろう。

「男たちが飲酒の合法化を望まないのはどうして？」わたしは訊いた。

ガーティが鼻を鳴らした。「この町の真ん中で醜態をさらしたいわけがないでしょ。男どもはみんな〈スワンプ・バー〉かニューオーリンズまで行って、子どもみたいなまねをする。それなら妻も知らないふりができる。シンフル住民の目の前で行われないかぎり、みんなその嘘に調子を合わせられる」

「なるほど」ルイジアナ州シンフルでは納得のいく話だ。なんとなく。

口が裂けそうなほどにんまりと笑って、アイダ・ベルがマイクに顔を寄せた。とどめの一撃を放つつもりだ。「地方債の創設を約束するよ。フランシーンの店に追加の冷蔵庫を導入するための。そうすれば、シンフル住民全員が日曜日にバナナプディングを楽しめるからね」

聴衆はやんやの大喝采となり、ガーティがハイタッチをするために手をあげた。「強烈アタック」

わたしは彼女と手を打ち合わせ、声をあげて笑った。バナナプディング用冷蔵庫導入の公約をしたおかげで、町長選に勝利できそうなんて、シンフルならではだ。

わたしがジープから降り、シャワーを浴びはじめたときにはあたりは暗くなりかけていた。ガーティはわたしよりも二、三分早くメインストリートをあとにし、アイダ・ベルはまだ演壇の上で対立候補と話をしていた。ポーレットは夫を応援する妻の役をとっくの昔に放棄し、いなくなった。この湿気ではヘアスプレーが髪型を維持しきれないと文句を言って。住民の大半はぶらぶらと帰宅した。大規模な後片づけはあすに後まわし——わたしが手伝わされること間違いなしの、ほんの少しも楽しみじゃない作業である。この暑さを考えるととりわけ。

わたしは水のシャワーを浴びつづけ、肌に震えが走ったところでようやく終わりにした。集会のあいだに軽食を少しつまんだけれど、朝食を最後にちゃんとした食事はしていなかった。シャワーから出るとき、おなかが盛大に抗議した。わたしはロングのエクステをいつものようにごくふつうのポニーテールにして、ショートパンツとTシャツを着ると一階におり、サンドウィッチ、ポテトチップ、それに友達のアリーから試食を頼まれた最新デザートという夕食を用意した。アリーは将来焼き菓子店を開きたいと考えている。ローストビーフ・サンドウィッチとポテトチップ、そしてとってもおいしい、アリー呼ぶところのサマータルトを平らげるのには二十分もかからなかった。食べ終わるとすぐまた二階にあがり、ベッドに倒れこんで、消音ヘッドホンもつけずにあっという間に眠りに落ちた。

玄関ドアを激しく叩く音で目が覚め、わたしは拳銃をつかむのと同時にベッドから飛びでた。射撃の体勢で着地し、ドアに狙いを定める。次の瞬間、ようやく頭が体に追いつき、わたしは大きな音が階下の玄関から聞こえてくること、そして侵入者があったわけではないことを理解した。

外をちらっと見るとまだ真っ暗だったので、いい知らせであるわけがない。拳銃を握りしめたまま、急いで一階におりた。前回ただならぬ時間に起こされたときは殺人の容疑をかけられたことを思いださないよう努めながら。

ドアをそっと開けると、そこに立っていたのはカーターではなかったのでほっとしたが、それもガーティの表情に気がつくまでのほんの一瞬だった。

「どうしたの?」訊きながら、彼女をなかに招き入れた。

　セーターの裾をつかみ、絞るようにねじっているガーティの手が震えている。知り合ってまだ間もないけれど、彼女とは一緒に何度か危険な目に遭っている。でもこれほど心配そうなガーティを見るのは初めてだ。そのことがわたしをひどく不安にさせた。

「ガーティ、いったい何があったの?」

「マリーから電話があって。彼女の家のはす向かいがテッド・ウィリアムズの家なの。まだわからないことがあるんだけど、一時間前に救急車が来て、遺体袋が運びだされたって言うのよ」

　わたしは息を呑んだ。「どっちが死んだの?」

「マリーによれば、ポーレットが家から走りでてきて、ストレッチャーにすがりついて泣き叫んでたらしいわ。救急隊員が鎮静剤を打って、彼女も遺体と一緒に救急車に乗せられていったそうよ」

　ガーティの話をすべて頭に入れてから、何がそんなに彼女を苦悩させるのか、理解しようとした。これまでのところ、とても単純な話に思える。「つまり、テッドは死んだわけね。ガーティ、どうしてそんなに気を揉んでるの?」

「カーターがテッドの家を立ち入り禁止にしたのよ。マリーが表に出ていったら、カーターが鑑識に電話しているのが聞こえたんですって。瓶が一本入った小さな袋を手に持って」

「薬物の過剰摂取?」ガーティが気を揉んでいる理由が依然わからない。「それなら検死官が判断してくれるはずでしょ」

ガーティが首を横に振った。「マリーによると、袋に入ってたのは〈シンフル・レディース〉の咳止めシロップの瓶だったんですって。ポーレットは鎮静剤を打たれる直前に〝あの女がテッドを殺したのよ〟と叫んでいたらしいわ」

脳裏にアイダ・ベルの姿が高速でフラッシュバックした。咳止めシロップの最後の一本をわたしから受けとるところ……集会の会場からみんなが立ち去ったあと、臨時の演壇の上に残ってテッドと冗談を言い合っていたアイダ・ベル。恐怖がどっと押し寄せてきた。

「テッドは咳止めシロップをどこで手に入れたの？」

ガーティの下唇が震えた。「アイダ・ベルからだと思うわ。あたしと別れたとき、一本手に持ってたから」

わたしはうなずいた。「あれはわたしが彼女にあげたの。配っていた最後の一本」

ガーティがこれ以上滅入った顔になるのは不可能だと思っていたけれど、彼女はそれをやってのけた。「きっと別の説明が成りたつはずだって期待していたのよ。あなたから何を聞かされるか、予想はしていたんだけど」

「アイダ・ベルに警告の電話はした？」

「電話はしたけど、出なかったの。だから車で家へ向かったら、すでにカーターのピックアップがとまってた。ノックをしたけれど、カーターがなかには入れてくれなかったのよ。家に帰れ、余計なおせっかいはするなって」

ガーティの顔が怒りで赤くなった。「アイダ・ベルはあたしにとって一番古い、一番大切な友達なのよ。彼女にかかわることがいつから余計なおせっかいになったわけ?」

わたしはガーティの腕を軽く叩き、ぎこちないながらもなんとか力づけようとした。こういうことはわたしの得意とするところから大きくはずれている。「カーターは警官モードに入ってるだけよ。あなたは部外者だなんて言いたかったわけじゃないと思う」

「かもしれないけど」ガーティは憤然としたままだった。「ここは誰もが他人っていう大都会じゃないのよ。あなたとあたしは経験からアイダ・ベルが人を殺せることを知ってるけど、カーターは彼女のそういう面を知らない。それに彼女が命を奪うのはこちらの命が危険にさらされる状況でだけ。あたしたちは兵士だったのよ、反社会的人間とは違うわ」

「わかってる」その短い言葉を発した瞬間、わたしは自分の胸に一点の疑いもないことを感じた。アイダ・ベルと知り合ってからまだほんの二週間ほどだけど、彼女は絶対にテッドを殺していない。わたしの偽装を賭けてもいい。

ガーティの苦悩した表情を見ると、実際に賭けることになるかもしれないという予感がした。

第２章

わたしはガーティの前にコーヒーと咳止めシロップを置いて二階にあがり、ジーンズにTシャツ、テニスシューズという格好になって戻ってきた。ガーティはコーヒーとシロップの混合物を二杯飲んでようやく、出かけられる状態にまで落ち着いた。そこで一緒にアイダ・ベルの家へ向かった。カーターだって永遠にわたしたちを遠ざけておくことはできないし、アイダ・ベルがテッド殺しを自白でもしなければ、逮捕する理由はひとつもないはずだ。

いまはまだ。

ガーティが年代もののキャデラックをとめたときには、まだカーターのピックアップがアイダ・ベルの家の正面に駐車されたままだった。ブロック中の家のブラインドやカーテンが、何があったのか見きわめようとする穿鑿《せんさく》好きの隣人たちのせいで動くのが見えた。

ガーティとわたしが歩道を歩きだしたとき、カーターがなかから出てきたかと思うとしかめ面でこちらにうなずきかけ、そのまま自分のピックアップまで歩いていった。車に乗りこんだ彼はドアを閉め、ひと言も発さないまま車を出した。ガーティとわたしはポーチの階段の前に立ち、彼が走り去るのを見送った。ガーティの頭のなかをどんなことが駆けめぐっていたかはわからないけれど、階段をのぼり、ドアをノックしたときのわたしはものすごく自信に溢れているとは言えなかった。

頭にカーラーをくっつけ、バスローブ姿のままのアイダ・ベルが勢いよくドアを開け、こちらをにらんだ。立っているのがカーターではなくガーティとわたしだと気づくと、いらだちの表情が安堵の表情へと変わり、彼女はなかに入れと手振りで示した。

「もたもたしないで」そう言って、わたしたちをキッチンへと急がせる。「あの癪《しゃく》にさわる男ときたら、コーヒー一杯淹《い》れさせてくれないんだからね。午前三時に目がぱっちり覚めてる人間がいるわけないじゃないか。あたしは年寄りじゃないいんだよ。膀胱がすっかりだめになって、とんでもない時間に目が覚める人間とも違う」

ちらりと見ると、ガーティがわたしと目を合わせ、わずかにかぶりを振ってみせた。アイダ・ベルが癇癪を起こしているときは、思う存分発散させるのがベストと考えているらしい。わたしはキッチンテーブルの奥にある椅子に座り、ガーティからしゃべってよしという合図が出るまで待つことにした。ガーティは相変わらず無言で観察しながら、わたしの隣に腰をおろした。

「カーターはここにずかずかと入ってきて」アイダ・ベルが続けてわめいた。「ゲシュタポみたいに尋問を始めたんだ。それもこれもあの間抜けのテッドが自己管理を怠ったせいで、心臓発作かなんかで死んだからなんだよ。あの男がどんな暮らし方を選ぼうと、あたしに関係があるわけないじゃないか。あたしが見かけるたんび、あの男は赤身肉を使った食べものとビールを手に持ってたからね。だいたいあのカミさんといるだけでたいていの人間は心臓発作を起こすよ、それがあの女から逃げだすチャンスになるなら」

フィルターバスケットの下にコーヒーポットを置くと、とても強くスイッチを押したため、コーヒーメーカーそのものが何センチも後ろにさがった。

「そのうえだよ」アイダ・ベルはわたしの向かいの椅子に腰をおろした。「カーターときたら、押しかけてきた理由をちゃんと説明しないいんだ。昔からあいつのことは気に入ってたんだけどね、このあともわけのわからない行動をとるようなら、保安官への昇進は絶対になしだ、あたしが町長に選ばれた暁には」

わたしが横を見ると、ガーティは眉をつりあげた。

「なんだい？」アイダ・ベルがガーティの表情に気づいて尋ねた。「何か知ってるならとっとと言いな。あたしは疲れていらいらして、かなりむかついてるんだからね」

ガーティは深く息を吸いこんでから、マリーが目撃した一部始終をアイダ・ベルに話した。

アイダ・ベルが目を丸くした。「毒殺ってことかい？　で、あのばか女房はあたしがやったと思ってるって？　あんな間抜けをあたしがわざわざ殺したりするはずがないじゃないか」

「まったくね」わたしはアイダ・ベルに百パーセント賛成だった。

ガーティが顔をしかめてこちらを見た。「そうだけど、あたしたち三人は人間を駆除することに関して、大半の人と考え方が異なるでしょ。だから、あたしたちからすれば、アイダ・ベルが殺したなんて可能性は検討するのはおろか、ほのめかすだけでもばからしいけど、ほかのシンフル住民が同じように考えるとはかぎらないわ」

アイダ・ベルがため息をついた。「つまり、カーターはその可能性をたわごととして片づけるわけにいかないってことか。わかった。でも、それについてあたしが不愉快になる権利はある」

「同感」わたしは言った。

ガーティがやれやれと首を振った。「ときどき、あなたたちってひとりの同じ人間なんじゃないかって気がするわ」

わたしはにやりと笑った。「なんだか悪いことみたいな言い方じゃない」

「ふつうの状況なら」ガーティが言った。「悪いことかもしれない。でも最近あたしたちが陥った事態を振り返ると、強みになるんでしょうね」

「それで、このあとはどうなるんだい？」アイダ・ベルが尋ねた。

「疑わしい死に方だった点を考えて、検死と毒物検査を急ぐことになるでしょうね」わたしは言った。「よくある毒物なら、ほんの数時間で断定できるはず。そうじゃなかった場合はもう少し時間がかかる」

アイダ・ベルがうなずいた。「それじゃ、ふつか間ぐらいは何人かから疑いの目を向けられるかもしれないけど、そのあとは今回のばかげた騒ぎから解放されるって感じだね」

わたしは肩をすくめた。「たぶんね。でもわたしのかぎられた経験からすると、ばかげた騒ぎからの解放は、別のばかげた騒ぎを連れてくるだけって気がする」

アイダ・ベルがため息をついた。「誓ってもいいけど、あんたが来る前のこの町はもっと静かだったんだよ」

「そうみたいね、カーターが何度もそう言う」

アイダ・ベルは立ちあがり、コーヒーポットをつかんだ。「さてと、いまはコーヒーを飲んで、マフィンを食べて、待つしかなさそうだね」

わたしはうなずいた。シンフルに着いて以来、完全なる寝不足に悩まされているにもかかわらず、コーヒーの香りと自家製マフィンへの期待感から気分があがった。とはいえ、アイダ・

ベルがテッドを殺していないと確信していても、この件は終わりからほど遠いという嫌な予感がなかなか消えなかった。

アイダ・ベルの家の玄関がノックされたのは、わたしたちの予想よりもずっと早かった。わたしはコーヒーカップを持ちあげたまま動きをとめた。まるで言いかけた言葉が途切れて、宙に浮いているような感じ。ガーティは目を大きく見開いて息を呑み、マフィンの最後のひと口を皿に落としてしまった。アイダ・ベルの顔を見つめる。

アイダ・ベルを賞賛しなければならない——彼女は冷静さを一瞬たりとも失わなかった。

「たぶん穿鑿好きな誰かだろう。まだ何もわかるわけがないからね」

立ちあがると玄関へと向かった。

「アイダ・ベルの言うとおりだと思う?」ガーティが声に希望をにじませて訊いた。

わたしはアイダ・ベルの言うとおりだと答えたかった。理屈から言って、彼女の主張は正しい。でもどういうわけか、いまのノックはどこか変で——不吉にすら聞こえた。さらに言うなら、アイダ・ベルもそれを感じていたように思う。楽観的な態度で隠そうとしたけれど、おそらくそれはガーティのためだ。

わたしが椅子から立ちあがり、急いでアイダ・ベルのあとを追うと、ガーティも慌ててついてきて、ふたりともアイダ・ベルがドアを開けたちょうどそのとき玄関に着いた。わたしの最悪の予感が当たった。

正面ポーチに立っていたのはカーターで、どういう話になるかは彼の表情を見れば疑いの余地がなかった。彼は折りたたんだ紙をアイダ・ベルに渡した。

「こんなことになって本当に残念だが」彼は言った。「この家の捜索令状だ。あんたにはキッチンで待機していてもらう必要がある。おれが捜索を終了するまで、ブロー保安官助手があんたにつき添う」

ガーティとわたしに目を向ける。「言っても無駄だろうから、帰れとは言わない。しかしここに残りたければ、アイダ・ベルと一緒にキッチンに留まり、捜査が終わるまで出ることは許されない。わかったか?」

わたしたちはカーターにうなずいてみせ、アイダ・ベルについてキッチンへ戻ると、ふたたびテーブルの前に腰をおろした。ガーティが紙ナプキンをつかんでビリビリと引き裂きはじめた。顔が紅潮し、息遣いが速くなっている。

「これってどういう意味?」彼女が尋ねた。

「テッドは毒殺されたって意味だと思う」わたしは答えた。

アイダ・ベルがうなずいた。「フォーチュンの言うとおりだね。カーターは理由もなしにオブリ判事から令状を取ったりしない。ひとつにはあの判事に我慢がならないから、もうひとつには、こういうことで自分の評判を落とすリスクは冒したくないから」

カーターが玄関で誰かと話している声が聞こえたかと思うと、二、三秒後に保安官助手のバッジをつけたずんぐりした男性がキッチンに現れた。

身長百七十センチ、体重百十キロ、おそらくキッチンカウンターまで走っただけで倒れる。わたしたちにうなずきかけながら入ってくると、首から上を真っ赤にしてカウンターの横にぎこちなく立った。この状況にどう対処したらいいかわからないらしい。その不安そうな様子と少年っぽい丸顔のせいで、わたしはちらっと同情心をかきたてられた。こんなに居心地悪そうな人を見るのはひさしぶりだ――もちろん、シンフルに来てからのほとんどの時間のわたしを除いて。

「そんなところに突っ立って、人を見おろすのはやめとくれ、カイル」アイダ・ベルが保安官助手に向かってさっと手を振った。「カウンターの下にスツールがあるし、後ろにはポットにコーヒーが半分残ってる。カップは上のキャビネットのなかだよ」

カイルは凍りついた。この状況ではどのように行動したらいいのか確信が持てないのだ。

「それはどうでしょうか……」

アイダ・ベルは肩をすくめた。「カーターの捜索は何時間もかかるかもしれない。あんた、本気でそのあいだ中そこに突っ立ってるつもりかい？　第一に、その体じゃ無理だと思うよ、あんたの年ならその問題にちゃんと取り組んでおくべきだけどね。第二に、あんたが腰をおろしたら、あたしたちがどうするって言うんだい？　勝手口に走って、メキシコ目指して逃げるとでも？」

カイルの顔がますます赤くなった。「いいえ。おれはただ……状況を考えると、くつろぐのはまずい気がするっていうか」

「あんたが座ろうが立っていようが、状況は変わらないよ」
アイダ・ベルは座ったままわたしのほうへ向き直った。ブロー保安官助手は彼女の横顔をちょっとのあいだ見つめてから、コーヒーポットに目を戻した。ついに分別か健康状態の悪さか、あるいはアイダ・ベルに対するかすかな恐怖心からかもしれないが、彼はコーヒーを一杯注いだ。

一瞬、とっさに立ちあがって勝手口まで走ってみようかという考えが、わたしの頭をよぎった。カイルの反応を見てみたいがために。でも、それはたぶんたちの悪すぎる冗談だと判断した。笑える騒ぎになるのは間違いなしだったけれど。ガーティを横目で見ると、彼女も自分の椅子から戸口までの距離を目算している顔で、かろうじて笑いをこらえていた。

賢者は同じことを考える。

「ねえ、カイル」彼がスツールに重い体をおろし、コーヒーを口まで持っていったところでわたしは訊いた。「わたしたちがこんなふうにしているのは、誰かがテッドをヤッたからなんでしょうね」

カイルははっと息を呑んだが、一緒に熱いコーヒーもたっぷり飲んでしまったので、それをブハッと鼻から噴きだし、キッチンの床にまき散らした。

アイダ・ベルがため息をついた。「きのうモップをかけたばっかりだったんだけどね」

わたしはにやついた。「むせさせようと思って言ったんじゃないのよ、カイル。でもほら、天才じゃなくたって、何がどうなってるかは想像がつくじゃない」

カイルはペーパータオルをつかむと、口を覆って二度ほど咳をしてからそれを捨てた。「捜査については話すことができないんです。ルブランク保安官助手に殺されます」

「あら、それはわたしたちが許さないわ」わたしは言った。「殺人は一週間に一件がこの町の限界よ」

わたしが言い終えるか終えないかのうちに、カーターがキッチンに入ってきて勝手口に向かった。途中で足をとめたので、ほんの一瞬わたしは表へ引っぱりだされるかと思ったが、彼はふたたび歩きだすとこちらを一瞥《いちべつ》すらせずに勝手口から出ていった。

「カーターは何をさがしているんだと思う?」ガーティが尋ねた。

「毒として使える家庭用品だろうね」とアイダ・ベル。「少なくとも、あたしはそう思うよ」

わたしもうなずいた。「つまり、何が使われたにしろ、監察医からすると一目瞭然の反応がテッドの体から発見されたってことよね。薬物スクリーニング検査の結果がこんなに早く戻ってくるわけがないから」

ガーティは唇を嚙んだ。「どんな薬物かしら」

「この家にはどんな害虫駆除剤が置いてある?」わたしは訊いた。

「よくあるやつさ」アイダ・ベルが答えた。「アリ、スズメバチ、ネズミ用もあるね……ふつうバイユーにいる厄介者については全部そろえてるよ」

ガーティが両手をあげた。「やめて、そんなものシンフル住民なら誰でも持ってるわ」

アイダ・ベルが眉を寄せた。「薬物スクリーニング検査のちゃんとした結果が出たら、特定の現物と完全に一致するかどうか、わかるんじゃないかい？」

「さあ」わたしは言った。「ていうか、比較することで銘柄は特定できると思うけど」

「でも、同じ銘柄の製品を持っている人が複数いたら」とガーティ。「確実にどの箱のものが使われたかは決められないってこと？」

わたしは顔をしかめた。「決められるかもしれないし、決められないかもしれない。いま科学捜査に関する本を読んでいるんだけど、ロカールの法則というのが出てきて。基本的に、わたしたちはどこへ行っても何かしらの痕跡を残してくるというものなの。だから、テッドの遺体から髪の毛や皮膚細胞でも見つかれば、一致するものを見つけられる」

「毒物を扱うとき、あたしは必ず長い手袋をするよ」とアイダ・ベル。

「それだと、いま言った可能性は低くなるわね」わたしは言った。

ガーティが椅子に座ったまま体から力を抜いた。「それを聞いてひと安心。シンフル住民はみんな、物置に害虫駆除剤を何種類も置いてるわ。つまり、容疑者の幅がそれだけ広くなるってことよ」

「スペンサー一家は別だけどね」アイダ・ベルが言った。

「スペンサー一家は有害生物に対して特別な免疫でもあるの？」わたしは訊いた。

「いいや。でも自然とは交信できるとか、有害生物を遠ざけておく〝礼儀正しい〟方法があるとかって妙な考えの持ち主でね。環境にやさしくするってやつらの一種だよ」アイダ・ベルはくだらないと言いたげに手を振った。「カリフォルニアから来たんだ。わかるだろう？」

わたしは困惑したまま、彼女の顔をまじまじと見た。「それじゃ、その一家は有害生物と交信するわけ?」

「出ていってくださいって礼儀正しく頼むと、出ていってくれるって言うんだよ」アイダ・ベルはぐるりと目玉をまわした。「有害生物を責める気にはならないね。あたしだって出ていくさ、変人とかかわるぐらいなら」

ガーティがアイダ・ベルの腕を軽く叩いた。「カーターが戻ってきたわよ」

勝手口に目をやると、カーターがビニール袋を手に階段をのぼってくるのが見えた。キッチンに入り、カイルを一瞥してから、彼はアイダ・ベルを見た。

「悪いが、事務所まで一緒に来てもらう必要がある」

アイダ・ベルに敬意を表さなければ。わたしだったら大騒ぎしただろうが、彼女は冷静きわまりなくカーターを見あげただけだった。「逮捕ってことかい?」

「いや、いくつか質問をしたいだけだ」

アイダ・ベルはうなずいた。「着がえてきたいんだけど、それはかまわないね?」

「もちろんだ」

アイダ・ベルは立ちあがると、横を通るときにガーティの肩をポンポンと叩いた。「心配しなさんな。問題はすべて解決するから」

アイダ・ベルが出ていくまで待ってから、カーターはわたしたちを見おろした。「ふたりとももう帰れ。力を貸したい気持ちは山々だろうが、あんたたちにできることは何もない。何かありそうな気になったとしても、忘れるな。何かやらかしてるところを見つけたら、あんたたちふたりを逮捕するからな。わかったか？」

カーターの口調にいらっときたものの、立派な保安官助手さんに盾突くタイミングでないことはわかった。テッドが殺害され、犯行に使われたのと同じ毒物をアイダ・ベルが所持していたとしたら、これは慎重を要する事態だ。

「アイダ・ベルはどれくらいの時間、身柄を拘束されるの？」

「まだわからない」カーターは答えた。「おれが帰っていいと言ったら、アイダ・ベルから電話がいくだろう」

そう言うと、わたしたちには二度と目を向けずに彼はキッチンから出ていった。「行きましょ、ガーティ。わたしのところで待てばいいわ。雑貨店でありとあらゆる食料を買ってきてあるから。ハリケーンが襲ってきても大丈夫なくらい。アイダ・ベルがちょっとした尋問を受けるあいだなんて楽勝よ」

軽い口調で少しでも元気づけられればと思ったのだが、一緒にアイダ・ベルの家をあとにしたガーティは、わたしの知る彼女の抜け殻のようだった。

「あたしはこのまま家に帰ろうと思うの」彼女は言った。「あなたがかまわなければ」

「もちろん、かまわないわ」

歩道を歩いていたとき、ガーティが腕をつかんでわたしを立ちどまらせた。「あたしたちでアイダ・ベルを出してあげないと」

「尋問だけだもの」わたしは言った。「たぶん二、三時間で終わるわよ」

「もしそれだけで終わらなかったら?」

「その場合はそのとき対応を考えましょう」

ガーティの下唇が震えた。「今回は本当に嫌な予感がするの……マリーやパンジーのときにはなかった感じが」

わたしも同じだったけれど、それを認めるつもりはなかった。認めたところでガーティをますます不安にするだけだ。彼女はすでに心臓発作を起こす一歩手前に見えた。

ガーティの背中をポンポンと叩いた。「そんなふうに感じるのは、あなたがアイダ・ベルととっても親しいからよ」

ガーティの顔にかすかな希望の光がよぎり、彼女はわたしの手をぎゅっと握ってから自分の車へと歩きだした。彼女の後ろ姿を見守りながら、わたしは自分の直感が大はずれしてくれることを心のなかで祈った。

第3章

朝食を食べ終えたちょうどそのとき、スマホにSMSが届いた音がした。取りあげると、わたしは脈が速くなった。友達のアリーからだったが、彼女はいまごろフランシーンのカフェでお客に朝食を出すためにてんてこ舞いしているはずだからだ。

アイダ・ベルの件。保安官事務所の外に人が集まって騒いでる。

たいへんだ！　わたしはジープのキーをつかむとガレージに向かい、ガーティに電話をかけながら運転席に飛びのった。

「二分で迎えにいく」ガーティが出るやいなや言った。「理由は着いたら説明するから」

ガーティにひと言も発する間を与えず、わたしは電話を切り、ジープをバックで発進させた。タイヤをきしらせながら道路に出ると、人が集まった理由がいくつもわたしの頭を駆けめぐった。でも、〝アイダ・ベルを釈放せよ〟運動でないかぎり、これがいい知らせだとはとうてい考えられなかった。

わたしがタイヤをきしらせて車をとめたとき、ガーティはすでに歩道の際に立っていた。彼女はジープにすばやく飛びのろうとしたものの、巨大なハンドバッグの重さのせいでバランスを崩し、助手席とわたしの膝の上に両手脚を広げて伸びる格好になった。彼女の体を起こし、ギアハンドルに絡まったバッグのストラップをほどくにはちょっと手間がかかったが、気まずさを最小限に抑えつつ短い詫びが入れられたあと、わたしはふたたび車を発進させた。

運転しながら、ガーティにアリーから来たメッセージについて話した。険しい表情からすると、ガーティもこれをいい知らせとは思っていないのがわかった。

けれど、メインストリートに入ったところでわたしたちが目にした光景は、予想を上まわって悪かった。

保安官事務所の前にポーレットが立ち、傷ついた猫のように泣き叫びながら、正義を求めていた。ポーレットの高祖父のそのまた祖父であってもおかしくない年齢のリー保安官が彼女に道理を説こうとしていたが、二百歳の男性は感情的になった三十代の女性にほんのわずかも勝ち目がなかった。

まったく、ポーレットを殴って気絶させるわけにはいかないし、どうしたら状況を改善できるだろう。

ポーレットの後ろに人々が集まり、全員がぶうぶう文句を言ったり、保安官に向かってこぶしを振りあげたりしている。わたしはカフェの前に駐車してから群衆に近づいていった。彼らがなんと言っているかが聞きとれるようになった。

「以前のこの町は安全だった！」

「ひとつの町に人殺しが何人いるんだ？」

「この給料泥棒！」

群衆に近づいたところで、怒れる抗議者のひとりがわたしを見つけ、こぶしを振った。「北《ヤン》部《キー》人が来る前はこんなことは一度も起きなかったぞ」

身長百八十センチ、贅肉《ぜいにく》約百三十キロ、高血圧、驚くほど低いIQ。

「犠牲者もヤンキーだってことを考えると」わたしは言った。「あなたが何を言いたいのかわからないんだけど」

　男は顔が少し赤くなったものの、わたしの論理的発言をものともせずに激しい口調で続けた。

「ふざけるな、よくわかってるくせに」

　わたしは眉を片方つりあげてみせた。「テッドはヤンキーだから殺されたって言いたいの？　もしそうなら、身の危険を感じなきゃいけないのはわたしでしょ、あなたじゃなく」

「そんなわけないだろ！　おれが言いたいのはそんなことじゃない」

「あらそう？」この話のばかばかしさを突けるところまで突いてやることにした。「だって、そのほうが筋が通るから。テッドの前の被害者がカリフォルニアに住んでいたことを考えると。それってある意味ヤンキーみたいなものじゃない？」

　群衆のなかにうなずいて賛意を示した住民がいたが、わたしは息をつくのをこらえた。シンフルでユーモアは通用しない。

「おれの言ったことをひねくるのはやめろ！」男がわめいた。

「あなたの言ったことは最初からばかげていた」わたしは言った。「それをみんなにわかってもらうには、言葉をねじ曲げる必要なんてぜんぜんなかったわ」

「このおせっかいな雌犬め！」男がこちらに向かってきた。

　わたしはほほえんだ。「〝ヤンキー〟をつけ忘れたわよ」

　リー保安官がようやくこちらのやりとりに気づき、時速マイナス三キロの猛スピードで前へ飛びだした。わたしに突進してくる頭の悪い贅肉の塊に対して、保安官にいったい何をするつもりだったのか。それを知りたいがために、彼の到着を待とうかと思ったぐらいだ。でも、目の前の状況は行動を必要としていた。

贅肉男は大きく一歩踏みだすと、手のひらを広げて腕を振りあげた。

ええっ、冗談でしょ！　このわたしをその辺の娘みたいに平手打ちにするつもり？

「やめろ！」リー保安官が叫んだが、その声は人々の騒ぐなかでかろうじて聞こえた程度だった。贅肉男はわずかも動きをとめなかったので、余分な脂肪で耳がふさがれていたか、ほかのみんなと同じように保安官を無視したかのどちらかだった。

最後の一歩を踏みだすと同時に、腕が振りおろされた。わたしを引っぱたくつもりであるのは、前もってSMSを送ってくるよりもはっきりと伝わってきた。わたしはさっと横に移動すると、男の親指をつかみ、ひねった。痛みのあまりうめきながら、贅肉男は親指の方向に体を折り曲げたので、わたしは親指をもう少し下へと引っぱった。男が重力に負けて道路にころがるまで、さして時間はかからなかった。

「あの女、暴力を振るいやがった！」別の男がわめいた。

その男をちらりと見て、恐れるには足りないとすぐに判断した。まるで贅肉男の双子の兄弟みたいだ。

「せいせいしたわ」女性の声が聞こえてきた。「あいつはくそったれだから」

「メインストリートの真ん中で〝くそったれ〟なんて言ったらだめでしょ」別の女性が文句をつけた。「違法よ」

「言ったらどうするって言うの？　くそったれ」

ようやくわたしのところまでたどり着いたリー保安官は両手をあげて振りまわし、ますます興奮してきた群衆の注意を惹こうとした。「みんな、落ち着くんだ。暴れる必要はまったくない」

わたしがガーティの顔を見てやれやれと首を振ると、彼女は眉をつりあげた。リー保安官にはこの群衆をなだめることなどできないと、わたしと同じく確信しているようだった。群衆の声の大きさと激しさがエスカレートしていく。叫ぶ人、指を突きあげる人がどんどん増え、誰が誰に対して、何について怒っているのか、もはやわからなかった。

と次の瞬間、てんやわんやの大騒ぎとなった。

ほんのちょっとしたこと――誰かが乱暴に押した――だけで、乱闘が始まった。男どもはおたがいに殴りかかったが、たいていは狙いをはずして女性を殴ってしまい、女性は女性同士で髪を引っぱり合いながら、前屈姿勢でいかれたダンスを踊るようにぐるぐるまわりはじめた。

酒場でよくある喧嘩が酒場ではない場所で。

嫌だったけれど、退却がベストの選択肢なのはわかっていた。ガーティをつかんでこの騒ぎから引きずりだすために振り向いたが、その瞬間、彼女は地面にしゃがみこんだかと思うと、人混みのなかを保安官事務所へ向かって這い進みはじめた。

いったいどういうつもり？

自殺行為だとはわかっていたけれど、現場で仲間を見捨てることはできない。そこでわたしもしゃがみこむと群衆をかき分け、ガーティのあとを追った。ガーティは乱闘している間抜けたちのあいだを両手両足をついてすばやく這っていく。わたしが歩道にあがりかけたちょうどそのとき、誰かにポニーテールをつかまれ、後ろに引き戻された。派手なホットピンクの服がひらめいたので、犯人はポーレットだとわかった。

選択肢を分析するには一秒もかからなかったが、好ましくない選択肢ばかりだった。いますぐポーレットにポニーテールを放させないと、エクステがはがれて、わたしは決してさらしてはならない姿をさらすことになる。かといって、メインストリートのど真ん中で、大声をあげている証人の一団を前に、未亡人に暴力を振るうわけにはいかない。

わたしがポニーテールの根元のほうをつかんだ瞬間、エクステがはがれそうな音が聞こえ、それと同時にわたしの顔に水しぶきがかかった。目をあげるとガーティが歩道に立ち、乱闘中の群衆にホースから水を浴びせかけていた。ポーレットはバンシー（アイルランドやスコットランドに伝わる妖精で、死者が出ることをすさまじい泣き声をあげて予告すると言われる）さながらの悲鳴をあげつつも、わたしの髪を放す気は微塵もなさそうだった。そこでわたしは唯一できることをやった。

ポニーテールをできるだけしっかり握って振りまわし、ポーレットを歩道へと投げ飛ばしたのだ。ぐるっと旋回した拍子に彼女はつまずき、わたしの髪を放すと完全にバランスを失ってガーティにまっすぐ突っこみ、彼女を歩道に押し倒した。

ちょうどそのタイミングでカーターが保安官事務所のドアを開けたため、ホースの水が彼の顔を直撃した。

まるで銃声がとどろいたかのようだった。乱闘すべてが終わり、暴徒は蜘蛛の子を散らすように逃げ去った。残されたのはぽたぽたと水を垂らしている、見るからに有罪そうなわたしとガーティ、そしてリー保安官だけ。

カーターは手で目をぬぐってから、水を払った。リー保安官に指を突きつける。「ウィリアムズの家に行ってポーレットをじっとさせておくように。おれがいいと言うまで、彼女には家の外に出てほしくない」

リー保安官は逃げだせるのが嬉しい様子で、彼に可能とは思えないほどすばやくメインストリートを遠ざかっていった。

カーターは、ぽたぽたと水が垂れるホースを握ったままのガーティのほうを向いた。「武器を置いて家へ帰るように」続いてわたしに指を突きつけた。「あんたはなかに入れ」

わたしは両手をあげた。「わたしは誰ひとり殴りもしなかったのよ。今回は被害者なんだけど」

カーターは眉を片方だけつりあげた。「どういうわけか信じられないんだな、それが。なかに入れ。いますぐ」

彼は脇に寄るとドアを押さえて待った。

ガーティが歩道から勢いよく立ちあがった。「フォーチュンが言ってるのは本当よ。この町は問題をいくつも抱えてるけど、彼女はそのうちのひとつじゃないわ」

カーターはガーティに指を突きつけた。「家へ帰れ。いますぐ。さもないとふたりとも逮捕するぞ」

ガーティの口がきっと引き結ばれた。彼女がこちらを見たので、わたしは小さく首を横に振ってみせた。カーターがわたしをどうするつもりか知らないが、ガーティが抗議を続ければ、事態は悪化するだけだ。

ガーティは不満のある様子だったけれど、水をとめると最後にもう一度カーターをにらみつけてから大股に立ち去った。歩くたびにチャプチャプという音を立てながら。

アイダ・ベルは保安官事務所の受付に置かれた金属製の机の前に座っていて、わたしが入っていくと驚いた顔になった。彼女の向かいにはブロー保安官助手が座り、アイダ・ベルの家にいたときよりもさらに居心地悪そうな顔をしている。通りに面した窓はブラインドがおろされていたので、外の騒ぎは見えなかったはずだが、音は間違いなく聞こえたと思う。

アイダ・ベルが座っている場所のはす向かいにある部屋をカーターが指したため、わたしはなかに入り、簡易デスクの前に置かれた椅子に腰をおろした。カーターは自分もなかに入ってからドアを閉め、たちまち怒りをぶちまけた。

「いったいどういうつもりだ?」

わたしは口をあんぐりと開けた。「どういうつもりかですって? いい? わたしが面倒を起こしたがっているわけじゃないってことを、あなたが信じられないのは知ってる。でも保証する、さっきの乱闘はわたしが始めたわけじゃない。わたしは自分の身を守ろうとしただけ」

「なるほどな」彼はほんのわずかも納得したように見えなかった。「あんたほど頻繁に自衛が必要になる人間には、生まれてこのかた会ったことがない。プロのアメフト選手だって、自衛が必要になる回数はあんたより少ないぞ。体制に抵抗する自由の闘士たちですら、あんたがシンフルに来て二週間で打ちたてた記録に比べたらかわいいもんだ」

「わかった。それじゃ、この町が偏屈人間とおばかで溢れているのはわたしの責任なわけね」

彼はわたしの顔を数秒間じっと見つめつづけた。腹立ちと疲労が入り交じった表情で。とうとうため息をついたかと思うと、デスクの奥の椅子にどさりと腰をおろした。

「この町は偏見が強い。それは言われなくてもわかってる。おれは間抜けじゃないし、耳が聞こえないわけでも、目が見えないわけでもない。だがあんたは、ただでさえ一触即発だった場所へ出かけていって、火に油を注ぐまねをした」

「それじゃ、わたしはこの夏シンフルにいるあいだ、家に閉じこもっていればいいわけ？　退屈した幼稚園児たちがあなたの仕事を増やしたりしないように？」

「そんなことを言ってるんじゃない」カーターは髪をかきあげた。「とはいえ、もう少し目立たないようにはできないのか？　暴徒に近づいていくのが本気で賢いことだと思ったのか？あんたがアイダ・ベルとガーティとつるんでるのを知らない人間はいないのに？」

「わたしがヤンキーだって点をつけたし忘れてるわよ」

「その点は言わずもがなだと思ったんでね」

わたしは顔をしかめた。「あとから考えてみると、あれはまずい思いつきだった」

「最低の思いつきだ。いいか、あんたがアイダ・ベルのことを大切に思ってるのも、これからどうなるか心配しているのもわかってる。しかし、すでに興奮してる群衆を刺激して、もう一段上の愚行に走らせたら、事態をさらに悪化させるだけだ」

彼の言うとおりなのはわかっていたが、まだ引きさがる気分ではなかった。「あなたね、群衆を刺激したのは自分だってことに気づいてる？　アイダ・ベルを尋問するためにここへ引っぱってきたりして。もっと目立たないようにできなかったわけ？」

「ハ！　そうだな、この町は目立たないようにするのがみんな得意なもんでね。SMSを使って尋問するか、プロの人さらいを雇って彼女を個人所有の島に連れ去りでもしないかぎり、おれがアイダ・ベルを尋問してるってことはものの数分で住民に知れわたる。ここは大都会じゃないんだ、フォーチュン。何ひとつ隠してはおけないんだよ」

「殺人犯だけは隠れたままだけど」

カーターのあごがひくひくと震え、首から上が赤黒くなった。

確かにいまのは侮辱がすぎた。でも、頭にきてたから。

「都会のお嬢さんからしたら」彼は言った。「おれたちはこけずに歩くこともできない田舎者でしかないだろう。しかし、約束する。おれが目を光らせているかぎり、人殺しをしたやつは必ずつかまえる。あんたがおれの能力を信用しようがしまいが、職務はきっちり果たす」

今度は少しばかり後ろめたさを感じた。

「あなたの能力を……疑ってるわけじゃない。でも、アイダ・ベルを保安官事務所へ引っぱってきた理由がわからないのよ、彼女がテッドを殺したわけはないって、あなたもわかってるでしょ」

「おれは個人的な考えを仕事に持ちこまない。州検事はおれが知ってることなんて屁とも思わない。求めるのは証拠となる事実だけだ。その証拠を集めるのがおれの役目だ。検事が訴追手続きに関し、根拠に基づいて決断を下せるように。誰を起訴することになるかに関係なく」

「たとえその証拠が無実の人を指していようと？」

「この仕事には、おれの気に入る結果になるなんて保証はない。だが、おれは法を守ると誓ったし、やるべきことをやるだけだ、法制度が正しく機能すると信じて。気に入ったときだけ仕事をするなんてわけにはいかない。あんたもそのうち理解できる日が来るかもしれない」

わたしは冷や水を浴びせられたように感じた。高慢の鼻を挫かれた。潜入捜査をしていると き、個人的なかかわりは持ってはならないと何度教えられただろう。理由はいくつもあり、さまざまだけれど、詰まるところはひとつに要約される――個人的なかかわりを持つということは暗殺者に葛藤が生じることを意味し、それは死を招くかもしれない。

言いかえるなら――ミッションの失敗を。

ＣＩＡでの潜入ミッションでは一度も個人的なかかわりを持ちたいと感じたことがなかった。関係した人々には興味を惹かれなかった。ところだ、偽名を使ってルイジアナ州に来てからは、一日もたたないうちに地元住民と絆ができてしまった。確かにシンフルには標的がいるわけではないし、今回の偽装活動はわたしがこれまでに経験してきた任務と種類が異なる。でも基本に立ち返るなら、個人的なかかわりに関してはいつもの規範を守ったほうが毎日がずっと楽になる。

　生まれて初めて本当の友達ができたいま、すべてがややこしくなっていた。カーターが日ごと、何か事件が起きるたびに対処しているのはまさにそれ——よく知っている人々、以前からかかわりがあり、おそらく好感を持っている人々を取り調べるということだ。いつも家庭内のいざこざや密漁ばかりとはかぎらないだろう。ときにはむずかしい事件もあるはずだ。生まれたときから知っている人々をきびしく取り調べ、彼らのなかに怪物が潜んでいることに、自分はずっと気づかずにきたのかと自問することになる。

　たちまち、わたしは罪悪感を覚えた。この町へ来てからというもの、彼に手を焼かせてばかりだ。カーターのことは心の狭い頑固な男だと思っていたけれど、実際の彼は毎日、シンフル住民であることと、自分以外の住民を顕微鏡で見るように観察することのあいだで微妙なバランスを取りつつ過ごしているのである。

　最近は顕微鏡モードが超過勤務になっている。

　わたしが返事をしようとしたとき、ブロー保安官助手がドアを二回ノックしてから首を突っこんできた。

「邪魔してすみません」彼は言った。「でもアリーから電話があって、カフェでちょっと困ったことになってるそうです」

「困ったことってどんな?」カーターが訊いた。

「ポーレットがフランシーンに、夫の死を悼んで店を一日閉めるよう要求しているとか。フランシーンはそれを拒否しているだけじゃなく、店の入口の新しいラグをびしょ濡れにされて使えなくされたという理由で、ポーレットを逮捕するよう求めてるそうです。リー保安官はどちらとも話がつけられないとのことで」

少しも意外ではなかった。フランシーンのような成功した女性経営者にとって、ポーレットみたいなくだらない女を相手にしていられる時間は皆無と言っていい。

カーターは一瞬目をつぶってから立ちあがり、わたしを見おろした。「もう帰っていい。ただし、いまおれが話したことについて考えてもらいたい。あんたはすでに手頃なスケープゴートなんだ。連中から攻撃されやすくなるようなことは避けてくれ」

部屋から出ていく彼にうなずいてみせてから、わたしは急いで立ちあがり、彼に続いて外に出ると、アイダ・ベルが座っているところで足をとめた。

「ミズ・モローを帰したら」カーターがブロー保安官助手に指示した。「ドアを施錠し、おれかリー保安官が戻ったとき以外は誰が来ても開けるな」

アイダ・ベルがわたしのヨガパンツを引っぱった。「テッドが何で死んだのか、探っとくれ」ささやき声で言った。

わたしはカーターが困惑した顔のブロー保安官助手に指示を出しつづけている正面玄関をちらりと見た。「どうやったらいいの?」

「カーターのオフィスを調べるんだよ」

カーターのオフィスはこの建物の裏側の角にある。なぜ知っているかといえば、一週間ほど前にアイダ・ベルとガーティと一緒に、ちょっとした不法侵入をやってのけたからだ。でも、どうやってまたあそこに入ったらいいのか。保安官事務所を出たらまっすぐ家に帰り、そこでじっとしているように言われたばかりなのに。

「すみませんが」ブロー保安官助手がドアノブに手をかけて、玄関から呼びかけてきた。カーターの姿は消えていた。

「えーと、帰る前にお手洗いを貸してもらえないかしら」トイレがどこにあるのかはぜんぜん知らなかったけれど、建物の裏側にあってくれるよう祈った。二階ではなく。

ブロー保安官助手が半信半疑の表情になった。「それは……ルブランク保安官助手から、あなたを帰したあと、ドアを施錠するようにと言われたんです。絶対に施錠しなければ」

「わたしは絶対にお手洗いに行かなければならないの。女性特有の理由で」

「あっ……むむ」ブロー保安官助手の顔は赤くなりすぎて照り輝いているように見えた。

もうこっちのもの。

「わたしがお手洗いに行っているあいだドアに鍵をかけておけばいいわ」わたしは言った。

「それで、戻ってきたら、外に出してくれればいいじゃない」

ブロー保安官助手は躊躇した。誤った選択をしてカーターの怒りを買うことを恐れているのだ。

とどめを刺すことにした。「健康上の問題なのよ。お医者さんから――」

「結構ですよ」彼は両手をあげてわたしに先を続けさせまいとし、すぐまた片手でドアノブをつかんだ。「行ってきてください。あなたが戻ったら、おれが外に出しますんで」

「ありがとう」わたしはいかにも感謝しているような笑顔を作った。「お手洗いがどこにあるか教えてもらえれば……」

「ああ、そうでした」自分の後ろにある廊下を指した。「そこの廊下をまっすぐ行って、右に曲がると裏の廊下に出ます。左からふたつ目のドアです」

「大感謝だわ」早足で歩きながら、わたしは振り返ってアイダ・ベルにウィンクした。

第4章

ブロー保安官助手の横を急ぎ足で通り抜け、裏側の廊下へと向かった。角を曲がろうとしたとき、玄関ドアのデッドボルトが締められる音が聞こえてきた。やれやれ。ブロー保安官助手は命令に従うことが一番の取り柄らしい。

トイレのドアを開けて調べてみると、とても古くて甘い鍵が使われていたので安堵の息をついた。運転免許証を使って簡単に開けられた。トイレのなかに入って手洗い台の水を流し、鍵がかかるようにしてから外に出てドアを閉めると、左にある次のドアへ――カーターのオフィスへと急いだ。

オフィスのドアは鍵がかかっていたが、使われていたのはトイレと同じ、古くてちゃちな鍵だった。運転免許証ですばやく開けると、なかにするりと入り、あらためて鍵をかけた。すぐさまカーターの机まで行き、コンピューターの前にあった書類に目を通す。請求書、保険証書、ファイルキャビネットの受領書。もうっ。マウスをクリックすると、画面にパスワード・ボックスが表れた。こっちも行きどまり。

ごみ箱の中身を調べようとしたとき、プリンターの上にあった紙に目を惹かれた。手に取って目を走らせると、読みすすむごとに脈拍が速くなった。

砒素！

死因があれだけすばやく特定できたのも当然だ。砒素中毒は隠すのが簡単な死因とは言えない。

「ミズ・モローー？」ブロー保安官助手の声が廊下から聞こえてきた。「大丈夫ですか？」

もうっ。

脈がさらに速くなるのを感じながら、わたしは紙をプリンターに戻し、対策を考えようとした。このまま返事をせずにいれば、彼は立ち去るかもしれない。

次の瞬間、ブロー保安官助手がトイレのドアをノックし、ふたたび大きな声で訊いた。「ミズ・モローー？」

奇跡を起こせないかと、わたしはオフィスのなかを見まわした。トイレには窓がないので、たとえカーターのオフィスから出られても、トイレのなかに戻ることはできない。オフィスの窓の鍵が開いているのを見つけたら、わたしが何をしたかをカーターにものの二秒で見破られるのは言うまでもなかった。

目を上に向けた瞬間、奇跡が起きた。オフィスの天井はいわゆる防音天井で、大きな白いパネルをはめ合わせたものだった。トイレ側の壁に寄せて置かれたファイルキャビネットの上にのぼると、這いまわれるだけのスペースがあることを期待しつつパネルを一枚ずらしてみた。

天井裏に高さ六十センチほどの空間があり、空調の配管が走っているのが見えたので、わたしは安堵の息を漏らした。爪先立ちになり、トイレ側のパネルをずらすと、頭をトイレのほうに突きだした。

「大丈夫よ」トイレのなかにいるみたいに聞こえるように祈りながら言った。「あと少しだけ待って」

「わかりました」ブロー保安官助手が返事をしたので、わたしは緊張が少し解けた。

そのときだ。アイダ・ベルなら事態が急転して冥土へまっしぐらと言っただろう。

「ブロー保安官助手!」廊下の向こうからカーターの声がとどろいた。「アイダ・ベルのそばを離れるなと言ったはずだ。ほんの五分も小便を我慢できないのか」

嘘でしょ!

わたしの体は凍りついたが、頭は反対に猛スピードで回転を始めた。最大級にまずい。逮捕され、偽装が暴かれる級のまずさだ。

「おれじゃないです」ブロー保安官助手が答えた。「ミズ・モローがトイレを使いたいと言って。入ってから時間がたつんで、様子を見にきたんです」

「まんまと信じこまされたってわけだな」カーターがトイレのドアをノックした。「お遊びはおしまいだぞ」

やる前からこれはまずい案だとわかっていた。でも、わたしに残された選択肢はこれしかなかった。

だめもとでやってみるしかない。

壁の上に体重をのせるように注意しながら天井裏に体を引きあげた。トイレをのぞきこみ、真下に手洗い台が見えると笑顔になった。

「フォーチュン?」カーターが声を張りあげた。

「もうちょっとだから待って」わたしは言った。「いま手を洗ってるところ」

「家に帰ってシャワーを浴びろ。こっちは無駄にしてる時間がないんだ」

壁の上に胴をのせ、慎重に体の向きを変えてトイレ側に脚をおろした。つま先が手洗い台に触れるやいなや、全身を下におろし、オフィスとトイレのパネルを二枚とも元の位置に戻す。

自分の機転に満足しながら手洗い台の両端にしっかりと足をついたが、そのとききわめてまずいことが起きた。右足がまるで氷にのったみたいに端から滑ったのだ。わたしは両手を振りまわし、しゃがんでバランスを取り戻そうとしたが、時すでに遅し。手洗い台からトイレへとまっすぐ落ちていった。

「ドアを開けるぞ」廊下からカーターの声がとどろいた。

叫んだり、悪態をついたりするのはどうにかこらえた。それはよかった点だが、唯一のよかった点だった。落ちながらも、わたしはなんとか倒れまいとして壁に両手をついた。横向きに衝突したら、便器が床にはまったままでいる可能性はほぼゼロだ。左足が先に床に着いたので、わたしはトイレの後ろに手をついてバランスを取ろうとしたのだが、結果は便器のふたをもぎとっただけだった。同時に右足が便器のなかに落下し、底の排水口にすぽっとはまってしまった。

水が顔に向かってはね返ってきたので、わたしはふたで水しぶきをブロックした。次の瞬間、トイレの鍵がカチッと鳴ったかと思うと、ドアが大きく開いた。

逮捕されると確信していなければ、声をあげて笑っていたと思う。カーターの顔に浮かんだ表情は傑作だった――困惑と驚き、そしてわたしの足がはまっている正確な場所を見てとった瞬間に加わった少しばかりの嫌悪。

「いったい全体何をしてるんだ？　いや、待て。そんなことは知りたくもない」

〈CSI：科学捜査班〉の脚本には採用されないだろうけれど、わたしはとっさに思いついたことを答えた。「外でガムを踏んじゃって、それを靴からはがそうとしてたの」

カーターは目をしばたたいた。「便器のなかでそうするのが最良の選択肢だと考えたのか？」

「手洗い台までは足があがりそうになかったから」

「なんで靴を脱がなかったんだ？　いや、答えなくていい。知りたくもない。とっとと足を便器から抜いて、帰れ」

「それができないの。バランスを崩したせいで、足がはまっちゃって」

カーターは目をつぶり、額をごしごしとこすった。十まで数えて気持ちを落ち着けようとしているのか、この場でわたしを撃ち殺した場合の代償の大きさをはかっているのか。

「ふたを持っているのはだからなの」ばかげた作り話に全力投球してみることにした。「なんとか引き抜けないかと思って」

カーターが目を開けた。「はまった足を引き抜くのにふたを使うなんてことは……よく聞け、そんなことはどうでもいい。ふたを置け」

わたしはふたを便器の上に置き、次の指示を待った。

「靴の紐をほどけ」カーターは言った。

わたしは青ざめた。「トイレの水に手を突っこめって言うの?」

「おれは絶対に突っこまないがな。あんたはそこに足を入れるのを名案だと考えたわけだろう。それほど大きな違いはない」

わたしは便器を見おろし、顔をしかめた。水は充分きれいに見えたが、便器のなかに自分から手を突っこむというのは少しも正しい行為に思えなかった。

「一日これにかかずらってはいられないんだ」とカーター。「あんたが紐をほどいて足を抜くか、おれがあんたをそのままにして配管工に電話をしにいくかだ」

わたしは選択肢を比較検討した。「配管工に電話するのがよさそう」

「いいとも。言うまでもないが、シンフルに配管工はひとりしかいない。その配管工は来週まで町の外に釣りに出かけてるんだ。保安官事務所内唯一のトイレが使えないとなると、スタッフにとっては不便だが、フランシーンの店か雑貨店のトイレを使わせてもらえば問題ない。しかし、あんたにとってはそんなに簡単じゃないかもしれないな」

「わかった」わたしは深く息を吸いこみ、便器のなかに手を入れ、できるだけすばやく紐をほどこうとがんばった。紐が緩むやいなや手を水から出し、足をぐいっと引っぱった。

思ったよりもずっと簡単にテニスシューズから足が抜けたので、わたしは後ろによろけて備品用の棚に突っこんでしまい、そこにあったものあれこれを浴びる格好になった。壊れた棚板、トイレットペーパー、脱臭剤スプレーの缶が散らばったなかで手を振りまわしていると、カーターに肩をつかまれ、立ちあがらされた。

彼は便器にはまったままのテニスシューズを指差し、次にドアを指した。この段になると怒りのあまり、口をきくのをやめたらしい。わたしとしてもそのほうがよかったと思う。

テニスシューズを便器から引っぱりだすと、カーターを申し訳なさそうな顔で見てからトイレの外に飛びだし、廊下を走り、唖然としているブロー保安官助手の横を駆け抜けた。玄関の前まで行くと、びしょ濡れのテニスシューズをアイダ・ベルに向かって振ってから、ドアの鍵を開けた。アイダ・ベルは片方の眉をつりあげてから、手を振った。

歩道に足を踏みだした瞬間、靴を履いていないほうの足でねばねばしたガムを踏んづけてしまった。罰《ばち》というやつはまったく癪《しゃく》にさわる。

ジープまで歩き、濡れたテニスシューズを後部座席にほうり投げたとたん、くぐもった悲鳴が聞こえた。横からのぞきこむと、後部座席の床に濡れネズミのままのガーティがうずくまっていた。

「いったいそこで何してるの？」わたしは訊いた。

「あなたを保安官事務所に残して帰るなんてできないでしょ」彼女は言った。「でもこんなに長くかかるとわかってたら、腰が悪い身としては選択肢を再検討したわね。誰にもあたしの姿を見られないうちに、ここから帰れる？」

「言われなくてもそうするわ」わたしはジープに飛びのり、エンジンをスタートさせた。「あなたの家？　それともうちに来る？」

「あたしの家。この濡れた服を着がえる必要があるから、あたし自身がしわくちゃにならないうちに」

「了解」わたしは車を出した。

「あなた、靴をどうしたの？」

「保安官事務所のトイレでちょっとした問題が発生して」わたしは運転しながら、不潔な騒ぎの顛末を語った。

テッドの死因が砒素だったと知ると、ガーティは愕然としたけれど、話がカーターのオフィスからの独創的脱出へと移ると、くすくす笑いだし、彼女の家に着いたときには、おなかを抱えてヒステリーを起こしたみたいに笑っていた。

私道に車をとめ、わたしは後部座席を振り返った。「酸素吸入が必要？」

ガーティは相変わらずあえぎながら、手で顔をあおいだ。「ちょっと待って……信じられない……たまげたわねえ……」

「まさにぴったりの感想ね」

「あなたって本当に両極端なんだもの――あたしが知るかぎり断トツで機転のきく人だけど、誰よりも運に恵まれない。あなたが過去にミッションから生還できたのが不思議だわ」

わたしは顔をしかめ、そもそもシンフル送りになった理由を思いださないようにした。「わたしが受けた訓練にルイジアナ州シンフルへの対処法は含まれてなかったから」

ガーティはうなずいた。「きわめて説得力のある説明ね。いくつもの点で、あたしはここでの生活よりヴェトナムでの活動のほうが簡単だったと思うもの」

この国にとって史上最悪の戦争と比べられるルイジアナ州シンフル。ガーティの言いたいことはわかる。

「わたしが不運に見舞われたのはさておき、テッドが何で殺されたのかはわかった。いまはとにかく、家に戻ってテニスシューズを漂白剤につけこんで、シャワーを浴びたい。お湯が出なくなるまで」

ガーティが上半身を起こし、そこで動きをとめた。「問題発生」

「今度は何？」

「しびれて脚に力が入らないの」彼女は両手を広げた。「手を貸してもらわないと車から降りられそうにないわ」

ため息をつき、わたしは腕をつかんで彼女を後部座席の端まで引きずり、脚を横から垂らさせた。「わたしがこのまま引っぱりだしたら、立てそう？」

「たぶん。支えてくれさえすれば。ただし、めまいもしてるの」

脇の下に腕を入れ、ガーティをジープから抱きあげた。足が地面につけば、少しは自分でバランスを取れるだろうと考えながら。ところが、そうはならなかった。足が芝生についたら、まるでゴムでできているみたいに脚がぐにゃりとなった。

彼女の体重はたいしたことがないが、問題はかさだった。わたしは腕に力を込めて片足を後ろに引き、ガーティが地面に倒れこまないように支えようとした。ところが、靴を履いたほうの足が何かに引っかかり、彼女を抱えたまま後ろ向きにぶざまに倒れてしまった。わたしの靴が引っかかったのはスプリンクラーヘッドだったので、体が地面に打ちつけられた瞬間にスイッチが入った。

次の瞬間、イエローストーン国立公園の間欠泉《オールドフェイスフル・ガイザー》並みの勢いで水が噴きだし、わたしたちふたりをずぶ濡れにした。わたしは飛び起き、噴出する水が届かない場所へ、正面ポーチへとガーティを引っぱっていき、たどり着くとドアにもたれてぐったりとした。

白髪が頭にぺったりとはりつき、化粧が服の襟に流れ落ちたガーティが、わたしのほうを見たかと思うと、おかしそうに笑いだした。

「いったい何がおかしいの？」わたしは訊いた。ガーティは頭がいかれたとしか思えなかった。

「だって」彼女は大笑いする合間に言った。「あたしたちはどっちも家に帰ってシャワーを浴びたかったわけだけど、実のところシャワーを浴びどおしも同然だから」

わたしはポニーテールから三リットルくらいの水を絞りだし、靴を履いていないほうの足を見つめた。

きょうのうちにこれ以上ばかばかしいことが起きたら、自ら偽装を暴いてテロリストたちに身柄を引き渡そう。そのほうが簡単だという気がしてならなかった。

第5章

ガーティをキッチンまで運んで椅子に座らせ、手の届く場所にスマートフォンを置いた。十五分ほど待っても脚の血流がよくならなかった場合、彼女は九一一に電話するということになった。午前中の活動によって食欲がうせることはなかったらしく、わたしは帰る前にハム・サンドウィッチを作らされた。

家まで車を走らせるあいだ、わたしのおなかはグーグー鳴りつづけ、ハム・サンドウィッチの映像が永遠に頭に刻みこまれてしまったかのように感じられたが、それも当然だった。何しろ、朝から何時間も肉体労働に従事しながら、食べたものといえば卵二個だけだった。午前中感じたストレスだけでも、その分のカロリーはあっという間に消費されてしまったはずだ。

家に着くとまっすぐ二階へあがって濡れた服を脱ぎ、洗濯はあとですることにして服をほうり投げると、タオルで体を拭き、ショートパンツとTシャツに着がえた。さっきまでゆっくり浴びたいと思っていた熱いシャワーは、グーグー鳴るおなかのせいで後まわしとなった。ただし問題の足だけは石鹸を使ってちゃんと洗った。体の残りの部分はまず空腹を満たしてからだ。階段を駆けおりるとき、おなかがジェット機のエンジンみたいな音を立て、頭痛もしはじめた。体がカロリーを必要としている。それもいますぐ。

手作りのブラックベリージャムを塗ったトーストを食べ終えたちょうどそのとき、勝手口のドアをノックする音が聞こえた。食べながら家庭で使う毒物について調べていたところだったので、ノートパソコンのふたを閉めてから急いで立ちあがった。友達のアリーが訪ねてきたのだろうと思って勢いよくドアを開けたため、裏のポーチにシーリア・アルセノーが立っているのを見たときには驚きで何度もまばたきをした。

「入ってもいい？」シーリアが訊いた。

「もちろん」わたしはそう答えて脇に寄り、彼女をなかに入れた。「コーヒーが淹《い》れたてなの。一杯いかが？」

シーリアは首を横に振った。「言うべきことを言いにきただけだから」

「わかったわ」少し好奇心をそそられた。シーリアが何を〝言うべき〟と考えたのか――特にわたしに対して――まったく見当がつかなかったからだ。

「今回の件についてはすべて聞いたわ」シーリアは言った。「テッドの遺体が運びだされたときにあのおばか、ポーレットが言ったことも含めて」

「それについては心配してないの」わたしは言った。「ヒステリーを起こした妻がわめいたことなんて、検事が重視するわけないから。たとえルイジアナ州シンフルでも」

「そのとおりだと思うけど、使われた毒が砒素となると、考慮すべきことががらりと変わってくるし、アイダ・ベルに不利なことばかりよ」

わたしは彼女の顔をまじまじと見た。「テッドが何で殺されたのか、どうやって知ったの？ 当局はまだ情報をいっさい公表していないはずよね？」

「あたしには情報網があるのよ、〈シンフル・レディース〉と同じで。友達の友達が検死官事務所にいるとだけ言っておくわ」

なるほど、そういうわけ。こちらは午前中いっぱい、自らの偽装と健康、テニスシューズ、そして精神の安定を危険にさらしていたというのに、そうしてこっそりとは言えない手段に訴えて努力したわたしが、適当なコネを持った穿鑿《せんさく》好きのおばあさんにあっさり負かされるなんて。

「わかった。でも、たとえあなたの情報源が正しいとしても、砒素だとどうして特にアイダ・ベルが疑われるわけ？」

「彼女が長年、地リス相手に苦労していたのに誰でも知ってるからよ。裏庭で竹を育てることにこだわっていて、地リスは竹が大好物。この一年かそこら、あのチビどもと戦っていたわ」

わたしはまばたきをくり返した。シーリアは〈シンフル・レディース〉の咳止めシロップを引っかけてきたのだろうか。「アイダ・ベルが地リス相手に苦労してたらなんだって言うの？」

シーリアがため息をついた。「あなたがヤンキーだってことを忘れてたわ。きっとふだん住んでるのは無菌の高層マンションで、置いてるのは偽物の植物、まわりにいるのはさらに偽物っぽいご近所ってところなんでしょうね。砒素は地リス駆除によく使われるの。あたし、アイダ・ベルがひと袋持ってるのを知ってるのよ。彼女が雑貨店に注文して引きとりにきたとき、ちょうどそこに居合わせたから」

カーターがアイダ・ベルの家の物置から袋を持って出てきた光景が脳裏によみがえり、わたしは顔をしかめた。シーリアの懸念は正しいのかもしれない。

「とにかく」彼女は先を続けた。「あなたに知っておいてほしいのよ、アイダ・ベルがあの間抜けなテッドを殺したなんて、あたしはほんのちょっぴりも信じていないってね。アイダ・ベルはいろいろ難ありだけど、だいたいにおいて無駄なことはしない。大局的に見てどうでもいい人間を殺すために時間とエネルギーを浪費したりしないわ」

一瞬、感心して彼女の顔をまじまじと見つめてしまった。どうやらこれが南部流小さな町の無罪と有罪の判断方法らしい。彼女たちは〝時間を無駄にする〟ことはすべて罪というシンプルな考え方をするようだ。

「わたしもあなたに賛成よ」わたしは言った。

「結構。それじゃ、真犯人を見つけてちょうだい」

「わたしが？　わたしは司書なのよ」偽装の職業を思いだして言った。両手をあげてみせる。

「そんなことをする訓練はいっさい受けてないわ」

シーリアは目をすがめた。「でも、あなたはあたしの娘のパンジーを殺した犯人をつかまえたでしょ」

「より正確な表現は、パンジーを殺した犯人に殺されるのをすんでのことで回避した、だと思うけど」

シーリアは顔をしかめた。「細かい点にこだわるなら、確かにそうね。それでもあなたは、あたしたちよりもずっと近くまで真相に迫ったわ。なんでかっていうと、あたしたちは関係者と親しすぎたから。あなたは新参者だから、誰でも容疑者として見られるという利点がある」

「この町の誰もがわたしを容疑者として見ているみたいに？」

シーリアが残念そうにほほえんだ。「そんなところね」

「あなたの言うとおりだとしても、わたしには不利な点もあって、それはこの町の住民がわたしに秘密を打ち明けたりしないってこと。それどころか、わたしと目も合わせようとしない人が何人もいるわ」

シーリアが眉をひそめた。「確かにそうね。それにあなたがアイダ・ベルの友達だってことはみんなが知ってるわ。つまり、犯人はあなたに対しては決して秘密を漏らさないわね。ガーティに話さないのと同じで」

「そのとおり」

シーリアの目が大きく見開かれたかと思うと、彼女が発するエネルギー量がぐんとアップした。「でも、あたしがあなたの耳になれるわ」

シーリアにわたしの体の一部になってほしいとは絶対に思わなかったが、ここまで興奮した彼女を見るのは初めてだったので、思わず訊いてしまった。「どういう意味?」

「GWたちを通してよ。そりゃね、メンバーのほとんどは頭が悪すぎて、ころばずに歩けるのが驚きのレベルなんだけど、あたしが信頼してる、分別のあるメンバーが何人かいるの。今回の件に関して、彼女たちはあたしと意見が一致してるわ」

シーリアは首を縦に振り、表情がますます生き生きとしてきた。「いえね、考えれば考えるほど、これってすばらしいアイディアだと思うわ。アイダ・ベルとの過去のいきさつを見れば、彼女を転落させたいと思う人間は誰でも、あたしのことを内密の話をするのに最適の相手と考えるはずだもの」

わたしは両手をあげて、彼女が先を続けるのを阻んだ。「待って。あなたの言ったことに異論はなし。でも、あなたの提案は、すなわち自分が殺人犯と個人的に話をしてみるってことだってわかってる?」

シーリアが凍りつき、彼女の目に恐怖心がひらめいたのをわたしは見た。

「意地悪なことを言うつもりはないけど」言葉を継いだ。「でもパンジーの件はあなたにとってたいへんな衝撃だったでしょ。日々の生活のなかで犯人はずっとあなたのそばにいた。さっき、わたしはよそ者同然だから、ものごとをあなたたちとは違った目で見られるって言ったわよね。それは確かにそうだけど、その逆も言える。あなたは自分自身、もしくは友達を、知らないうちにたいへんな危険にさらす可能性がある」

シーリアは肩を落とした。「あなたの言うとおりね。あたし、考えが足りなかったみたいだわ」

「あなたの人生に大きな変化があってから、まだほんの一週間だし」わたしは静かな声で言った。「少しゆっくりしたほうがいいわ」

シーリアが小さな笑みを浮かべた。「これは周知のことじゃないし、あなたはたぶん知られたいとも思わないだろうけど、フォーチュン、あなたっていい人ね」

「ええ、それは知られたくない」とりわけわたし自身は、シーリアほど自分の〝いい人さ〟を信じていないから。

「それでも」シーリアは言った。「日曜日のバナナプディング競走ではあなたを負かすつもりよ、たとえズルをしなきゃならなくても」十字を切って上を見あげた。どんなズルを計画しているのかわからないけれど、おそらく前もって神に赦しを求めたのだろう。

わたしはにやりとした。彼女が何を計画しているにしろ、こちらはほんのちょっぴりも心配じゃない。カトリック信者がウサイン・ボルトを仲間に引き入れるか、わたしの銃殺を計画でもしないかぎり。「楽しみにしてるわ」

シーリアはうなずいた。「誰かに見られたらまずいから、帰るわ。あたしには守るべき評判があるの」

「そうでしょうとも」わたしは勝手口まで行くとドアを開けた。「探偵のまねはなしよ、いい？」

シーリアはため息をついた。「約束するわ。ただし、何かふつうじゃないことに気づいたら、知らせるから」

わたしは眉を片方つりあげた。シンフルでふつうのことなんてあるわけないでしょ。「ふつうじゃないっていうのは、わたしから見て？　それともあなたから見て？」

「ハッハッハ！」彼女は声をあげて笑い、質問には答えずにドアからするりと出ていった。

ドアを閉めると、わたしは椅子にどさりと腰をおろした。シーリアのアイディアはなかなかよかった。テッドはカトリック教会に通っていたから、シーリアは彼を追悼する礼拝に出席したり、未亡人を訪ねたり、そのほか南部の小さな町で伝統とされる行事に顔を出せる。ガーティとわたしがそうした場所で歓迎されるとはとうてい思えないし、シーリアが教えてくれた砒素に関する情報を考えると、アイダ・ベルは自宅に戻ることすら許されないかもしれない。

わたしはやれやれと首を振った。どんなに状況が悪く見えても、シンフル住民を情報提供者にして調査活動を開始するのはリスクが大きすぎる。一般市民は殺人犯を見つけたり、窮地に陥ったときに身を守ったりするための訓練を受けていない。アイダ・ベルとガーティがわたしと一緒にボンド・ガールのまねをする場合は話が異なる。あのふたりは、軍事訓練を受けた経験がありながら、そのことをシンフル住民に長年隠しおおせてきた。つまり、役を演じることが習い性となっている。でも、ふつうの住民が探偵のまねごとをすれば、とてつもなく大きなリスクを伴う。

フーッと息を吐き、椅子に座ったままぐったりとした。地リス駆除剤のことはかなり心配だった。シーリアの言うとおり、シンフルで地リス問題を抱えていたのがアイダ・ベルだけだとすれば、この事件は表面的にはいとも簡単に解決できそうに見えるだろう。カーターがアイダ・ベルをテッド殺しの犯人と考えるわけはない。それは確かだけれど、仕事量の多さと給料の少なさで知られる検事が、起訴手続きに当たって地元法執行機関職員の個人的な見解を考慮するなんてことはありえない。

考慮されるのは証明できることだけであり、現状では何もかもがアイダ・ベルを指している。わたしはテーブルをトントンと叩きながら、考えをめぐらせた。アイダ・ベルが地リス相手に苦労していたことが周知の事実なら、シンフルでそれを知らない住民はひとりもいなかったはずだ。つまり、アイダ・ベルが地リス駆除剤を持っていることを知る人間が何人いてもおかしくない。

アイダ・ベルの物置に忍びこんで毒物を少量手に入れるのは簡単だったろうし、彼女がどの駆除剤を使っているかを犯人が知っていたら、ニューオーリンズまで出かけていって同じ銘柄のものを買うことも同じくらい簡単だったはずだ。

肝心なのは、シンフルには殺人犯がいるということ。またもや。

さらに今回は、わたしが友達と呼ぶようになった数少ない人たちのひとりが犯人によってはめられた。

あることに思いいたり、わたしは強く息を呑んだせいでめまいを感じた。毒の入っていたのが、わたしが集会でアイダ・ベルに渡した咳止めシロップの瓶だったとしたら？　瓶にはわたしの指紋がいっぱいついているはずだ。カーターが指紋を調べることにした場合、わたしはアイダ・ベルよりもまずい立場に立たされる。

慌てて立ちあがると、車のキーをつかんだ。シャワーは後まわしだ。

ガーティとわたしで調査活動を開始しなければ。


ガーティの家へ向かっている途中でわたしの携帯電話が鳴った。知らない番号からだったので、電話の向こうからアイダ・ベルの声が聞こえてきたときには驚いた。

「あたしを釈放するってさ」彼女は言った。「迎えにきてくれるかい？　カーターに送ってもらう気分じゃないんだ。いまはあいつにかなりむかついてるんでね」

「わかった」道路の真ん中でUターンをすると、少し明るい気分になって保安官事務所へと車を走らせた。もしかしたらアイダ・ベルの地リス駆除剤はテッドを殺した毒物とは違ったのかもしれない。もしかしたら、この事件でわたしが失うのはテニスシューズ一足と少しの品位だけですむかもしれない。

アイダ・ベルは窓から外をのぞいていたのだろう。わたしがメインストリートに入るやいなや、保安官事務所から飛びだしてきて、ジープが完全にとまらないうちに飛びのってきた。無駄なおしゃべりをしているときでも場所でもなかったので、わたしはアクセルを踏みこんで加速した。走り去るとき、アイダ・ベルが保安官事務所に中指を突きたててみせた。

「電話をもらったとき、ガーティの家へ向かうところだったの」わたしは言った。

「いいね」アイダ・ベルが言った。「あたしたちは話し合う必要がある」

ちらりと彼女を見ると、あごに力が入っていて、神経をとがらせているのがひしひしと伝わってきた。カーターに対する、それと午前中が無駄にされたことに対する怒りがまだおさまっていないのだと思おうとしたけれど、なんとなく違う気がした。

車に乗っているあいだずっと、アイダ・ベルはひと言も発しなかったし、ガーティの家にノックもせずにずかずかと入っていったかと思うと、まっすぐキッチンへ向かい、コーヒーを一杯注いでからテーブルの前に腰をおろした。どうやら物音を聞きつけたらしいガーティが、頭はシャンプーの泡だらけ、体にタオルを巻きつけただけの格好で水をぽたぽた垂らしながら二階から駆けおりてきた。こちらをさらにぎょっとさせたのは、彼女が目を固く閉じ、9ミリ口径の拳銃を振りまわしていたことだ。

アイダ・ベルはまばたきすらしなかった。「誰かを撃っちまう前にその物騒なものを置きな」

「アイダ・ベルなの？」ガーティが空いたほうの手で目をぬぐった。運悪く、その手はタオルを押さえていた手だった。

アイダ・ベルがやれやれと首を振った。「あんたがこの話し合いに裸で参加するつもりなら、アルコールを出してもらわないとね」

わたしは両手で目を覆った。「わたしはカウンセリングが必要になりそう」

「ふたりとも地獄に落ちなさい」ガーティがそう言ったあと、廊下をドタドタと歩き去る音が聞こえた。

頭上から足音が響いてくるまで待ってから、わたしは顔から手をさげた。アイダ・ベルは座ったまま、完全に落ち着き払ってコーヒーを飲んでいる。

「人に裸を見られたくなかったら」彼女は言った。「玄関に鍵をかけておけばいいんだ」

「悪かったのはわたし。さっき帰るとき、玄関に鍵をかけ忘れたから」

アイダ・ベルが眉を片方つりあげた。「ガーティは自分で鍵をかけられなかったのかい？」

「えーと、実は……」わたしはアイダ・ベルに、保安官事務所でわたしの身に起きたことを話し、ガーティがどのようにして一時的に脚を麻痺させてしまったかを説明した。

わたしの話を聞いているうちに、アイダ・ベルの顔は信じられないという表情から、驚きの表情、そしておかしくてしかたがないという表情に変わっていった。声を出して笑いだしたときには、とまらなくなるんじゃないかと思った。アッハッハがヒーヒッヒに変わり、その次はゼエゼエと息を切らし、またヒーヒッヒに戻ったかと思うと、テーブルに突っ伏してあえいだ。

彼女に心肺蘇生を施すことを検討していたとき、ガーティがキッチンに戻ってきた。今度はしっかり服を着て、９ミリ口径はなしで。アイダ・ベルをひと目見るなり、彼女はやれやれと首を振った。「午前中の出来事を話したようね」

「話したわ。あなたと同じでアイダ・ベルもすごくウケてるみたいね。わたしと比べると」

アイダ・ベルが相変わらず肩を震わせながら、またゼエゼエいった。

「息ができないみたいだけど」ガーティが言った。

「だとしても知ったことじゃないわ」わたしは答えた。

ガーティがわたしにもコーヒーを注いでくれた。彼女が椅子に座るころには、アイダ・ベルも体を起こし、やや落ち着きを取り戻していた。

「殺人容疑をかけられた人にしてはずいぶん陽気じゃない」わたしは言った。

アイダ・ベルはばかばかしいと言いたげに手を振った。「あたしは誰も殺してないし、カーターはそれを知ってるからね」

わたしは首を横に振った。「何を知ってるかなんて関係ない。カーターは証拠をすべて地方検事に渡さなければならないもの。そこで決断が下される。言っておくけど、状況はかんばしくないわ」

アイダ・ベルの顔から笑みが薄れた。「あんた、何をつかんだんだい？」

「トイレの破壊行為を含む冒険中に、テッドは砒素で毒殺されたんだってことをつかんだのよ。シーリアがさっき匿名で協力をしたいってわたしのところへ来たの、検死官事務所にいる知り合いからちょっとした情報を入手したとかで。彼女によれば、あなたが地リス問題を抱えていたってことは誰でも知ってるそうじゃない。カーターがあなたの家の物置から押収していったのは地リス駆除剤だと思う」

「くそ」アイダ・ベルが言った。

ガーティが息を呑んだ。「これからどうなると思う？」

「咳止めシロップの瓶に毒物がごくわずかでも残っていたなら、カーターは瓶から指紋を採取して地方検事《DA》のところへ送るはず」

アイダ・ベルが肩を落とした。「集会のあと、あたしはテッドに咳止めシロップの瓶を一本渡したよ」

「くそ」ついさっきアイダ・ベルが漏らした感想をわたしもくり返した。「あの瓶にはわたしたちふたりの指紋がついてるわ」

アイダ・ベルが目を大きく見開いた。「カーターがあんたの指紋を調べたら、どうなる?」

わたしはフーッと息を吐いた。「サンディ゠スーの指紋って結果が出るはずだけど、CIAの上司のところへ知らせがいく」

「そうなるとまずいの?」ガーティが訊いた。

「ものすごくまずい」余波の可能性は数えきれないし、不愉快すぎていまの時点では考えたくもない。

しばらくのあいだ全員が黙りこくり、考えこんだ。とそのとき、わたしの携帯電話が甲高い音で鳴りだし、キッチンの静寂を破ると同時にわたしたちをはっとさせた。ポケットから携帯を取りだしたわたしは、ディスプレイを見て心臓が足までずんと急降下した。

ハリソンからだ。

第6章

通話をオンにするとすぐ、携帯を耳から数センチ離した。必ず来るとわかっている怒鳴り声に備えて。

「いったいそこはどうなってるんだ?」ハリソンの声は部屋中にとどろくほど大きかった。どのみちほかのふたりにも聞こえるのだからと、わたしは携帯電話をスピーカーモードに切りかえ、キッチンテーブルに置いて、アイダ・ベルとガーティに静かにするよう手振りで指示した。「もう少し具体的に言ってくれる?」わたしは訊いた。

「ふざけるな、レディング。おれ相手にしらばくれるのはやめろ。ルブランク保安官助手がたったいまおまえの指紋を調べた。だからその理由を話したほうが身のためだぞ。モロー長官が、答えられないやつは撃ち殺す気満々でここに現れたとき、おれはちゃんと答えを用意しておきたいからな」

アイダ・ベルとガーティを見ると、ふたりとも凍りついたように動かず、携帯を見つめている。「きょうこっちでちょっとした問題が起きたの」わたしはやや間を置いてから答えた。

「どういう種類の問題が起きると、保安官助手がおまえの指紋を調べるんだ?」

「殺人という種類の問題とか?」わたしは爆弾炸裂に備えて身を縮めた。

「ジーザス・H・クライスト！　世界で一番危険な男がおまえをさがしてるんだぞ。まさに鵜の目鷹の目でだ。それなのにおまえは目立たずにいるってことができないのか？　いったいどういう脅しを受けたら、身を隠す気になるんだ？」

「神の逆鱗に触れるぞとか？」少々不謹慎さを取り混ぜたら、場の空気がよくなるかと思って言ってみた。

「アーマドの逆鱗のほうがずっとまずい」ハリソンは言った。「それにモローにばれたら、長官自らそっちに飛んでいっておまえを始末するかもしれない。おまえがそっちに行ってからというもの、長官は日に日に髪が薄くなりはじめている。おれも十は年を取ったぞ、これ以上余計なことが長官の耳に入らないようにするために」

「あなたの協力には心から感謝――」

「今度のことを隠しおおすのは無理だ」ハリソンはさえぎった。「姪になりすましたおまえが殺人事件の関係者になっているも同然で、おれがそれを隠していたと知ったら、モローはその場でおれをクビにするだろう」

彼の言うとおりなのはわかっていたので、反論はしなかった。「でも、わたしの偽装はばれてないんでしょ？」

「ああ……いまはまだ。だが、モローがおまえを急遽よそに移動させたとしても驚くなよ。この作戦は最初から間違っていたんだ。実のところ、おれはおまえの新しい潜伏先をさがしはじめようと思ってる」

「それはだめ！　わたしは絶対にシンフルを離れられない……いまはとにかく」

「なんでだ？　二週間前は存在すら知らなかった湿地帯の小さな町だろう。そこを離れるわけにいかないまともな理由をひとつでもあげてみろ」

テーブルの反対側に座っているアイダ・ベルとガーティを……わたしの友達を見た。非常に気の滅入る事実ではあるけれど、わたしにとって生まれて初めての本当の友達だ。彼女たちを見捨てるわけにはいかない。モローをかんかんに怒らせ、クビにされるとしても。

「ここを離れられないのは、間違った人物が殺人の容疑をかけられようとしているから」

「それはおまえの問題じゃない」

「いいえ、わたしの問題よ」

「いったい全体どうしてそうなるんだ？」

「仲間は絶対に見捨てるな」わたしは静かに言った。

数秒間、聞こえるのはキッチンに置かれた時計のチクタクという音だけになった。ハリソンがため息をついた。「例の婆さんたちのひとりだな？」

「婆さんたちって誰のこと？」ガーティがぶつぶつ言った。

アイダ・ベルが彼女の脇腹を肘でつつき、人差し指を唇に当てた。

「そうよ」わたしは答えた。

「婆さんのしわざじゃないって、どうしてわかるんだ？」

「なぜなら、被害者は脅威じゃなかったから。忘れないで。外見と違って、彼女たちはふつうの民間人じゃない。わたしたちと同じ規範に則って行動するのよ」

「くそ」ハリソンの声は疲れ、挫けて聞こえた。「で、このルブランク保安官助手ってやつが問題になりそうなのか？」

「本人の意思じゃないけど。彼はアイダ・ベルが殺人犯じゃないってわかってる。ただしＤＡに証拠を渡さなきゃならなくて、形勢が不利なわけ。あなたが知るにも及ばない地リスをめぐる込みいった事情のせいでね」

「つまり、保安官助手としては何もできないわけか」

「そう。でも、わたしは違う」

「おまえは捜査官としての訓練は受けてない」ハリソンが反論した。

「わかってる。でも、彼女の力になれるのはわたしだけなのよ」

「いいだろう。おまえの新しい潜伏先をさがすのはやめておく……いまはまだ。しかし、モローに関してはなんの保証もできないぞ。モローにおまえをそこから動かせと言われたら、おれは従うしかない」

「了解。それとハリソン？」

「なんだ」

「あなたに借りができた」

「まったくだよ」彼はそう言って通話を切った。

わたしはぐったりと椅子にもたれた。「うまくいった」

「上司はあなたをよそへ移そうとすると思う?」ガーティが訊いた。

「自分のストレスが減ると考えたらね。でもその場合はほかの潜伏先を新たにさがさなければならないし、簡単には見つからないはず。本物のサンディ＝スーはマージの遺産をすべて相続したから、わたしがここにいるかぎり、潜伏費用は全部それによってカバーできる。わたしは完全に消息を絶てる。生活費の経費報告書がモローのところでファイルされる必要がないから」

「つまり、CIA内部の裏切り者が書類を手がかりにあんたの行方を追うことはできないってわけだね」アイダ・ベルが言った。

「そのとおり」わたしは答えた。

「となると、最悪でも」アイダ・ベルが先を続けた。「あたしたちにはいくらか時間があるってわけだ。今度の事件を解決して、何もかもふつうの状態に戻ったからには、あんたをここにとどまらせても大丈夫だって上司を納得させるのに」

わたしはうなずいた。でも、シンフルがふつうの状態になる可能性については、あまり信じていなかった。人が殺されることがなくなりさえすれば嬉しい。そのほかの風変わりな点はなんとか耐えられる。

「テッドに話を戻しましょ」またもや殺人事件の調査に飛びこむと決意したからには、できるだけすみやかに終わらせたかった。「毒物の件ときのうの集会のあとテッドと接触があった点を考えると、アイダ・ベルには簡単に犯行に及ぶ機会があった。でも、動機はない」

「選挙はどう?」ガーティが尋ねた。「選挙で勝ちたいというのは人を殺す理由になる?」

「ワシントンDCでなら、なるかもしれないけど」とアイダ・ベル。「論理的に考えれば」わたしはアイダ・ベルに賛成だった。「ならないでしょうね。対立候補が死んだら、アイダ・ベルの不戦勝になるってわけでもないし。ほかの人が立候補して、すべてが最初からやり直しになるだけ。たとえテッドが選挙に勝っても、それでアイダ・ベルが暮らしに困ったり、生活の質が落ちたりすることもないから、検事が選挙絡みの殺人として立件しようとするのは、かなり無理がある」

わたしの考えを聞いて、ガーティは満足した様子だった。「それじゃ、アイダ・ベルに動機がなかったとなれば、あたしたちはまず何をすべき？」

「テッドに死んでほしいと思っていた人間の洗いだし」わたしは答えた。「毒殺は機会に乗じて行う犯行じゃない。犯人は毒物を入手して、それをテッドは飲むはずだけどポーレットは飲まないものに入れる必要があった」

「咳止めシロップの瓶に毒を入れた人物は、誰が死んでもかまわなかったとしたら？」ガーティが尋ねた。「テッドはたまたま運悪く毒を飲んでしまっただけだとしたら？」

わたしはフーッと息を吐いた。「その場合は誰かが〈シンフル・レディース〉に強い不満を持ってるってことになるわね。あるいはとんでもなくいかれた誰かがとにかく人間を殺したかった、それだけってことに。後者だったら、次の犠牲者が出るまでわからない」

ガーティが目をみはった。「当面、テッドを狙ったという線で考えたほうがいいかもしれないわね」

わたしはうなずいた。「それじゃ、わたしたちの瓶が彼を毒殺するのに使われたとすると、容疑者を絞るのに一番簡単なのは機会に注目することかもしれない。あの瓶にどうやって毒が入れられたのか突きとめる必要がある。シロップの製造にかかわった〈シンフル・レディース〉メンバー、それとアイダ・ベルとわたしを除外すると、誰があの瓶に毒を入れられた?」

アイダ・ベルが眉を寄せた。「あたしがテッドに瓶を渡したのは演説が始まる前だった――あたしにぎゃふんと言わされたあとはこれが必要になるとかなんとか言ってね」

「彼、瓶をどうした?」わたしは訊いた。

「ブレザーのポケットに入れたよ」アイダ・ベルは答えた。

わたしがガーティを見ると、彼女は首を横に振った。「演説が始まったとき、テッドはブレザーを着てなかった」わたしは言った。

アイダ・ベルが目をみはった。「そういえばそうだね。めちゃくちゃ暑い日だったから……きっと脱いだんだろう」

「つまり、ブレザーは舞台裏のどこかにあって、誰でもあの瓶に手を伸ばせたってことになる」わたしはため息をついた。「容疑者リストにはこの町の住民全員が含まれるっていうふりだしに逆戻り」

「機会から考えると、行きどまりってわけだ」アイダ・ベルが言った。「となると、残るは動機だけじゃないかね」

わたしはうなずいた。「それなら、犯人が明らかになりそう」

「一番、理にかなった容疑者はつねに配偶者よ」とガーティ。

「確かに」わたしは賛成した。「それじゃ、テッドとポーレットについて、わかっていることは何？　テッドは浮気をしてた？　暴力夫だった？　ポーレットは地元住人と不倫をしていて、テッドが邪魔になった？」

ガーティが首を横に振った。「その手の話は何も聞いてないわ。でも、あたしはふたりともよく知らないから。ポーレットはスパやら買いものやらで、ほとんどの時間をニューオーリンズで過ごしてた。シンフルの女性とは誰とも親しくなってない。あたしたちのこともこの町のことも自分にふさわしくないと思ってるんじゃないかしらね」

「なるほど」わたしは言った。「テッドのほうはどう？　彼はあっちこっちで人にものを配っていたって言ってたわよね。彼が特に親しくなった人って誰かいる？」

アイダ・ベルが肩をすくめた。「あたしは気をつけて見てなかったからね。あいつ、うざったくって。いっつも笑顔が大きすぎだし、やたらとお世辞を言うしで」

「それに前ハグ男だったしね」ガーティが口を挟んだ。

「前ハグ男って何？」わたしは尋ねた。

「あれだよ」とアイダ・ベル。「ハグするときは絶対に前から、真正面からって男。どれぐらいの知り合いかなんて関係なし、横からのハグのほうがふさわしいってときでもね」

「ああいう男ってオッパイの感触を確かめたいだけだと思うわ」ガーティが言った。

わたしは顔をしかめた。テッドが本当に年代もののオッパイの感触を楽しもうとしていたのかどうかは疑わしかったが、その真正面からのハグを経験せずにすんでよかった。わたしはパーソナルスペースに侵入されたくないタイプだから。

「思うに」アイダ・ベルが言った。「シンフルの女性陣の大半はまわり道をしてでもテッドを避けてたんじゃないかね。あたしのふだんのルートからはあんまり情報を得られないと思うよ」

「それじゃ、テッドに関しては男に訊く必要があるかもしれないわね」わたしは言った。「ウォルターはどう?」

ガーティの顔がぱっと明るくなった。「それ、名案だわ。男どもの大半はだいたい一週おきに雑貨店に寄っちゃ、ウォルターと無駄話をしていくもの。テッドが何かうさんくさいことをたくらんでたなら、ウォルターが知ってるかもしれない」

「知ってたら、教えてくれると思う?」わたしは訊いた。

ガーティが片眉をつりあげた。

「あ、そうか」ウォルターは生まれたときからアイダ・ベルに熱をあげているんだった。「それじゃ、まずやるべきなのはウォルターと話すことね。でもこの手の会話は電話じゃまずいと思う」

「まずいね」アイダ・ベルが賛成した。「店にいるあいだは言えないことがあるかもしれないし。ところが、あたしは夜まで待ちたくないときた」

「となると、問題があるわね」とガーティ。「あたしたち、きょうはもうメインストリートに出かけるべきじゃないから。カーターにそろって留置場へぶちこまれるかもしれない。そうすれば一瞬でも平和が訪れると思われたら」

わたしはうなずいた。「家に帰って外へ出るな、ブラインドを閉めておけ、窓の外を見るのもご法度だ。そんなようなことをほのめかされた」

「それはずいぶんと失礼じゃないの」ガーティが言った。「いくらカーターにしても。それじゃ、あなたは人前に出ないほうがいいってカーターが考えるなら、あたしのボートで行きましょう。雑貨店の裏にとめればいいし、裏口から倉庫部屋へ入れるわ。そうすればメインストリートにいる人たちに見られずにすむ」

「ガーティのボートはうちのアザレアの茂みに突っこんで壊れた気がするんだけど」

「あれはあたしのボートだよ」アイダ・ベルが言った。「ガーティは自分のボートを二カ月前に壊してたんでね」

「ボートを壊すことがずいぶん多いのね」

ガーティが宙に両手を突きあげた。「あんなところに家があるなんて、誰が思う?」

わたしはアイダ・ベルを見た。ガーティがどうやってボートを家に突っこんだのかは、推測すらしたくない。

アイダ・ベルは口の形だけで〝あとで〟と言った。わたしはふたたびガーティとボートに乗ることに不安を覚え、顔をしかめた。「今回はアイダ・ベルが操縦をしたほうがいいかも」

ガーティが首を横に振った。「状況を考えると、アイダ・ベルは自分の家にいたほうがいいと思うわ。それだけじゃなく、マリーに電話して、来てもらうべきよ。それでアイダ・ベルと一緒にいてもらうの。万が一、アリバイが必要になったときのために」

ため息。「たぶんそのとおりね。ところで、ガーティのボートはきわめて怪しい対家事故のあと、ちゃんと修理されたのよね」

「ええと、ほとんどね」ガーティが言った。

わたしは目をすがめて彼女を見た。「〝ほとんど〟ってどういう意味？」

「小さな穴が開いただけだったから。大丈夫よ」

アイダ・ベルのほうを見ると、ガーティのボートの修理状況は把握していないらしく肩をすくめた。

「ああもう、いい加減にしてちょうだい」ガーティが言った。「なんて臆病者《チキン》なの。ボートに乗ってる時間なんてほんの五分だし、あたしたちが使える時間はかぎられてるのよ」

わたしは背中がこわばるのを感じながら、いますぐ立ちあがって闘いたいという衝動をなんとか抑えこんだ。ガーティはわたしの最大の弱点を突いた。彼女が知っていてやったのは絶対に間違いない。臆病者と非難されることほど、わたしの闘争心をかきたてることはない。時間がどんどん過ぎていくという指摘も正しかったから、なおさらだ。今度の事件を解決するのが早ければ早いほど、アイダ・ベルの潔白が証明され、モローがわたしをシンフレに残してもかまわないと判断する可能性が高くなる。

「わかった、それじゃ出かけましょ」〝分別が頭をもたげて、わたしの気が変わる前に〟とは言わずにおいた。

ガーティが勢いよく立ちあがった。「決まりね！　ドックへ行くついでに、アイダ・ベルを家まで送っていけばいいわ。テニスシューズを履いてくるから、ちょっと待ってて」

彼女が急いでキッチンから出ていくと、わたしはアイダ・ベルを見た。「ガーティのボートに構造的な問題はないと言って」

アイダ・ベルはやれやれと首を振った。「あたしの溶接機を貸してやったけどね、ガーティがちゃんと穴をふさげたかどうかは知らないよ」

「最高」

「ほら、明るい面を見な――あんた、泳げるのは確かだろ」

第７章

ボートがとめてあるドックというのはところどころ雑草が生えた未舗装の土地で、砂利をまいた斜面が進水台代わりに使われている。進水台の両側に荷台車《トレーラー》にのせられたボートが数艘ずつとまっているが、どれもおんぼろだ。テッドがこの場所の舗装を約束したとき、拍手が起きたのも当然だった。

「あれがあたしのよ」ガーティが古ぼけた緑の平底船を指して言った。黄色いデイジー模様のカバーがシートにかかっている。

わたしはにやつきそうになるのをこらえ、ジープをボートのそばまでバックさせた。迷彩柄が氾濫するなかでは、まったく予想外の光景だろう。

車から飛びおりたガーティが、ジープをさらにバックさせるよう指示し、トレーラーをジープにつないだ。わたしはジープを方向転換させ、ボートを進水台がわりの斜面にバックで滑らせた。ガーティがボートのフックをはずすと、進水の準備が整った。もしくは押し流される準備が。もう知ったこっちゃない。

「急いで」ガーティがボートから叫んだので、わたしはジープを駐車してから進水台へと走った。「もたもたしてる時間はないわよ」

ボートの端から端まで目を走らせてから、ぐっと押して自分も飛びのった。まずいことになりそうだという予感を押し殺せないまま。舳《へさき》寄りのベンチに腰をおろすと、ガーティに親指をあげてみせた。

「これは競走じゃないから」彼女に思いださせた。「スピードを出す必要はなし」

「誰かが銃撃してくるまではね」

「そんなこと、本当に可能性としてあると思う？」

ガーティは肩をすくめた。「ふつうはね」

それ以上訊くのはやめておいた。「わかった。それじゃ誰かが銃撃してくるまでは、適度なスピードで行きましょ。いい？」

「いい案ね」ガーティはパイロット・ゴーグルを装着すると、船外機のスロットルをひねった。

ボートが水面から跳ねあがったので、わたしは船底に投げだされないように両縁をつかんだ。どこが適度なスピードなんだか。わたしが考える適度の倍の速度で、ガーティはバイユーを進んでいく。眼鏡をかけることを拒み、視力に疑問符がつく人物だからこそ、こっちは心配してるのに。

前を向くと、声に出さないで祈りを捧げた。ボートは沿岸の桟橋をかすめて、釣り人ふたりに大波を浴びせかけた。わたしは謝罪の言葉を叫んだが、たぶんこちらのスピードが速すぎて彼らには聞こえなかっただろう。岸の景色はあっという間に後ろへ飛んでいってしまうため、自分がどこにいるのかわからなかったが、わが家を通り過ぎた気がしたあとボートが急旋回したため、わたしはもう少しでバイユーへほうりだされそうになった。

スピードを落とせと怒鳴ろうとしたちょうどそのとき、ガーティがエンジンを完全にとめたため、わたしは手脚を広げてボートの舳に倒れ、バイユーにころがり落ちずにいるのが精いっぱいになった。起きあがると、ウォルターの店の桟橋が顔の数センチ先まで迫っていて、その端をつかんで衝突を回避するのにぎりぎり間に合った。

「帰りはわたしが操縦したほうがいいかも」桟橋に飛びおり、ボートを舫《もや》いながら、わたしは言った。

「あなた、ボートの操縦のしかたは知りもしないでしょ」ガーティが言った。

「それでも、あなたよりうまくできる自信があるの」

「最近は人のあらさがしをする人間ばっかり」ガーティはぶつぶつ言いながらボートを降りた。

「誰にも見られないうちになかに入りましょ」

午前中の乱闘に巻きこまれたあとだから、わたしは即座に言われたとおりにした。雑貨店まで走っていき、裏口からするりと倉庫部屋へ入った。ガーティもすぐあとに続く。店内へ出るドアを細く開けてのぞいたが、客はいない様子で、ウォルターがレジの後ろのいつものスツールに座っているだけだった。

「ウォルター」わたしはささやいた。

彼は読んでいた新聞をさげると、ドアを振り返り、わたしの頭が突きだしているのを見て目を丸くした。

「話があるの」わたしは言った。

ウォルターは新聞をカウンターにほうり投げると、わたしが見たこともなかったすばやい身のこなしで倉庫部屋へやってきた。

「アイダ・ベルは大丈夫か？」ドアを閉めるやいなや、彼は尋ねた。

「ええ」わたしは彼を安心させた。「カーターは彼女を尋問したあと、家に帰したの。町から出るなって命令されて、いまは自宅にいる」

「どうしてだ？　いったい何がどうなってるんだ？　きょう三度もカーターの電話に留守電を残してるのに、あいつはおれがおじきだってことを都合よく忘れてるらしい」

「忘れてはいないと思うわ」心配で取り乱した様子の雑貨店主に、わたしは同情した。「カーターは自分の仕事をしているだけ。彼もわたしたちと同じでちっとも愉快じゃないはずよ」

ウォルターはため息をついた。「あんたの言うとおりなのはわかってるが、カーターめ、つかまえたらただじゃ置かないからな。それで、どうなってるんだ？　あんた、何か知ってるか？」

わたしはうなずき、CIA絡みのこと以外は最新情報を伝えた。シンプルでわたしの正体を知っているのはアイダ・ベルとガーティだけだ。彼女たちもわたしのフルネームと職名は知らない。後者に関してはすでに当たりをつけているだろうけれど、言わずにおいたほうがいいこともある。

わたしが話し終えると、ウォルターはこめかみを揉みながら深くため息をついた。「思っていたよりもまずいな。カーターが電話をかけ返してこないのも当然だ。金ならある。おれがこの州で一番いい弁護士をアイダ・ベルにつけてやる」

片思いの相手に対するウォルターの献身ぶりに、わたしは持っていないふりをしようとしている心がほんの少し締めつけられた。あと三十歳年取っていて、首に賞金をかけられたCIAの暗殺者じゃなかったら、そしてバイユー沿岸のこのばかげた町に骨をうずめようという気になったら、絶対ウォルターにアプローチすると断言しよう。

「まだそういう段階には達してないと思う」わたしは言った。「それに神の思し召しがあれば、そこまではいかないはずよ」

ウォルターは首を横に振った。「あんたが奇跡を起こせるなら別だが、そうなるのは避けられないと思うがね」

「ガーティとアイダ・ベルとわたしで独自の調査をして、真犯人をつかまえるつもりなの」

ウォルターは驚きと不安の入り交じった表情で数秒間、わたしたちの顔を見つめた。「本当に本気らしいな」

ガーティが両手を宙に突きあげた。「もちろん本気に決まってるでしょ、間抜けな爺さんね。一番昔からの、一番大切な友達が濡れ衣を着せられようとしてるのに、あたしがただ突っ立って眺めてるなんて思うの？」

ウォルターが体をこわばらせ、同時に顔がうっすらと赤みを帯びた。「いや、あんたはする資格のまったくないことに頭から突っこんでいって、アイダ・ベルの隣の独房にぶちこまれる結果になるだろうよ」

「結構じゃない」ガーティは胸の前で腕を組んだ。「ジェフ・フォックスワーシーによれば、人はみんな自分の役割を心得てるそうだから――あんたはあたしたちが保釈金を払ってもらうために電話するいい友達、あたしはアイダ・ベルと一緒に留置場へ入れられる最高の友達ってわけね」

「へえ」わたしは言った。「そのフォックスワーシーっていう人の法則、ちょっと無鉄砲だけど一理あるわね。彼、シンフルの住民なの？（ジェフ・フォックスワーシーは〝田舎者ネタ〟を得意とするアメリカのコメディアン）」

ガーティはため息をついた。「その話はあとで。いまは進めるべき用件があるから。それはつまり、こちらのお偉いさんが基準をさげて、あたしたちに力を貸してくれるんならだけど。それはもちろん、話をするだけで逮捕されるのが心配ならだめね」

ウォルターはやれやれといった様子で首を振った。「いいとも、間抜けな婆さん。何が知りたいんだ？」

「誰かがテッドを殺したいと思うような理由」わたしが言った。

ウォルターは目をみはった。「単刀直入だな。しかし、がっかりさせる答えしかおれには言えないよ。テッドを殺したいと思う理由なんて、見当もつかないからな」

「ほんの小さなことでも？」中古車セールスマン的なテッドの性格が、誰の気にもさわらなかったというのは考えにくい。

「女性陣はあいつを多少スケベだと考えていただろう」ウォルターは言った。「だからたいてい避けてたな。男どもはだいたいテッドをほら吹きで、絶好調のときに人を飲みに連れていったかと思うと延々としゃべりつづけるやつと考えていたはずだが、そんなのは殺しの動機にならないだろ」

「不倫はどう？」わたしは訊いた。「テッドはスケベだったたって言ったわよね。シンプルの女性のなかには彼を避けたいと思わなかった人もいたかもしれない。嫉妬深い夫がいる人で」

ウォルターは眉根を寄せた。「いろんな可能性があると思うが、具体的に誰とは思いつかないな。特定の女と話しているところ、とりわけ不倫を疑わせるようないちゃつき方をしてるところは見たことがない」

ガーティがため息をついた。「この手のことを訊いても無駄よ。テッドが誰かとベッドにいるところを見なけりゃ、不倫してたってことに気づかないから、この人は。こういうことになると男は目隠しされてるも同然」

「ほんとに?」わたしの知っている男性は大半がCIAの工作員仲間だ。観察力が鋭いほうが生き延びる確率が高くなる。そんなわけで、一般男性にそんな盲点があるとは知らなかった。

「かもしれんな」ウォルターがちょっとむっとした顔で言った。「女はずるくてこそこそやるのがうまいが、男は女のそういう嫌なところを信じたくないんでね」

ガーティがばかばかしいと言うように手を振った。「そうやって自分を騙してなさい。アンジェリーナ・ジョリーが重大犯罪者でも、男は彼女とセックスするために列を成すでしょうよ」

「うーん」ウォルターは反論できない様子だった。

「アンジェリーナ・ジョリーとのセックスは置いといて」わたしは言った。「テッドが殺意を抱かれるほど誰かを怒らせたかもしれないことって、何か思い当たる?」

「思い当たればいいんだが」ウォルターは答えた。「何も見聞きしてないなあ、誰かがテッドの命を狙ってたんじゃないかなんて気がすることは。この辺の住民のなかにテッドを狙ってたやつがいたなら、そいつは隠すのがむちゃくちゃうまかったか、噂になる前に実行に移したかのどっちかだな」

「最近、テッドはお店に来た?」わたしは訊いた。

「ああ。この二週間、修理の用事で何度かスクーターに会いにきたよ。あいつはモーターがついたものはいっさい持つべきじゃないね」そう言ってから、ウォルターはちょっとばつの悪そうな顔になった。「いや、いまはもう持ってないわけなんだが。おれとしたことがひどいことを言っちまった」

「うっかりでしょ」わたしは言った。「修理ってどんな？」

「ピックアップトラックのブレーキがいかれたんだ――ごくふつうの故障だった。ボートのモーターのほうは違ったな。溶けちまったんだよ――配線のやり方がまずかったんだろう。スクーターがこれは修理しても無駄だって言ったもんで、テッドは新しいのを買う羽目になった」

「それで、そういう修理の相談に来たとき、テッドに変わったところはなかった？」わたしは尋ねた。

ウォルターはうなずいた。「ケーブルテレビでやってる番組のことをよくしゃべっていった。あいつがぺらぺらしゃべりだすと、おれはたいてい聞き流しちまってたが、いつもと変わらないように見えたよ」

「ひょっとしたら、あたしたちのアプローチが間違ってるんじゃないかしら」ガーティが言った。「あたしたち、テッドが何かやって、そのために誰かが彼を殺そうとしたと考えてるでしょ。でも、もしかしたらポーレットが不倫をしていたのかも」

わたしは眉をひそめた。「嫉妬深い愛人がテッドを殺したってわけ？　ポーレットをひとり占めするために？」

ウォルターが顔を歪めた。「もしそうだったとしたら、その愛人は喜び勇んで心神喪失の申し立てをするだろうな。正気の人間があの女を欲しいと思うわけがない」

「同感だわ」ガーティが言った。「でも男の大半はあなたに比べると思慮に欠けるわよ、ウォルター」

「ポーレットはほとんどの時間をニューオーリンズで過ごしてたって話だったわよね」わたしは言った。

ガーティがぱっと顔を輝かせた。「そうよ。スパにいたってことだけど、つまりは男と遊んでまわるチャンスがたっぷりあったって意味だわ」

わたしはうなずいた。「そしてテッドもほかのシンフル住民も誰ひとり、そこに思いいたらなかった」

「やったわ」ガーティが言った。「あたしたちがやるべきなのは、ポーレットがニューオーリンズにいるあいだに何をしていたか、確かめることだけね」

「どうやって確かめるつもり？」わたしは訊いた。「彼女、このあとすぐにはスパへ出かけないわよ、夫が殺されたばかりだってことを考えると」

ガーティは眉間にしわを寄せ、考えこんだ。「レシートが手に入ればいい。そうすれば、ポーレットがどこにいたかがわかるから、従業員に聞きこみをする方法が見つかるかもしれないでしょ」

わたしは首を横に振った。「冗談じゃないわ」ガーティが何をしようとしているかはすでに見通していた。「テッドの家に侵入するのはなし。そんなことしたら、〝逮捕して。わたしがやりました〟って旗を振るのも同然」

ウォルターがうなずいた。「カーターに留置場へぶちこまれるだろうな」

「それなら、あたしはネタ切れよ」とガーティ。「あなたにはもっといいアイディアが出せるの？」

「もっといいアイディアが出せないからって、いまのがいい案ってことにはならないから」

「でも、唯一の案よ」

窓の外のバイユーを見つめながら、わたしは自殺行為に等しいガーティの提案にかわる案を必死にさがした。

「やる気なのか」ウォルターが言った。「信じられん。あんたもほかのふたりに劣らずいかれてるな」

わたしはにやりと笑った。本当のことを知ったら、ウォルターはどんな顔をするだろう。

「ポーレットはカトリック信者だから、教会へ出かける用事があるんじゃない？　家が空っぽになれば……」

「そこまでだ」ウォルターは言った。「おれはこれで失礼するよ。そうすりゃ、カーターに何か訊かれても、なんにも知らないって答えられるからな。何か必要があったら……合法のことにかぎるが、電話をくれ」

彼が倉庫部屋から出ていくまで待ってから、ガーティはわたしの質問に答えた。「誰かが亡くなると、カトリック教会では直後にお通夜をすることがあるの。テッドは東部で埋葬されるだろうから、あすマイケル神父がなんらかの礼拝を行うのはほぼ間違いないはずよ」

わたしはうなずいた。「そのとき家に侵入しましょ」

「さらに好都合なことに、シンフル住民の大半がそのお通夜に参列するの。偽善者どもはたいてい結婚式かお葬式じゃないと教会に足を踏み入れないんだけど、近所の住人に目撃される可能性が低くなるわ」

「それなら決まりね。とっととここから出ましょ。誰かに見つかって、ウォルターに迷惑がかかるといけないから」

ガーティはうなずき、わたしと一緒に裏口から外に出ると桟橋へ向かった。わたしがボートの舫いを解き、先に乗りこんだガーティがモーターをかけた。おあずけになっている熱いシャワーを早く浴びたくてしかたない。わたしはボートを押して桟橋から離しつつ飛びのった。

「今度はスピードを抑えてよ」ガーティに注意すると、彼女は天を仰いでからスロットルを強く引いたので、ボートが水面から跳ねあがりながら飛びだした。

悪いことに、まっすぐ前から別のボートがぐんぐん進んでくるところだった。

「気をつけて!」わたしは叫んだ。

ガーティがぐいっと舵《かじ》を横に切ったため、ボートは急に方向転換し、ほんの二、三センチの差で衝突は回避したが、もう一艘のボートに波を浴びせかける結果になった。振り返ると、ボートを操縦していた男は驚きながらも水を浴びないように片腕で顔をかばい、そのあと腕をおろした瞬間、わたしの顔をまっすぐ見た。

まずい。午前中の騒動でわたしを雌犬と呼んで引っぱたこうとした男だ。

ガーティを見ると、ボートの速度を落として、目にかかった水をぬぐっているところだった。

「わたしがスピードを抑えろって言ったの覚えてる?」

「覚えてるけど?」

「全部忘れて」

ガーティはひどく当惑した顔で目をすがめた。「いったい――」

〝この雌犬〟男が目をみはった。「ヤンキーの人殺し女じゃないか!」

ガーティが後ろを見た。「ああっ、まずい!」彼女はモーターのスロットルを再度引いた。

ボートはもう一度前へと飛びだしたので、わたしは船底に足を踏んばって倒れないようにこらえた。〝この雌犬〟男がすぐさま自分のボートの速度をあげ、追ってきた。

ガーティが後ろを振り返った。「どうやらボートチェイスの始まりね!」

ああ、やれやれ。

わたしは顔をしかめた。風でさざ波の立ったバイユーを、ボートはぐんぐん進んでいく。雑貨店までの操縦もここまで荒っぽくなかった気がする。〝この雌犬〟男を振り返り、向こうのボートとの距離が縮んできているのを見てとると、わたしは脈があがった。

「もっとスピード出せない?」ガーティに訊いた。

「冗談でしょ! もうスピード出しすぎで、こっちは若返ってきてるくらいなんだから。それにこのボートのモーターはこれが限界」

わたしは後ろに飛び去っていく岸の景色から、ドックまであとどのくらいか推しはかろうとした。そう遠くないはずだが、確信はない。それにあの男が差を詰めてきている具合からすると、進水台まで逃げきるのは無理だ。彼につかまる前に水からあがるのはもっと無理。

ピシッという音が最初に聞こえたとき、わたしはボートがバイユーに浮いていた炭酸水の缶か何かにぶつかったのかと思った。でも、袖のすぐそばを何かがぴゅんっと飛んでいき、腕にこすれるのを感じた。ガーティの横から身を乗りだすようにして〝この雌犬〟男をよく見ると、ちょうど彼がわたしの頭に拳銃の狙いをつけたところだった。

わたしはボートの床に突っ伏した。「あの男、こっちを狙って撃ってる!」

もう一度ピシッという音がわたしの横で響いた。

「ペレット銃よ」ガーティが言った。「当たると痛いけど、死にはしないわ。目だけ狙われないようになさい」

「目だけじゃなく、ほかも狙われたくないわよ。あの男があと少しでも近づいてきたら、ペレット弾は痛いだけじゃすまない」

ボートの底に目を走らせ、武器として使えるものをさがした。錨は武器になりそうだが、勢いよく振りまわしたらロープが切れそうだった。そこで、わたしはオールをつかんだ。

「叫んだら」ガーティに言った。「エンジンを切って、左に三十センチぐらいカーブして」

「了解」ガーティが答えた。

ためらうことも、問いただすことも、片眉をつりあげることもなし。ガーティのわたしへの信頼に感動したらいいのか、仰天したらいいのか。

わたしは真ん中のベンチの後ろにしゃがみこみ、ガーティの横から後方を見やった。〝この雌犬〟男は約三メートルの位置まで迫っている。彼が一・五メートルほどまで近づいたら、作戦実行だ。

二・五、二、一・五……。

「いまよ！」わたしはあらんかぎりの声で叫んだ。

ガーティがエンジンを完全に切ったので、ボートはブレーキを踏んだみたいにバイユーの上で急停止した。唖然とした〝この雌犬〟男が高速で横を通り過ぎていく瞬間に、わたしは勢いよく立ちあがり、オールで殴りつけて彼を後ろによろめかせた。

男は倒れる途中でモーターのハンドルをぎゅっとつかみ、バイユーに投げだされるのをなんとかこらえたが、ベンチの上に倒れこみ、ボートは大きく右にカーブした。男のボートはそのまま岸へ、バイユーと平行して走る道路へと乗りあげた。

さらに、ちょうどそこにいたカーターのピックアップトラックの側面に突っこんだ。

「早くここから逃げましょ」わたしはふたたびボートの底にしゃがみこんだ。

とそのとき、床に水が満ちてきているのに気づいた。

「あたしの修理が充分じゃなかったみたい」ガーティが言った。「穴をふさぐにはダクトテープよりも強力なものを使うべきだったのね」

ボートの横から身を乗りだして見やると、カーターがちょうどピックアップから飛びおり、〝この雌犬〟男に向かって怒鳴りはじめたところだった。

「ドックはすぐそこよ」とガーティ。「あそこまで泳ぐしかないわね」彼女はボートの横からバイユーに飛びこむと、岸に向かって泳ぎだした。

ほかに選択肢がなかったので、わたしは底から立ちあがり、ガーティの横に飛びこんだ。有能なる保安官助手に身元を確認されないよう、できるだけ潜水で泳ぎながら、自分がちゃんと岸に向かっていることを祈った。息継ぎのためにとうとう顔を出さなければならなくなったとき、ドックまであと五メートルほどだとわかったのは嬉しい驚きだった。

ガーティはどこかと振り返ると、一メートルも離れていないところを完璧なクロールで泳いでいたのでびっくりした。わたしもマイケル・フェルプス（アメリカの競泳選手でオリンピックと世界選手権で多数の金メダルを獲得した）・モードでスパートをかけ、足が硬い地面に触れるやいなや進水台代わりの斜面を駆けあがった。振り向きもせず、ジープへと全力で走る。

乗りこむとギアをバックに入れ、進水台へ、岸へとジープを勢いよくバックさせた。ちょうど斜面を這いあがってきたガーティがバンパーをつかんで立ちあがり、助手席側にまわると倒れるように乗りこんできた。

車を発進させながらバイユーを見やると、反対側の岸の端にカーターが立ち、こちらを見て首を振っていた。わたしはアクセルを踏みこみ、このあとはまっすぐ家に帰ってじっとしていようと心に決めた。午前中カーターに言われたとおりに。少なくとも今夜のあいだは。

車を歩道に寄せてとめ、ガーティのほうを見ると、彼女はため息をついた。

「ほらね」彼女は言った。「誰がいつ銃撃してくるかはわからないのよ」

第8章

ガーティを彼女の家でおろすと、あすの朝まで外へ出ないと約束させた。わたしとしては郵便物を取りに玄関から出ることすらしないでほしかった。家にこもっていろというカーターの命令は、何か思うところがあってのことという気がしはじめていた。

ウォルターに会いにいってもこれといった情報は得られなかった。さらに悪いことに、ガーティにもっとばかげた計画を思いつかせる結果になり、わたしは賛成して自分も加わると言ってしまった。自宅のガレージに車を入れながら、わたしは呆れて首を振った。シンフルに着いて以来、火事場から火事場へ飛びまわっているような状態で、ほぼ毎日、小さじ一杯の水で火を消そうとしているに等しい気がする。

今回のアイダ・ベル絡みの危機を乗り越えしだい、シンフルでの残りの日々の過ごし方を真剣に考え直さなければ。

熱い湯を一滴残らず使い果たすまでシャワーの下に立ち、ピーリング・ジェルとヘチマスポンジで全身をこすって洗った。この手のものは女の子っぽすぎると思っていたが、シンフル・バイユーにつかったことで考えが変わった。ひと皮むけるぐらいじゃないと、汚れが落ちた気がしない。

残念ながら、大量の熱い湯とたっぷりの研磨ジェルを使っても、バイユーの泥の下水みたいなにおいを消すことはできなかった。そこで、Tシャツとショートパンツを身に着けると一階に駆けおりてコーヒー豆の缶に鼻を突っこんだ。

コーヒー豆は効果を発揮してくれたが、同時に一杯飲みたいという気持ちにもさせられたので、わたしはコーヒーを淹《い》れはじめ、ガーティのチョコチップクッキーとアリーの最新作、チョコレート・ペカンパイのどちらを食べようか迷った。結局、きょうはふだんの二倍たいへんな一日だったから、甘いものを二倍食べてもよしと決め、両方を皿にのせると、コーヒーをカップに注ぎ、テーブルに一緒に置いた。

一枚目のクッキーをかじり、うっとりしたところで玄関の呼び鈴が鳴った。カウンターの上に置いた拳銃を見やり、誰が訪ねてきたのか知らないけれど、あれでおどかしてやろうかと真剣に考えた。相手が慌てて帰り、二度と訪ねてこないように。

呼び鈴がもう一度鳴り、今回は前よりしつこかったので、わたしはため息をついて立ちあがった。ただしクッキーは持ったまま。拳銃をカウンターの抽斗に突っこんでから、居間へと出ていった。玄関ドアを勢いよく開けると、目の前に立っていたのはカーターだったため凍りついた。

「そのクッキーがもっとあると言ってくれ」カーターが言った。

「あるかもね」わたしは答えた。彼は怒っているようにも、不機嫌にも見えなかったので、どういう狙いで来たのか判断しかねた。

「おれにも一枚くれないかな」

わたしは後ろにさがり、なかに入るよう彼に手振りで示した。彼のあとについてキッチンに戻る。カーターが何をたくらんでいるのか突きとめてやろう。

「コーヒー飲む？」

「いいね」彼は答えてテーブルの前に腰をおろした。「ありがたいよ。長い一日だったから」

「はん。それって控えめな表現よね」わたしはクッキーをのせた皿とコーヒーを彼の前に置き、自分も腰をおろした。

「誤解のないように言っておいたほうがいいだろう」カーターが言った。「あんたを逮捕しにきたわけじゃない」

わたしはパイを大きくひと口食べてから言った。「当然でしょ。こっちは何もしてないんだから」

カーターは眉をつりあげた。「おれが嫌な男になりたけりゃ、ショーティ・ジョンソンをオールで殴った件であんたを引っぱることもできるんだぞ」

「向こうが銃撃してきたんだから、こっちは正当防衛を主張すればいいだけだわ。そうしたらあなたは女性を蔑視する男の仲間に見えるわよ」

カーターはクッキーを皿に置いて目を丸くした。「銃撃してきた？」

「ペレット銃でね。でも当たれば痛いし、汚れひとつなかったTシャツをだめにされた。それに、銃弾にかぎらず、何かで狙われたら、わたしは頭にくるわけ」

カーターは声をあげて笑った。「だろうな。ショーティのやつは銃撃の部分を黙ってたから、あんたは無罪放免でいいだろう」

「ちょっとはっきりさせて——あなたはわたしがショーティをオールで殴ったことは知っていたけど、それはショーティが銃撃してきたからだってことは知らなかった。それなのに、この家に入ってきて最初に言ったのは、わたしを逮捕するつもりはないってことだった。なんで逮捕しないの？」

カーターは肩をすくめた。「ショーティについてよく知ってるから、あいつは殴られてもしかたのないことをしたんだろうって考えたせいかな。結局、そのとおりだったわけだが。それに、あいつはおれのピックアップの側面をぶっ壊したくせに、ボートの保険に入ってないか金欠かのどっちかだから、おれは自費で修理するか、保険会社に費用を請求して保険料率があがるのを我慢するかしかないんだ」

「とっても納得のいく……それにとってもうんざりな理由ね」わたしはコーヒーをひと口飲んだ。「逮捕しにきたんじゃないなら、何しにここへ来たのか話してくれる気はあるの？」

カーターはほほえんだ。「クッキーをもらいにきただけかもしれない」

「あら、大いに信じられる話ね、ただしあなたはドアが開くまで、ここにクッキーがあることを知らなかった」

「おれは探偵仕事がかなり得意なんだ。おれが知らなかったと断言できるか？」

「あなたがこの家に侵入したのなら別だけど、断言できる」

彼は声をあげて笑った。「してないよ。不法侵入は全部、あんたとやんちゃなふたり組にまかせることにした」

「なんの話かぜんぜんわからないって断言できる」

「そうだろうとも」カーターはコーヒーをひと口飲み、しばらくのあいだ窓の外を見つめていた。わたしに目を戻すと言った。「実は、ここへ来たのはひとつ頼みがあったからなんだ」

「本当に？　あれこれ想像したけど、それは絶対にリストになかった。シンフルの法執行機関のために、わたしに何ができるって言うの？」

「おれの代わりにアイダ・ベルを見守ってくれないか――絶対にひとりにしないようにして、一般住民とは交わらないように最大限の努力をしてほしい」

わたしは眉をひそめた。「わたしの祖母でもおかしくない年の人のお守りを、どうして頼んだりするのか教えてくれる？」

「今朝見たとおり、住民たちは気持ちが高ぶっているし、多くは正しい判断ができなくなっている。頭の悪いやつにとってアイダ・ベルはスケープゴートにしやすい相手だ。シンフルには頭の悪いやつが嫌というほどいる」

　カーターはもう一度窓の外を見てフーッと息を吐いてから、わたしに目を戻した。

「本当ならこんなことは打ち明けたくないんだが、おれはこの町のいまの状況が心配なんだ。きょうの午前中はきびしい態度をとったが、今度のごたごたに、あるいはほかの件にも、あんたがかかわっているとは考えていない。あんたは信じられないほど運が悪くて、騒動のど真ん中に足を踏み入れただけに見える」

　わたしの運の悪さについてと、シンフルのごたごたには関係していないと思っているという部分を聞いて、ふだんのわたしならしばしほくそえんだだろう。ところが実際は彼が最初に言ったことと、そのときの口調ばかりが気になった。カーターが自身の心配について認めただけでも驚きだが、彼の声からは心配以外のものも聞きとれた。恐れだ。

「妙にタイミングが重なっただけよ」わたしは言った。「あれこれ一度に起きて。あなたの負担は大きいだろうけど、どの殺人事件のあいだにも関連性はないわ」

「わかってる。しかしどれも大きなネオンサインみたいにぎらぎらした証だ。この町は変わった、それも悪い方向に」

「なるほど」わたしはマグカップをテーブルに置き、椅子の背にもたれた。「そういう考え方はしてなかった」

　カーターはため息をついた。「だろうな。海兵隊を除隊になったときは、故郷へ帰ってきてイラクでの八年間を忘れようと思った」

　共感がこみあげてきて、わたしは本当のわたしとしてカーターに同情を示せればと思った。非凡な司書サンディ＝スー・モローは、カーターが海外で目にし、行《おこな》っただろうことをまったく想像できないはずだ。でもフォーチュン・レディングは戦時ではどういうことが起きるかを嫌というほど知っている。

「あなたを責めはしないわ」わたしは静かな声で言った。

「十八で新兵訓練《ブート》・プログラム《キャンプ》に参加するためにシンフルを出たときは、ここよりも退屈な町はこの地球上にないと信じていた。戻ってきたときは、絶対にそのとおりであってくれと祈ったよ」

「でもそうじゃなかった」

「最初は——蜜月期だったんだろうな——そう思えたんだが、いまは……」カーターは首を横に振った。「シンフルは変わった」

「それは本当だと思うけど、きっとあなたも変わったのよ」

わたしを見たカーターの顔を、驚きの表情がよぎった。

「あなたは故郷に帰ってきた。まだ青年のときに離れた町がそのままであることを期待して。でも帰郷したあなたは成熟した大人になり、以前とはまったく異なる経験を積んで世の中に対する見方が変わっていた。たとえシンフルが変わっていなくても、あなたの目には違う映り方をしたんじゃないかしら」

彼は軽くほほえんだ。「あんたはときどき非常に頭が切れることがある」

「ときどきだけ？」

「きょうの午前中、保安官事務所のトイレに足を突っこんだじゃないか」

わたしは声をあげて笑った。「ま、細かいことにこだわりたいなら……」

「細部に目を光らせるのが仕事の一部なんでね」カーターは腕時計をちらりと見た。「そろそろ戻らないと。さっき頼んだことだが、考えてみてくれるか？」

わたしはうなずいた。「アイダ・ベルが家から出ないよう、それと法廷で証人として信頼されそうな人の前につねにいるように最善を尽くす。でも、絶対に大丈夫とは言えない。彼女はずる賢いところがあるから」

「はん」カーターは立ちあがった。「それは言うまでもないな」

わたしが玄関までついていくと、カーターはそこでくるりと振り返った。こちらとの距離はほんの数センチしかない。「さっき、おれがここへ来た理由として、頼みごとというのはあんたのリストになかったって言ったな。それなら、どんなことがリストにあったんだ?」

一般社会に適応するための一環として、先週ガーティに出来の悪いロマンス小説を読まされたのだが、それにそっくりの状況だった。欲望でけぶった目、セクシーな笑顔……陳腐な手管ばかり。でも、その効果てきめんぶりといったら。

わたしは脈が速くなり、おなかのあたりに疼《うず》きを感じた。

やだ、これじゃ十六歳に戻ったも同然。

頬にかかった髪をカーターに指先で払われると、わたしの体は過熱状態に陥った。指が一本さっと触れただけで、肌がぞくぞくした。とそのとき、彼が少し身を乗りだしたので、わたしは絶対にキスされると思った。

彼をドアの外へ押しだして鍵をかけるか、床にほうり投げてラグの上で襲いかかるか、心が激しく揺れた。感情に押し流されそうになり、頭がくらくらする。男性のせいでこんなにアドレナリンが放出されたことは過去になかった。その男性を殺そうとしているときでさえ。

いまはぐっとこらえてなりゆきを見守ろうと心を決めたちょうどそのとき、呼び鈴が鳴った。大きくて不快なビーッという音によって雰囲気が台なしになり、ふたりとも後ろにさがっておたがいのあいだに距離を置いた。

「クッキーをごちそうさま」カーターはそう言ってドアを開け、わたしの友達アリーの横を通って外に出た。「やあ、アリー」

「あら、カーター」アリーはそう言ってから、問うような顔でわたしを見た。「手錠をはめられてないってことはいい徴候？」

裸で手錠をはめられている自分の姿が脳裏に浮かんでしまい、わたしは首から上が赤くなるのを感じた。そのまったく不適切な映像を頭から閉めだすと、アリーになかへ入るよう手振りで示した。

彼女は一緒にキッチンまで来るとテーブルの前に腰をおろし、わたしがコーヒーを注ぐあいだ、こちらを観察していた。「あたし、何か邪魔したわけじゃないわよね？」彼女が訊いた。

「ぜんぜん。カーターは保安官事務所の用事でここへ来て、どのみち帰るところだったから」

アリーはコーヒーをひと口飲み、目をすがめた。「それなら、どうして赤くなってるの？」

「赤くなってなんてないわよ。六月のルイジアナのせい。暑いだけ」

「それ、絶対に嘘だわ」アリーが目をみはった。「うわ。カーターがアプローチかけてきたんでしょ」

「やだ、そんなことしなかったわよ」彼は間違いなくそのつもりだったと思うが、実際にはそこまでいかなかった。だから、厳密に言えば、わたしは嘘をついてない。

「なんだ」アリーがちょっとがっかりした顔になった。「でも、そうしてほしかった？」

「まさか……わたしは……そんな……」まずい。どうやって自分の言葉を締めくくったらいいかわからない。

アリーがにやりと笑った。「やっぱり、アプローチかけられたかったんだ。カーターって掛値なしのイケメンだものね。それにしても世に魅力的な男は数いるはずなのに、あなたが選んだのがカーターかあ。いつもあなたを追いつめて、おとなしくさせようとする男」

わたしはやれやれと首を横に振った。この会話は制御がきかなくなり、まだわたしの心の準備ができていないところへ向かおうとしている。「ルブランク保安官助手にはいらつかされるだけ」

「また嘘ついて。いい加減にしてよ、フォーチュン。赤い血の流れてる女はみんな、カーターのことをセクシーだと思う。死んでるか目が見えないかのどっちかじゃなければ、気がつかずにいられないわ」

「セクシーじゃないなんて言ってないでしょ。わたしのタイプじゃないってだけ」

「ほんと？　たくましくてセクシーで、信じられないほどハンサムで、立派な職歴があるうえにきびしい倫理観の持ち主。それがタイプじゃない？　それならどんなのがタイプなのか、訊くのも恐ろしいわね」

わたしはため息をついた。「この話、終わりにする気ないんでしょ」

「当ったり前でしょ。シンフルへ来て以来、あなたの身にはいろんなことが起きたわけだけど——人骨を見つけたり、殺人の容疑をかけられたり、もう少しで自分が殺されそうになったり——本当に落ち着かない顔になったあなたって初めて見た。あたしはこの話題を終わりにする気なんてまったくないから、正直に言っちゃったほうがいいわよ」

わたしは彼女をまじまじと見つめたが、もどかしそうにこちらを見返してくるうきうきと期待に満ちた表情を見ているうちに思わず笑ってしまった。本当の友達がいるというのはこういう感じなのだろう。必要なときは支えてくれるけれど、相手の最もプライベートな内面を平気で暴こうともする。ある意味、これもわたしにとっては慣れないことだった。謎めいたカーター・ルブランクに対する、自分のよくわからない感情に劣らず。

「話すことなんて何もないわ」ややあってわたしは言った。「だって答えがわからないんだもの」

「あー」わたしが本当のことを話しているのを察したらしく、アリーは眉を寄せた。「本当にわからないのね？　自分がカーターを好きかどうか」

わたしは肩をすくめた。「彼のことはわりと好きよ、説教されているとき以外は。それに、説教されているときだって、カーターを責めはしない。たいていはこっちの身から出た錆だから」

「ほかには？」

「ほかには、そうね、確かに見た目は悪くない」

「でも？」

わたしは両手を宙に突きあげた。「でも、それがなんだって言うの？　あなたはカーターを好きで、プラス彼をセクシーだと思うんでしょ。それなら自分が彼とデートしたら？」

アリーは眉をひそめた。「うーん。それはもっともな質問ね。あたしはカーターのそばで大きくなった。彼があたしに目を光らせてくれる感じで。あたしのほうが年下だし、いじめられっ子だったから。そんなわけで、あたしはカーターを彼氏候補としてより、お兄さんみたいに見るようになったんだと思う。でもそれは、彼が誰かほかの人とそういう関係にならないかなと思う邪魔にはならないわよ」わくわくした顔でわたしを見る。

「がっかりさせて悪いけど、わたしがここにいるのは夏のあいだだけ。一番避けたいのは誰かと恋愛関係になったりすることなの」

アリーがわずかに肩を落とした。「あなたはここに住んでるわけじゃないってことを忘れがちなのよね、あたし。もしかしたら忘れたいだけかも。きっと願望が……」

「わたし、ここにずっといるわけにはいかないのよ、アリー。わたしの生活は別の場所にあるから」別の人間としての生活が。

「それで、その生活を愛してるの？」

わたしは口をつぐみ、アリーの問いかけに考えをめぐらせた。ワシントンDCでの生活を、わたしは愛しているだろうか？　それともあれしか知らないというだけ？

「わたしが知っているのは向こうでの暮らしだから」ややあって答えた。「向こうでのわたしが本当のわたし」

「フォーチュン、あなたは若いわ。なりたい自分になる時間はまだたっぷりある。やりたくないことを無理に勧めるつもりはないけど、考えてみるべきよ。ここへ来て、あなたは自分の生活とはまったく違う生活を目にする機会を得た。シンフルはあなたが暮らす場所じゃないかもしれない。でもだからって、これまでいたところがそうだとはかぎらないでしょ」

わたしは窓の外のバイユーに目をやった。引き潮の濁った川を夕陽がオレンジ色に輝かせている。ワシントンDCの喧噪と比べると、一見とても平和だ。

でも、それはすべて嘘。

シンフルには隠れた秘密がいくつもあり、それがいまそろって表面へ浮上してきているように見える。そういう隠れた秘密がわたし自身の秘密を暴く結果にならないように、ひたすら祈るばかりだ。

第９章

「ポップコーンはどこ？」ガーティが居間から大きな声で訊いた。

「あたしのおニューのラグの上であういう駄物は食べさせないよ」アイダ・ベルがキッチンから怒鳴り返した。

食料庫でポップコーンの袋を手に持っていたわたしは、電子レンジへ向かうべきか、ジープへ向かうべきか迷った。わたしが到着してからというもの、ふたりはまったく手に負えない状態で、わたしはいまやふたりそろって撃ち殺したい気分になっていた。この高齢者のお守りプロジェクトが始まってからまだ十分しかたってないことを考えると、非常に悪い徴候だ。

「ポップコーン抜きで映画は観られないでしょ」ガーティが怒鳴った。

「ポップコーンを食べるなら、廊下で立って観てもらうよ」アイダ・ベルがわめき返した。

わたしは平和を回復しようと心に決め、電子レンジへとのしのし歩いていった。平和の回復なんて、わたしには一番縁遠いことだけど。「ラグを動かせばいいんじゃない？　なぜならわたしは絶対に食べたり飲んだりするつもりだし、かといってそれを廊下でするつもりはない。それにここにいるあいだ、娯楽があなたたちふたりの口喧嘩しかないなんてことも耐えられない。だって、言わせてもらうけど、ふたりともそんなにおもしろくないから」

アイダ・ベルがわたしの顔をまじまじと見た。「誰があんたをそこまで不機嫌にしたんだい？」

「あなた。それとガーティ。ふたりとも今夜は最低の鼻つまみ者よ。あとひと言ろくでもないことを言ったら、わたしは家に帰る。コーターは別のベビーシッターを見つけられるはずよ。子どものお守りがしたくなったら、わたしは自分で生みます」

「痛いとこを突かれたね。あたしもガーティもちょっとぴりついてるんだよ」

「じゃ、そのぴりつきをおさめてちょうだい。いまいましいラグをどかして、ポップコーンをはじけさせて、わたしたちにビールを持ってきて。映画の上映を始めましょ。言いあらそいにはもう飽き飽き。禅宗に入る準備ができたわ」

「あの宗派はあんたが選んだ職業をよしとしないんじゃないかね」とアイダ・ベル。「わかったよ。あのいまいましいラグをどかして、ありとあらゆる食べものと飲みものを居間へ運ぼうじゃないか。ところで、今夜は何を観るんだい？」

「さあ。選んだのはガーティだから」

アイダ・ベルはポップコーンの袋をつかむと電子レンジに突っこんだ。「またよくあるつまらない女性映画とやらだろうね」

「ご参考までに言っておくと」ガーティがキッチンへのんびりした足取りで入ってきた。「〈エクスペンダブルズ〉の1と2を借りてきたの」

わたしはにやつきそうになるのをこらえた。「年取った傭兵の集団が本来はかかわるべきじゃないあれこれに巻きこまれていくってやつね。なんてぴったりな」

「あなた、ほんとに最近の映画の話についてこられるようになったわね」ガーティが感心した口調で言った。

「このあいだは夜にランボー・シリーズのマラソン視聴をしたわ」

電子レンジがチンと鳴ったので、ガーティはポップコーンを出すために駆け寄った。袋を勢いよくつかんだかと思うと、それをそのまま深皿に投げ、冷たい水で手を冷やしに走った。アイダ・ベルは呆れて首を振り、袋を端から開け、中身を深皿に移した。

「ガーティは学習するってことがないんだ」そう言いながら、わたしの横を通って居間へと向かった。

わたしはにやりと笑ってビールを三本冷蔵庫から出し、彼女に続いた。映画のオープニング・クレジットが流れ終わるか終わらないタイミングで、玄関の呼び鈴が鳴った。わたしたちは全員凍りつき、たがいに顔を見合わせた。誰が来たにしろ、悪い知らせを持ってきたにちがいないとそろって考えたのだ。

ようやくアイダ・ベルが立ちあがり、ドアを開けた。「なんだい、マリー」そう言って、マリーになかへ入るよう手を振った。「どうして電話をかけなかったのさ。みんなカーターがあたしを逮捕しにきたと思ったじゃないか」

「ああ、ごめんなさい」おどかしてしまったことを悔いている顔で、マリーは言った。「でも、あなたたちに伝えたいことがあったし、ものすごく慌てることを言われたのよ――〝すぐ彼女に話しなさい、電話を使っちゃだめよ。誰かが聞いてるかもしれないから〟――ここへ来る途中で心臓発作を起こすかと思ったわ」

「いったいなんの話だね」アイダ・ベルが尋ねた。「言われたって、誰に？　それと、早く腰をおろしな。あんた、いまにも失神しそうだよ」

マリーはソファにどさりと腰をおろし、バッグを握りしめた。「あのね、バブス・ガスパードよ。シーリアと仲のいい」

「バブスが何を言って、あんたをそんなに焦らせたんだい？」

「バブスが言ったことじゃないの。ひそかに見張ってる人間がいるってことのほう。ねえ、誰かがわたしたちの電話をつねに盗み聞きしてるなんて、本当にあると思う？　だってね、わたしこのあいだ従姉妹と口喧嘩になって、彼女について、言わなかったことにしたくなるようなことを言っちゃったのよ、本当のことばかりだけど」

「従姉妹って、シャーリー？」ガーティが訊いた。

マリーはうなずいた。

「ま、納得ね」ガーティは言った。「シャーリーについて言われることはほぼ全部、本当だから」

アイダ・ベルがいらいらと手を振った。「シャーリーのことはどうでもいいよ。それと間抜けのバブスが言ったこともね。あんたの電話なんて誰も盗聴してないから」

「絶対に？」マリーはそう訊いてから、わたしの顔を見た。

「間違いないと思うわ」わたしは答えた。「盗聴器をしかけたり、携帯電話の通信を傍受したりするのは、思ってる以上に許可を得るのがむずかしいのよ」

マリーが目を丸くした。

「少なくとも、わたしが読んで知ってるかぎりではね」失言をカバーしようとして言った。

「ああ、そうだった」マリーの顔が納得の表情に変わった。「図書館で働いていると、いろんな種類の本を読むんでしょうね」

「そのとおり」わたしは言った。「で、バブスがわたしたちに話すよう言ったのはどんなことだったの？」

「テッドの家に男がいるって。誰もこれまでに見かけたことのない男が。若くて、たぶんポーレットと同じくらいの年。きょうの夕方、現れたらしいわ」

「テッドの身内？」わたしは訊いた。

マリーは首を横に振った。「バブスはわからないって。シーリアから命じられたんですって、この情報をわたしに伝えて、わたしからすぐアイダ・ベルに知らせるように言えって」

「いったいなんでシーリア・アルセノーは、あたしがポーレットを訪ねてきたよそ者のことを知りたいなんて思ったんだろうね」

わたしはため息をついた。「シーリアなりに力になろうとしているからよ」

マリーがますます困惑した表情になった。

「きょうの午後、シーリアがうちを訪ねてきたの」わたしは説明した。「アイダ・ベルの無罪を信じてると表明しに——もちろん、表だっては言いたくないからでしょうね。それで、真犯人を見つけてくれって頼まれたのよ、わたし。一般人が殺人犯を追いつめようとするのは危険だって、彼女を納得させたつもりだったんだけど、どうやらこの辺の水道水には人を頑固にする物質が混ざってるみたいね」

「ああ、なるほど」マリーが言った。「それでシーリアはわたしとも直接話をしたくなくて、バブスを代わりによこしたってわけね。密使みたいに」

「密使ねえ」とアイダ・ベル。「バブスの口はハリケーンの風にはためくシーツ並みに軽いよ」

ガーティがため息をついた。「失礼な言い草だけど、真実ね」

「で、バブスはほかになんて？」わたしは訊いた。

「以上よ」とマリー。

「以上よってどういう意味？　いまの話だけじゃ情報ゼロに等しいわ。あのね、ナンシー・ドルーごっこをする気なら、秘密工作を開始する前に、本当に共有する価値がある情報だってことを確認してもらわないと」

「その男、テッドの身内じゃないかもしれないわね」ガーティが言った。「ポーレットの恋人かもしれない」

マリーが目をみはった。「ポーレットに恋人がいるの？」

「まだわからない」わたしが言った。「単なる仮説。ポーレットがニューオーリンズで不倫していたなら、相手の男が嫉妬からテッドを殺した可能性もあるって」

「それはなかなかいい仮説ね」マリーが言った。「ただ、どうかしら。ポーレットを手に入れるために人殺しをする男がいる？」

「そこよね」とわたし。「それにたとえポーレットが、火傷しそうな情事の最中だったとしても、夫が殺されたその日に相手の男が彼女の家に現れるとは思えないのよね。そこまで間抜けな人間はいないわ」

「うーん……」アイダ・ベルが口を開いた。「その点についちゃ、あたしも賛成だね。つまりその男が何者か、あたしたちで突きとめる必要があるってことだ」

「ああそれはね、シーリアがやるってバブスが言ってたわ」マリーが言った。「あしたポーレットにキャセロール料理を持っていくんですって。情報が手に入ったらすぐ、シーリアがバブスに伝えて、次にバブスがわたしに教えてくれるから、わたしがまずここへ来ることを電話で知らせて、それから教えにくるわ」マリーはため息をついた。「やれやれ、ややこしくて考えただけで疲れるわね」

「同感」わたしも言った。

マリーはソファから勢いよく立ちあがった。「それじゃ、お邪魔したわ。あなたたちのお楽しみを再開して」

「スナックを食べながら映画を観るんだ」アイダ・ベルが言った。「あんたも一緒にどうだい?」

「残念だけど。キャセロールをオーヴンに入れたまま出てきたの。五分前に焼きあがってるはずだわ」そう言うと、彼女は玄関から飛びだしていった。ドアをバタンと閉めて。

わたしは首を横に振った。「マリーはスパイ向きじゃないわね、緊張しすぎる」

「それにいつか必ず火事を出すわよ」とガーティ。

「ポーレットのところの男だけど、何者だと思う?」アイダ・ベルが訊いた。

「まだなんとも言えない」わたしは答えた。「いろんな可能性がありすぎる。シーリアがもう少し情報をつかんでくるまで待ちましょう」

「そうだね」アイダ・ベルはソファにもたれた。「映画を再開しな、ガーティ」

わたしはリクライニングチェアに背中をもたせかけ、画面に気持ちを集中しようとした。悪くない映画だったが、どうしてもポーレットがたびたびニューオーリンズを訪れていたこと、殺人の起きた日にこの町に現れた得体の知れない男のこと、そして町中が知っている地リス駆除剤のことへと意識がさまよってしまう。

考えごとに完全に気を取られていたとき、ソファの後ろの窓ガラスが割れ、何かが飛びこんできて、部屋の奥に置かれていた壺形ランプにぶつかった。アイダ・ベルとガーティは床に突っ伏し、わたしは後ろ向きにひらりとリクライニングチェアの背もたれを越えた。椅子の後ろからのぞくと、紙に包まれた大きな物体がランプの破片のあいだにころがっている。

タイヤのキキーッという音が聞こえたので急いで見にいったが、薄暗い街灯に照らされて確認できたのは、濃い色のピックアップトラックということだけだった。

「さわっちゃだめよ!」ガーティがアイダ・ベルに向かって叫んだ。「爆弾かもしれないわ」

振り返ると、アイダ・ベルが大きな物体の上に身を乗りだし、拾おうとしていた。

「だったら、さわったところで変わりはないんじゃないかい?」

物体を拾ったアイダ・ベルのところへ、わたしは急いだ。

「大きな石を紙でくるんだだけだよ」アイダ・ベルは石からゴムバンドをはずし、紙を広げた。

〝ヤンキー好きの人殺し〟

「こりゃまた洗練されたメッセージだ」とアイダ・ベル。「こいつを投げこんだ容疑者をシンフルの人口全体より絞りこめればいいんだけどねえ」

「絞りこめるわよ」わたしは紙の裏側を指差した。「公共料金の請求書にメッセージを書くようなばかだから」

アイダ・ベルが請求書をくるっと裏返した。「ショーティはきょうボートで遭った災難から学習しなかったようだね」

「カーターに電話するわ」とガーティ。

反対するだろうと思ってアイダ・ベルを見たら、彼女はただうなずいただけだった。被害者でいるほうが賢明だと判断したらしい。

ほんの五分でカーターはアイダ・ベルの家に現れた。ほんの五秒で彼はため息をつき、請求書に書かれたメッセージをうんざりと見つめた。

「ショーティがおれの仕事をここまで簡単にしてくれたことに感謝するべきか、ここまでばかなやつがこの地球上を徘徊しているうえにおれの郷里の住人であることに腹を立てるべきか」

「腹を立てるほうに一票」わたしは請求書を指で強く叩いた。「〝解約通知〟ってこの大きな赤い字を見て。水道料金を払ってないなら、あなたのピックアップやアイダ・ベルの窓の修理代を持っているとはとうてい思えない」

カーターが元気を取り戻した。「それなら、おれのほうは仕事がやりやすくなる。ショーティをぶちこめば、あいつは金を稼げなくなって、つまりはおれのピックアップの修理代を払えないことが確定だと思ってたんだ。しかしすでに請求書の金が払えなくなってるなら、おれが失うものは何もない。窓ガラスのことは残念だが、アイダ・ベル」

「心配しないでおくれ」とアイダ・ベル。「どのみちいまどきの高性能窓とやらにしたいと考えていたんだ。ただし告訴はするよ。あのランプは高かったんでね」

「わたしも告訴する」わたしは言った。

「どういう理由で？」カーターが訊いた。「あんたはきょうの午後、あいつに暴行を加えたんだぞ」

「わたしを銃撃した罪でよ──その部分、忘れたの？　それに今回はストーカー行為も立証できる」

カーターが不満そうな顔になった。「ストーカー行為で告訴したいというのは本気か？　この町は猫の額ほどの大きさなんだぞ。言うなら、おれたちはみんな、玄関を出たとたんにストーカー行為をし合ってるようなもんだ」

「わかってるわ。でも、それを理由にわたしたちに近づくなってショーティを脅すことはできるでしょ」

わたしの真意を理解して、彼はにやりと笑った。「それなら、できるな。ふつうなら、あす保安官事務所であんたたち三人から供述を取るところなんだが、トイレが壊れていることを考えると」わたしの顔を見る。「一般市民を事務所の建物に入れるわけにはいかない」

「ここで取るわけにいかないの？」わたしはほんの少し罪悪感を覚えた。

「マフィンを焼くわよ」ガーティが両手をパンッと叩いた。「パーティになるわ」

カーターはガーティの顔をまじまじと見た。彼女のパーティ案にのる気はないらしい。「おれはショーティを引っぱらないといけないんで。あすの朝、十時にここに来ますよ。予定が変わったら、電話する」

カーターが出ていくと、わたしは玄関に鍵をかけた。「割れた窓をふさぐもの、何かある？」

「キッチンにごみ袋とダクトテープがある」アイダ・ベルが答えた。「あしたになったら、外側から防水布を張るよ。シンフルにいる窓業者はエディだけだから、作業に取りかかるまでに果てしない時間がかかる。それまでにあたしは宿無しみたいな風体になってるだろうよ」

「エディはハリケーン後の修理で忙しいの？」わたしは訊いた。

「冗談じゃない」とアイダ・ベル。「酔っ払うんで忙しいんだよ。酒を買う金がなくなるまで待たないと、エディは仕事に取りかからないだろうね。このあいだ学校のカフェテリアの窓を新しくしたばかりだから、エディがまた仕事をしなけりゃならなくなるのは秋口かもしれない」

わたしは首を横に振った。「ウォルターが窓を取り寄せられれば、わたしが取りつけるわよ」

ふたりが目を丸くした。「あんた、窓の取りつけができるのかい？」アイダ・ベルが訊いた。

わたしは肩をすくめた。「建物の構造を理解するのは仕事の一部だったから……ほら、侵入目的でね。自力で簡単な住居を建てなければならない場合もあるし。たいてい当座しのぎのものだけど、とにかく木材の扱いは心得てる。ここではずっと簡単にできるはず。顔に砂が吹きつけてくることもないし、警戒する必要も……」

「警戒って何をだい？」アイダ・ベルが訊いた。

わたしは声をあげて笑った。「銃撃されることを警戒する必要もないって言うつもりだったんだけど、でもそれは正しくなかったわね」

ガーティがやれやれと首を振った。「いつもあたしが言ってるように、絶対にわからないものなのよ――」

「誰がいつ銃撃してくるか」わたしはガーティをさえぎって言った。

さて、このあとどうなることやら。

第10章

その夜、わたしはソファで寝た。地元住人の投石好きを考えるといささか危険を伴う行為だったが、もしまた同じことが起きたら、犯人をつかまえられるように玄関の近くにいたかったし、わたしなりの制裁を加えたかった。カーターのやり方は合法だけれど、クレイジーな相手にはあまり通用しない。経験からすると、そういう相手に功を奏するのはこちらが上をいくクレイジーになることで、わたしはシンフルが繰りだすあらゆるクレイジーさの上をいく自信があった。

ところが、その夜クレイジーな住人は全員が家でおとなしくしていたらしい。わたしの努力の見返りは首を寝違えたことだけで、痛みを抜くのにたっぷり一時間はかかった。ガーティが夜明けとともに起きだし、マフィンを焼きはじめたが、あまりにいいにおいがしたので、午前六時からガチャガチャとうるさい音を立てられても文句は言えなかった。さらに、マフィンを食べさせてもらったことでわたしの機嫌はなだめられた。マフィンをひとつ……いや、ふたつ。告白しよう、正確には三つだ。でもそんなの誰も数えてやしない。

カーターは十時ちょうどに現れ、わたしたちから供述を取って書類に署名をさせた。カーターが帰るとすぐに〈シンフル・レディース〉のメンバーがキルトを縫うために到着したので、わたしは家に帰った。数時間、お守り役をはずれてもかまわないだろう。

熱いシャワーを浴び、まだわずかに残っていた首の凝りをなんとかほぐすと、一階におりて冷蔵庫からミネラルウォーターを出し、そこでキッチンの真ん中に立ちつくした。何をしたらいいかわからないという落ち着かない気持ちを咀嚼《そしやく》する。

シンフルに着いてから滅多にない、することが何もない時間だった。財産目録作りに着手するべきなのだろうが、そんな気分ではまったくなかった。わたしのなかの一部はアーマドがつかまり、自分が賞金首ではなくなってシンフルから出ていけることを期待していた。夏が終わり、目録をしあげなければならなくなる前に。そうすれば、遺産は本物のサンディ＝スーがよいと思う方法で処理すればいい。

キッチンカウンターを指で叩きながら窓の外を見つめ、結局アイダ・ベルの家の修理に力を注ぐことにした。代わりの窓をウォルターのところで注文する前に寸法をはかる必要があるけれど、何をするにも道具がいる。マージの物置にいろいろ置いてあるのは見たものの、何があるかはあまり注意して見ていなかった。そこで確認するために表に出た。

夏の太陽が照りつけ、湿気が強く、まだポーチからおりもしないうちに汗が噴きだしてきた。この分だと、なかに戻るころにはまたシャワーを浴びる必要が出てきそうだ。

物置は裏庭の右側、母屋とバイユーの中間にある。オークの巨木の日陰に建ち、横に生け垣がめぐらされている。母屋からの距離を半分ほど行ったところで、物置の窓を影が——物置の内側から——よぎったのが見えた。

即座に拳銃をつかもうとし、悪態をついた。銃はキッチンカウンターの上だ。シンフルへ来る前はいつも腰に装着していたのに。急いでなかに戻り、9ミリ口径をつかむと正面のドアから外に出た。物置にいる人物に姿を見られ、逃げる機会を与えたりしないように、生け垣沿いに忍び寄ってつかまえる計画だった。

生け垣の後ろをこそこそと進み、隣家の住人が外を見て、自分の家の芝地をわたしが拳銃片手に忍び足で歩いているのを目撃したりしないように祈った。物置のところまで来ると、茂みを抜けるのにちょうどよい場所を見つけ、地面に両手、両膝をついて物置の裏にまわった。

物置の裏側には窓がないので、立ちあがって壁に耳を押しつけた。ちょっとのあいだ何も聞こえないと思ったら、ガチャンという音がした。誰かが何かにぶつかったみたいに。わたしは物置の角を曲がり、身をかがめて窓の前を通り過ぎた。壁の端まで来ると、拳銃をいつでも撃てるように右手をあげ、角を勢いよく曲がるとドアを開けた。

狙いを定めるのはおろか、目の焦点を合わせることもできないうちに、何かが顔を直撃し、バンシーのような叫び声をあげながらわたしの頭を引っかいた。わたしは後ろによろけ、誤って一発撃ってしまってから、指を引き金からはずした。頭上のケダモノはジャンプすると茂みのなかへ駆けこんだ。

もう一度引き金に指を置いてくるっと体の向きを変え、茂みのなかでの戦いに向かおうとしたとき、背後から笑い声が聞こえた。振り返ると、アリーがおなかを抱えて笑っていた。涙を流すほどに。彼女のボートがうちの裏庭の岸にとめられている。

「野生動物に襲われたのよ」アリーが見るからに大喜びしていることにちょっとむっとして、わたしは言った。「それがおかしい？」

アリーは二、三度あえいだかと思うと背筋を伸ばし、深く息を吸った。「いまのは野生動物なんかじゃないわ」

「頭皮が何カ所か切れた。そんなことするのは充分野生だし、わたしの家に巣は作らせないから」

アリーはわたしの前を通り過ぎると、茂みの上に身を乗りだし、なかをのぞいた。「にゃんこ、出ておいで」

茂みがカサコソいったかと思うと、小さな黒猫が頭を出した。ためらいがちに外へ出てきた猫は、アリーの前を通り過ぎ、わたしの脚にまとわりつきながら喉を鳴らした。

アリーがにやりとした。「新しい友達ができたみたいね」

「やだ、やめて。猫の飼い方なんて何も知らないし、こっちは引っかかれたせいで頭がずきずきしてるんだから。生きたかみそりの刃と暮らすようなものだわ」

「そんなこと言わないで、フォーチュン。かみそりの刃は予備のセキュリティ・システムとして役に立つかもよ。それに猫は幽霊を見ることができるって言うわ。だからもしこの家が幽霊に取り憑かれていたら、にゃんこが教えてくれる」

「この家が取り憑かれてるかどうかなんて知りたくないし、予備のセキュリティ・システムならふたつ目のマガジンだけで充分」わたしは拳銃を指差した。

「ふうん。それってたったいまあなたが自宅の窓を撃ち抜いた銃？」

アリーは二階を指差した。客用寝室の小さな窓からガラスがなくなっているのが見えた。

「最高。どうやらガラスを入れ直さなきゃならない窓がふたつになったみたいね」

アリーが眉をひそめた。「どういうこと？」

「説明するけど、まずは暑くないところに入りましょ」わたしは猫に指を突きつけた。「あんたは帰りなさい」

猫はわたしを見あげ、ニャーと鳴いた。

「坊やはあなたが気に入ったみたいよ」アリーはあきらめなかった。

「そんなこと関係ない。それにどうしてオスだってわかるの？」

アリーは肩をすくめた。「面倒を起こしたくせに、脚にまとわりついて惨めっぽくすれば解決するって考えてるみたいだから」

わたしは声をあげて笑った。「暑さで溶ける前になかに入りましょ」猫に向かって指を突きつける。「あんたはここにいなさい」

猫はそこに座り、前足を舐めはじめた。

「わたしの血を爪から舐めとってるのよ」そう言ってから、アリーと一緒になかに入った。

「ビール、水、それとも炭酸水にする？」訊きながら、冷蔵庫に顔を突っこむ。

「お午《ひる》を過ぎたから、ビール」

わたしはビールを二本つかんでテーブルの前に座った。「そのお午云々《うんぬん》っていうのはシンプルの奇妙な決まりごとのひとつ？」

「ううん、いまのは個人的なルール。ランチよりも前にお酒を飲むのはちょっとね」

「カフェのほうはいいの？」

「きょうは休日。きのうの大騒ぎに加えて、フランシーンがパイを焼くのを遅くまで手伝ってたから、爆睡しちゃった。九時まで目が覚めなかったくらい。こんなこと、あたしとしては前代未聞よ」

「そうだ、訊くのをすっかり忘れてた。きのうカフェでポーレットがどうしたの？　カーターがポーレットとフランシーンの喧嘩をやめさせにいったとき、わたし保安官事務所にいたんだけど……新しいラグがどうのこうのって」

アリーはうなずいた。「フランシーンたら、卒倒するんじゃないかと思った。あんなに怒った彼女を見たの、生まれて初めてよ。ミスター・バラードがフランシーンのおしりを叩いて、賞金をもらってもおかしくない雌牛だって言ったときだって、あそこまでじゃなかった」

「ミスター・バラードがまだ生きているなら驚き」

「実を言うと、もう生きてない。でも、フランシーンのせいじゃないわ。少なくとも彼女はそう言ってる。ミスター・バラードはカフェで心臓発作を起こしたから、わからないわよね。ともかく、ポーレットはびしょ濡れの娼婦《フッカー》みたいな格好で店にずかずか入ってきて、フランシーンに向かって怒鳴りはじめたの、いつもどおりカフェを営業してるなんてひどい人間だって」

わたしはやれやれと首を振った。「いい度胸」

「フランシーンは一瞬もたじろがなかった。コーヒーを注ぐ手をとめずに、人は誰かが死んだからといっておなかが空かなくなりはしないってポーレットに言ってやったの。それから、店のラグにボタボタ水を落とすのをやめないと、新しいのを買わなきゃいけなくなるって」

「うわ。遠慮なしの言い方ね、いくらフランシーンとはいえ」

「ポーレットはフランシーンのことを垢抜けない貧乏白人《ホワイトトラッシュ》って呼んだことがあったし、テッドはよくフランシーンを口説こうとしてたから」

「前言撤回。フランシーンはものすごく礼儀正しい」

アリーはうなずいた。「同感よ。もしあたしだったら、偶然のふりをしてポットのコーヒーをポーレットにかけてやったと思う」

「ずるくて効果的」わたしは賛成の意を表した。

「でね、ポーレットがバンシーみたいな泣き声で、あたしを追いだすことはできない、あたしは犠牲者だって言いだしたわけ。そこでフランシーンは、いま犠牲になってるのはそのラグと、あんたがほざくのを聞かされてるみんなだって言ったのよ」

わたしは声をあげて笑った。

「そしたらポーレットがこっちに突進してこようとしたから、あたし〝おもしろくなりそう〟って思ったの。だってフランシーンは八人きょうだいのなかでただひとりの女で、たいていの男より腕っぷしが強いから」

わたしのなかでフランシーンの株が百ポイントあがった。

「そこへカーターが入ってきたわけ」アリーは言葉を継いだ。「で、ポーレットが動くより先に彼女の腕をつかんだの。ポーレットをラグの上からひょいとどかして車まで連れていった。それから彼女が走り去るまで待って、そのあと保安官事務所へ戻っていったわ」

わたしは首を横に振った。「カーターってどうしてそんなに有能なわけ？　お楽しみがすっかり台なし」

アリーが声をあげて笑った。「そうよね。お客さんの何人かはカーターが迅速に現れすぎてがっかりしてた。誰かが保安官事務所にこっそり通報したんだろうけど、誰も自分が通報したとは言わなかった」

「ポーレットってどうかしてるわよね。噂じゃ、きのう彼女の家に男が現れて泊まってるとか」

「本当に？　その男、何者？」

「誰も知らないみたいだけど、遅かれ早かれ明らかになるはず」

「彼女、早くもサイドディッシュを用意してるんじゃないわよね」

「厳密に言うと、〝サイドディッシュ〟じゃないわね、テッドはもう死んでるから。とにかく、ノーだと思う。ポーレットについてあれこれ聞いたあとでも、夫が殺された翌日に恋人を連れてシンフル中を練り歩くほどばかだとは思えない」

アリーは椅子にぐったりともたれた。「たぶんあなたの言うとおりね。でもそうだったらおもしろかったのに。テッドが殺されたってことを考えるとりわけ。犯人はポーレットだと思う?」

「わからない。たいてい配偶者が疑われるけど、証明する必要があるわ。ポーレットが凶器を入手できて、殺害の動機を持っていたっていう証拠がなければ、どうにもならない」

アリーは眉をひそめた。「砒素のこと、聞いたわ。アイダ・ベルが地リスで困ってるのは誰でも知ってるから、カーターが事情聴取をしたのはそのせいでしょうね。でも脳細胞がふたつ以上ある人なら、アイダ・ベルがテッドを殺したなんて考えない。つまり、誰かほかの人間がやったってことよね」

「そう。でも誰が?」

「見当もつかない。カーターがあたしたちより頭が切れるといいけど」

「同感」でもカーターも、ガーティとわたしが直面している情報の欠如に悩まされるのではないかという気がした。

「それはさておき」アリーが先を続けた。「ポーレットはテッドを埋葬するのにまったく時間を無駄にしないつもりみたいね」

「どういう意味？」

「検死官は今朝遺体を返したそうよ。証拠となることはすべて調べたってわけでしょうね。マイケル神父がきのうの夜、カフェでメモを作ってたの。法話の準備ですかって訊いたら、今夜のろうそくをともしてのお通夜とあしたの葬儀の準備だって」

わたしは背筋を伸ばした。「うわ。それは迅速ね」つまりガーティとテッドの家を捜索する計画は、きょうの午後のうちに案を練らなければならないということだ。こんなにすばやい対応を迫られるとは思いもしなかった。

「お通夜は何時に始まるの？」

「夏場だと遅い時間ね。暗くなってきてから開かれるから。日光が窓からさんさんと降りそそいでいたら、みんながろうそくを持つ意味がないでしょ」アリーはわたしの顔をまじまじと見た。「まさか参列するつもりじゃないでしょうね」

「冗談はやめてよ！　ただ疑問に思っただけ。こういうお通夜が開かれるのって初めて聞いたから」

「GWの面々はきょうの午後、電話をかけはじめるはずよ。シンフルはとっても小さな町だから、告知はあんまり必要ないの。何もしなくても、あすの葬儀には大半の住民が現れるでしょうね」

テッドはシンフルに埋葬されるのだと、そのとき突然気がついた。「わからない――北部から来たのに、どうしてテッドはここに埋葬されるわけ？」

アリーが眉をひめた。「そこは、考えもしなかった。でも変よね。ひょっとしたら、テッドは身内と仲違いしていたか何かで、故郷に埋葬されたくなかったのかも」

「あるいは向こうには身内がひとりもいないか」

生まれて初めて、自分が死んだときのことを考えた。遺書は書いてある。ＣＩＡ職員は全員、最新のものを人事に預けておかなければならない。わたしの遺言執行人はモローだから、彼が墓地を選び、一般的な式を行うのだろう。同僚が参列するはず……ミッションに出ていたら無理だけど。その場合、参列者は牧師、ハドリー、モロー、そしてシャベルを持った人物になる。

気の滅入る光景だ。

「フォーチュン？」アリーの声がわたしの物思いを破った。「いま、心ここにあらずだったでしょ」

「ああ、うん。ちょっと考えごとしちゃって。ここへ来てからいろんなことが起こったものだから、ときどき消化しきれなくて」

アリーがうなずいた。「あたしは生まれてからほぼずっとここで暮らしてるけど、この二、三週間はついていくのに苦労してるわ」

「カーターは町が変わったと考えてる」

アリーは首をかしげ、眉間にしわを寄せた。「彼がそう言ったの？」

たちまち、後ろめたさを感じた。「いまのは黙っているべきだった。いまの話、誰にも言わないで」

「もちろん言わないわよ。でも、おもしろいなと思って」

「どうして？」

「あたしも同じように感じてるから。あのね、〝同じ故郷には戻れない〟ってよく言われるのは知ってるの。故郷を離れているあいだに人は変わるから、前とは何もかも変わってしまうって。でも、この感じは少し違うのよ」

「よくないことがひとつ残らず同時に表面に浮上してきたみたいな」

「そうなの！　まさにそう。それもシンプルで起きるとは想像もしなかったことばかり」アリーはやれやれと首を振った。「あたしが世間知らずだったか、希望的観測のせいなんでしょうね。よこしまな人間ってどこにでもいるから」

「単なる昔ながらの欲深さってこともあるわ」わたしはぴんと背筋を伸ばした。「テッドはしょっちゅう人にものをあげてたって話よね？　ポーレットはお金を失いたくなくて、テッドを殺したのかも」

アリーは肩をすくめた。「大いにありそう」椅子から立ちあがる。「そろそろ行かなきゃ。あなたの様子を見にきただけなの。みんな、あなたとショーティがきのうぶつかった話をしてたけど、あたしはショーティがあなたに勝てるなんて考えるほどばかじゃないし。きょうは絶対に洗濯しなくちゃならないのよ。シーリアおばさんは今夜、あたしを一緒にお通夜に参列させる気でいるけど、洗濯してある下着が一枚もないの」

「下着なしで行けばいいじゃない」

アリーが目をみはった。「シンフルじゃ下着をつけずに教会へ行くのは違法よ」ため息。「そうに決まってるわよね」

「誰もいないのは確か？」ガーティがマリーの家の窓から外をのぞいた。

「その質問、これで十回目よ」マリーがぼやいた。「あなた、わたしと同じ光景を見たでしょ。ポーレットと、シーリアによると彼女の従兄弟だっていう男が家から出てきて、車で出かけた。あの家にいまほかに誰かいるとしたら、わたしはそもそもその人がなかに入ったことを知らないわ」

「確認したかっただけよ」とガーティ。「怒らなくたっていいでしょ」

「確かにそうだとわかるのは」わたしは言った。「これからあの家に入って、誰もいなかったときだけよ。今夜みたいなお通夜はどれくらいの時間続くの？」

「マイケル神父の話がどれほど横道にそれるかによるけど」とマリー。「たいていは一時間くらいね」

マリーの携帯電話が鳴りだしたため、全員が飛びあがった。「アイダ・ベルからだわ」マリーが言った。「また」

「こっちにちょうだい」そう言って、わたしが電話に出た。「何度もかけてくるのはやめて。わたしたちはこれからテッドの家に侵入するんだから、この回線がふさがってちゃ困るのよ。何かわかったことがあったら、すぐ電話するから」

アイダ・ベルに反論する間を与えず通話を切り、携帯をマリーに返した。

ガーティが首を振った。「彼女に引っこんでろって言うのは、ジョニー・デップにセクシーでいるのをやめろって言うようなものよ」

「アイダ・ベル自身のためなんだから」わたしはガーティに思いださせた。「アイダ・ベルがテッドの家のはす向かいにいるところなんて、目撃されたら最悪でしょ。わたしがジープを少し離れた場所に駐車したのはどうしてだと思う?」

「わかってるわよ。ただそれをアイダ・ベルに言ってちょうだい」とガーティ。

「さ、始めましょ」わたしはきびしい顔でガーティを見た。「何か動かしたら、必ず元あったとおりに戻すのよ。ポーレットにも彼女の従兄弟にも、わたしたちがなかに入ったことを絶対に気取られたくないから」

「忘れないで」マリーが言った。「バブスによれば、きょうシーリアがポーレットを訪ねたときにパティオのドアの鍵を開けてきたって話よ。家を出る前にポーレットが再点検しないかぎり、あなたたちは何もせずになかへ入れるはず。セキュリティ・システムはないって、バブスが言ってたわ」

わたしはうなずいた。「わたしの携帯、バイブにしてあるから。この窓を離れないで。まばたきもしないで。誰かがあの家に近づくのが見えたら、わたしにSMSを送って」

「わかった」マリーは答えた。

わたしはゴム手袋をふた組取りだし、いっぽうをガーティに渡した。「行くわよ」

第11章

ガーティとわたしは勝手口から外に出るとブロックをぐるっとまわり、テッドの家に裏から近づくことにした。マリーによれば隣家はカトリック信者だということで、不信心な気分になっていないかぎり、お通夜に参列するために出払っているはずだ。

「完全に暗くなっていたらよかったんだけど」わたしは言った。

「どうかしらね」とガーティ。「あたし、夜は以前と違って目が見えにくくって」

「あなたの目は、夜だけじゃなく、以前と違ってきてるのよ。あなたがそれを認めようとしないだけで」

「あたしの目は文句なしによく見えるわ。どうしてなのかしら。あなたとアイダ・ベルはしょっちゅうあたしの目が――」

ウッという声が聞こえたので振り返ると、文句なしによく見える目のガーティがエアコンの室外機にまっすぐ突っこんだ結果、その上に伸びていた。わたしは呆れて首を振った。「そういう室外機って急に人の前に飛びだしてくるから最低よね」

「あなたがしゃべってあたしの気をそらしたせいよ」

「それならいいわ、黙ってるから、窓に突っこんで、この計画をおじゃんにして」わたしはそう言って前を向いたが、ガーティがこちらに向かって中指を立てたのは間違いないと断言できる。

テッドの家の裏に着いたので、横手をじりじりと進み、塀の入口に近づいた。ハンドルをひねってみると、ドアが開いたのでほっと息をついた。百八十センチ程度の塀はわたしにとってはたいした障害ではないが、ガーティと塀のあいだにはいささか波瀾万丈の過去がある。

パティオのドアが首尾よく開いたときには、ふたたびほっとすべきか、心配すべきか迷った。ガーティとアイダ・ベルと探偵作業をする場合は、たいていこんなにうまくいかない。不安な気持ちでしばらく待った。

「どこから始める?」ガーティが尋ねた。

「二階から。シンフル人口の半分がきょう、一階を歩きまわったはず。怪しいものはひとつも置いてないでしょうね。この家に泊まっている男が本当にポーレットの従兄弟なら、客用寝室を使っているはずだから、何か見つけられないかやってみて。わたしは主寝室を捜索する」

ガーティがうなずいたので、わたしたちはこそこそと二階にあがった。手前ふたつの部屋にはまったく何も置かれていなかったが、テッドたちが二年ほど前からシンフルで暮らしていることを考えると奇妙だった。でも彼らはあまり物を持たない人たちなのかもしれない。その次が浴室、その隣が客用寝室で、ベッドの真ん中にダッフルバッグが置いてあった。わたしは手振りでガーティになかへ入るよう指示してから廊下を進み、最後のドアの前に立った。主寝室にちがいない。

なかをのぞいた瞬間、わたしは青くなった。まるで金と赤のラメ攻撃を受けているみたいだった。奥の壁の真ん中にとても太い柱の四柱式ベッドが置かれ、どっしりしたカーテンが垂れさがっている。同じ布地が窓という窓に、枕に、クッションに使われ、さらにはドレッサー、ナイトスタンド、化粧テーブルにもかけられていた。

このホラー小説のような部屋で眠れる人がいるなんて信じられなかった。このぎらぎら感に耐えるにはサングラスが必要だ。

わたしはベッドの右側に置かれたナイトスタンドへ直行したが、見つかったのはローション、目元用ジェルパック、それに睡眠薬だけだった。睡眠薬の瓶の名前を確認する——ポーレット・ウィリアムズ。興味を惹かれるものは何もなし。

反対側のナイトスタンドへ移動したが、手がかりになるものはますます見つからなかった。あったのは車の雑誌だけ。わたしは眉をひそめ、ドレッサーへ向かった。一番上の抽斗はひと目でポーレットのものとわかり、わたしは手袋をはめていることに感謝の祈りを捧げた。ポーレットの下着は寝室の内装よりもさらにけばけばしかったが、わたしが観たことのある映画とは違って、ショーツの抽斗の奥には何も隠されていなかった。ほかの抽斗も手がかりを与えてはくれなかった。

化粧テーブルの抽斗も確認したものの、入っていたのはウォルマートで売っているようなものばかりで、付属の浴室を調べてみても、結果は同じく不毛だった。ウォークインクロゼットもざっと調べたが、退屈な茶系のズボンとポロシャツ、それとは正反対にスパンデックスとキラキラだらけのワードローブがそろっていただけで空振りだった。テッドとポーレットが秘密の悪癖を持っていたとしても、隠し場所は寝室じゃない。

廊下に出ると、ガーティも客用寝室から出てきた。「何かあった?」わたしは尋ねた。

ガーティは首を横に振った。「従兄弟は財布を持って出かけたようだし、ダッフルバッグには荷札も何もついてなかったわ」

「たぶん機内持ちこみにしたのよ」とわたし。

「主寝室から何か見つかった?」

「世界一不快なインテリアを除くと、ふつうじゃないものは何ひとつなかった」

「頭にくるわね」

わたしはうなずいた。「ほかの寝室は空っぽだったから、一階に移りましょう」

表情からガーティががっかりしているのがわかったし、わたしもがっかりしていた。この向こう見ずな作戦は大きなリスクをはらんでいるのに、まったくの失敗に終わりつつある。階段の降り口に達したところで、ポケットに入れた携帯電話がぶるぶると震えた。

慌てて、わたしは携帯をポケットから取りだした。マリーからでないことを祈りつつ。

たったいま塀の入口から人がふたり入っていった。暗くて誰かわからず。

「塀の入口から人がふたりなかに入ったって、マリーから」

ガーティが目を大きく見開いた。「ポーレットと従兄弟だったら、玄関から入るはずよ」

「わかってる。それに芝刈り業者にしては来る時間がちょっと遅すぎる」

「あなた、なかに入ってからパティオのドアの鍵は閉めたのよね？」

わたしがうなずいた瞬間、階下からガラスの割れる音が聞こえた。「鍵は関係なさそう」ささやき声で言った。「隠れないと」

「どこに？」

非常にいい質問だ。空っぽの部屋ふたつは身を隠すという点でまったくの役立たずだし、残りふたつの寝室と浴室は使われている。侵入者の目的がテレビを盗むことでもないかぎり、間違いなく寝室を物色しに二階へあがってくるだろう。

「こっち」わたしは空っぽの一室へと急いだ。運がよければ、すぐそばに木が立っている窓があるかもしれない。ふたりで寝室に駆けこんでからドアを閉めた。窓をすべてすばやくチェックしたが、六メートルほどの高さからコンクリートのパティオにまっすぐ飛びおりたいのでなければ、有効な選択肢ではなかった。わたしは飛びおりられるけれど、骨がとても高齢なガーティがそんなことをしたら歩けなくなるのは目に見えている。

階段をのぼってくる足音が聞こえたので、ガーティの腕をつかみ、クロゼットへと引っぱっていった。ガーティが携帯電話のフラッシュライトをオンにして奥の壁に向けたところ、そこは思ったよりもずっと広かったので驚いた。ぼんやりした明かりのなか、ドアノブが見えたため、ドアをそっと開けてみると、狭い階段が見えた。

ガーティがわたしの横からのぞきこんで上を指し、屋根裏へ通じる階段であることを示した。地面からさらに一階分上にあがるのは気が進まなかったが、えり好みはしていられない。運がよければ、侵入者たちは目当てのものを手に入れたあと、クロゼットを調べずに出ていくだろう。ポーレットと従兄弟が帰宅する前にガーティとわたしが脱出できるだけの時間を残してくれれば、さらに好ましい。

狭い階段をのぼりながら、何もきしりませんようにと祈った。古い家は音がするものだが、古い家に侵入した人間はいちおう音の出所を探る傾向がある。ガーティとともに無事に階段をのぼりきると、わたしは周囲の様子を把握するためにポケットからペンライトを取りだして屋根裏部屋に足を踏み入れた。一番避けたいのは何かに蹴つまずくことだ。

屋根窓の正面に間に合わせのデスクが置かれているのを除けば、ほぼ何もなかった。好奇心を抑えられず、わたしは何か興味を惹かれるものがしまってないか調べるためにそろそろとデスクに近づいた。ガーティもすぐ後ろからついてくる。わたしたちがデスクのところまで来たとき、男性ふたりの話し声が聞こえたのでわたしは凍りついた。くるっと振り返って後ろを見たが、誰も立っていなかったし、階段をのぼってくるような音も聞こえない。ガーティがわたしの袖を引っぱり、床に近いところにある格子を指差したのでうなずいた。声は通気孔を通じて二階から聞こえてくるのだ。

ガーティにしゃがむよう手振りで示し、自分も通気孔の前にひざまずいた。会話を盗み聞きすることができれば、この家に侵入したのが誰で、なんのためかわかるかもしれない。ガーティもわたしの隣にそろそろとしゃがみ、もう一度声が聞こえるのをふたりそろって無言で待った。

「写真はこの家のどこかにあるにちがいない」男が言った。

抽斗のガタガタいう音、ガラスの割れる音に続いて、別の男が言った。「あいつがスマーテ、ィフォンかなんかに保存してたらどうする？」

「見せられたのは現像したやつだっただろうが。それにスマホに保存してたとしても、そのスマホもここにあるはずだ。遺体と一緒に埋める気じゃなけりゃな」

「そいつは勘弁だぜ。墓を掘り返すのはガチで苦手なんだ」

ガーティを見ると、目を丸くしていた。墓を掘り返すことを日常茶飯事のように語るなんていったい何者？

「あの写真を見つけなけりゃ」最初の男が言った。「おれたちが掘るのは自分の墓ってことになるぞ」

「あの雌犬が持ってるかもしれない。あいつが強請《ゆすり》を始めるかもな」

「あの雌犬ならおれが片づけてやる」

「どうやって？」

「誰かがテッドを片づけたようにしてさ。そもそもこっちがずっと昔にああしておきゃよかったんだ。浴室を調べろ。おれはさっきの空の部屋ふたつを見てくる。それがすんだらずらかるぞ」

わたしの携帯電話がもう一度振動し、画面を見たわたしは心臓がとまりそうになった。

ポーレットと従兄弟の車が私道に入った。

まずい、まずい、まずすぎる！

ガーティにも画面を見せると、彼女の顔から血の気が引いた。最悪の状況だと思っていたら、それはとんでもなく甘い考えだったことが明らかになった。

「あの雌犬が玄関前に車をとめるぞ！」二番目の男が叫んだ。

真下の部屋から慌てた足音が聞こえたので、わたしは飛びあがり、どこか隠れられる場所はないかとさがした。

「このクロゼットにゃ階段があるぞ」最初の男が叫んだ。「ここに入れ！」

もう時間は残されていないし、屋内には隠れ場所もない。わたしは間に合わせのデスクに飛びのり、屋根窓を開けた。窓のまわりの屋根はそれほど傾斜がきつくない。ガーティでもなんとかなるだろう。ここからどうやって下におりるかはまったく別の、そして考えたくもない問題だ。

わたしは手を振って窓を指し、ガーティを持ちあげるようにして机にのぼらせ、躊躇する間もなく窓の外に押しだした。続いて自分も外に出ようとしたとき、デスクの隅に置かれた小さな木の箱が目に入った。その箱をつかんでから屋根に出ると、窓を閉めた。

ガーティは屋根を右上に向かってのぼり、低く垂れている木の枝の下にしゃがんでいた。その枝を見て、わたしは少し気分が上向いた。あれが充分しっかりしていれば、この屋根からおりる手段が見つかったことになる。木の箱をスポーツブラのなかに突っこんだ。ジーンズ以外でわたしが身に着けているものとしては一番きつい衣類だし、木を伝っておりるときに胸を使うとは思えない。

「あの男たちはどうするの？」ガーティがひそひそ声で訊いた。

「あの男たちはどうするかって？　ふたりとも屋根裏に隠れてるでしょうよ」

「ふたりがポーレットと従兄弟を殺したら？」

しまった。逃げ道をさがすのに忙しくて、あの男たちが屋根裏で追いつめられた場合、ポーレットと従兄弟がどうなるか考えてもみなかった。わたしは頭上の枝のなかで一番太いものに手を伸ばし、これならわたしたちの体重を支えられると判断した。

「木を伝っておりて」わたしは言った。「それからマリーの家に戻るのよ。あとはわたしにまかせて」

「でも――」

「いいから！」わたしは追い払うようにささやいた。

ガーティは枝をつかむと屋根の端から木へと飛びおりた。これで、彼女が伝いおりる途中で落下しないかぎり、もう大丈夫だ。ガーティが半分ほどおりたのを確認してから、わたしは携帯電話を取りだし、マリーに電話をかけた。

「こちらは家の外に出て、そっちに戻る途中」彼女が電話に出るやいなや伝えた。「悪者たちは屋根裏にいる。カーターに電話して、二、三分前にポーレットの家の裏塀を人がふたり越えるのを見た、そのすぐあとにポーレットが車で帰ってきたって言って」

「なんですっ――」

「説明はあとでするから。とにかく言ったとおりにして」携帯電話をポケットに戻すと、マリーが指示に従ってくれるように期待した。あとはガーティとわたしが木を伝いおり、カーターが到着する前に通りを渡ってマリーの家に戻ればいいだけだ。そして悪者たちが短気を起こしてポーレットと従兄弟を撃ち殺したりしていないことを祈る。

パンダをまねて木を伝いおり、途中でガーティを追い越した。木の下のほうは人が通りやすいように大枝が刈りこまれているので、一番低い枝でも地上から三メートル以上ある。そこからジャンプしたわたしは空中で回転し、着地するとすぐ振り返ってガーティに手を貸そうとした。

どうやらガーティは自分の年齢を忘れたか、わたしになりきろうとしたらしい。というのも、一番低い枝からぶらさがり、手を離すのではなく――そうするだろうとわたしは思っていたのだが――わたしがやったみたいに枝からジャンプしたのだ。ただし、回転する部分を忘れて。彼女はわたしにまっすぐ突っこんできたため、ふたりそろって芝生に勢いよく倒れる格好になった。

足が地面に着いた瞬間、ガーティが目を大きく見開き、手で口を覆ったのが見えた。わたしは飛び起き、彼女の肩をつかんで立ちあがらせた。

「足が」ガーティがささやいた。

見ると、彼女は片足だけで立ち、パニックを起こしはじめていた。裏庭から出るには塀の出入り口を通るしかないが、マリーが指示に従ったとしたら、カーターがいまにも到着するはずだ。わたしはガーティの脇の下に手を入れ、彼女の怪我をしたほうの足が浮くようにして、半分歩かせ半分引きずるようにして裏庭を急いで移動した。

出入り口に着き、外をのぞくと、ちょうどカーターがピックアップトラックを縁石に寄せてとめるところだった。慌てたわたしはガーティを肩にかつぎあげ、裏の塀に向かって走った。塀にたどり着くと彼女を押しあげ、そこに半分ぶらさがるようにさせたまま、自分も飛びのって塀を越えた。

「痛むかもしれないけど」ささやき声で言ってから、彼女を引っぱって木の塀を越えさせ、もう一度芝生に落ちる前に彼女の体をつかんだ。ガーティの足が地面に着くやいなや、ふたたび彼女を肩にかつぎ、二軒隣まで行ってからその家の脇を走り抜け、通りを確認した。

カーターはピックアップに乗っていなかったし、どこにも姿は見当たらない。わたしは通りを渡るのにいい場所を見つけた。街灯の間隔が空いているため道路の反対側まで細長く暗くなっているところがあったのだ。ブロックにもう一度さっと目を走らせてから、ガーティを引きずってできるかぎりすばやく通りを渡り、マリーの家の隣家の裏へまわるときだけ少し速度を落とした。負担のかけすぎで肩と脚が熱く疼《うず》きだしていたため、ガーティをいったん下におろし、ふたたび脇の下に手を入れて半分歩かせ半分引きずるモードでマリーの家に向かった。ガーティがいいほうの足にいくらか体重をかけられるようになったので、少しだけ楽になった。

わたしたちが裏口から駆けこむと、マリーは悲鳴をあげそうになり、入ってきたのがわたしたちだと気がつくと、今度は安堵のあまり気を失いかけた。

「どうしたの？」マリーは、ガーティがキッチンテーブルまで足を引きずっていき、椅子にどさりと腰をおろすのを見て訊いた。

「ガーティは木から落ちたの」いまは屋根絡みの大失敗について詳しく語るときじゃない。「カーターはここに必ず来る。わたしたち、どこかに隠れないと」

マリーはかぶりを振った。「そんなことをしても無駄よ。カーターは自宅とは反対の方角から来たの。角を曲がったところに、あなたのジープが駐車されているのを見たはずよ」

わたしはシャツを見おろした。ガーティの膝にくっついていた芝草のせいでしみだらけになっている。「こんな格好を見られたら、こいつら何かやってたって見抜かれる」

「わたしのシャツを取ってくるわ」マリーがそう言って廊下を走りだしたが、階段まで行かないうちに玄関の呼び鈴が鳴った。

「ミセス・チコロン。保安官助手のルブランクですが」

第12章

マリーはキッチンに走って戻ってくると、わたしに提案する間も与えず、抽斗からエプロンを出してわたしのウェストに押し当て、紐を結ぶよう言った。わたしが後ろで紐を結び終えようとしていたとき、彼女は卵のパックとボウルをひとつキッチンカウンターに置き、ボウルに小麦粉をざっと入れた。

頭がおかしくなったにちがいないと、彼女の腕をつかもうとしたら、サラダ用スプレーで水をかけられ、次に小麦粉をひとつかみ投げつけられた。小麦粉が鼻まで舞いあがったので、わたしはむせながら手で顔をぬぐい、呆然とするあまり次にどうしたらいいかわからなかった。

「あなたはわたしからお菓子作りを教わっていたところ」マリーが言った。「あんまり上手じゃない」今度はガーティを指差した。「そこから動かないで。足を引きずってるのとパンツの脚の汚れがカーターに見えないように」

そう言うと、彼女はキッチンから飛びだしていった。

わたしはやや衝撃を受けて、ガーティを見た。

マリーが飼っている超高齢のブラッドハウンド犬、ボーンズがキッチンの隅にしつらえられた寝床から頭をもたげ、ガーティとわたしを二、三秒じっと見てから、ふたたび頭をおろしていびきをかきはじめた。

「マリーは頭がいいから」ガーティが言った。「あなた、あたしにミルクを一杯とクッキーを持ってきてくれないかしら……この場の信憑性を高めるために」

マリーが玄関を開ける音が聞こえてきた。わたしはガーティと自分にミルクとクッキーを急いで用意した。偽装の恩恵にあずかるのがガーティだけではばかばかしい。丸一ブロック分、人を運んだのは彼女じゃないんだから。

ミルクとクッキーをガーティの前に乱暴に置くと、カウンターの後ろに戻って棚から料理本を一冊出した。ちょうどそこへカーターとマリーが入ってきた。

カーターはガーティに向かってうさんくさそうに会釈をし、それからわたしをひと目見るなり眉をつりあげた。「いったい何をしてるんだ？」

「彼女にお菓子作りを教えてるところなの」マリーが言った。「というか、教えようとしていたところ。フォーチュンには、これまでどおりわたしたちが焼き菓子を持っていくほうが得策かもしれないわね」

カーターはほんのわずかも信じたように見えなかった。

わたしは肩をすくめた。「しかたないでしょ。食べる才能があっても、自分で作れるとはかぎらないんだから。知らなかった、お菓子作りってこんなに複雑……っていうか、こんなに汚れることだなんて」

「つまり、あんたたちは今夜ずっとここで菓子作りをしていたと、信じろってわけか？」

「いいえ」わたしは言った。「始めたのはあなたが来るちょっと前。それまでは、わたし食べるので忙しかったから。その、これから自分が作るものを味見してたわけ」

「へえ、そうか。それじゃ角を曲がったところにジープをとめた理由は?」

「あたしたちが着いたときはマリーの家の前に駐車スペースがなかったのよ」ガーティが口を挟んだ。「たぶんシンフル住民の半分がポーレットにキャセロール料理を届けにきてたんじゃないかしら」

「なるほど。で、この料理講習にアイダ・ベルが参加してないのはどうしてだ?」

「ちょっとまずいんじゃないかと思って」わたしは言った。「だってほら、ポーレットがはす向かいに住んでたりいろいろあるでしょ。それに、アイダ・ベルはいま〈シンフル・レディース・ソサエティ〉のメンバー数人とキルトを縫ってるはずよ」

カーターは首を横に振ったが、わたしたちが気分転換によからぬことをたくらんでいる心配はないと判断したようだった。あるいはたくらんでいたとしても、それを吐かせることはできないと。彼は話題を変え、保安官助手としての当面の仕事に取りかかった。

「何を見たのか、正確に説明してくれないかな、マリー?」彼は訊いた。

「あら、そうね、わたしは居間の片づけをしていたんだけど……わたしたち、さっきまであそこでテレビを観ていて……そうしたら、通りを渡る人影が見えたの。変だと思ったわ、だってこの辺の人はみんな、教会で行われるお通夜に出かけたあとだったから。それで窓際に行って目を凝らしてみたの」

「そうしたら何者かが裏口からポーレットの家に入っていくのが見えた？」

「ふたりね。でも背中しか見えなかった。顔はぜんぜんわからなかったの」

「それであなたはどうしたのかな」

「大声でフォーチュンとガーティを呼んで、見にきてもらったんだけど、ふたり組はもう裏庭に入ったあとで。ちょっと待ってみたけれど、出てこなかった。フォーチュンがあなたに電話するようにって言うから、電話をかけたら、ポーレットと従兄弟が車で戻ってきて。ふたりはなかに入った。わたしたちは二、三分様子を見守ってからキッチンへ戻ったわけ」

カーターが目をすがめた。「そんなにあっさりと。何も起きていないみたいに、ここへ来た？」

マリーは肩をすくめた。「テッドが裏庭に置いているものといったら、古いグリルだけだもの。それにそのころはもう外は真っ暗になっていたから。ふたり組はすでに出ていったあとかもしれないじゃない。ふたりの姿を見るのは無理だった」

彼女はそこではっと息を呑んだ。「ポーレットと従兄弟は無事なんでしょうね？　ふたり組は家のなかには入らなかったんでしょ？」

「実を言うと、入ったんだ。裏窓がひとつ割られていた。どうやらふたり組はポーレットと従兄弟のトニーが帰宅したときに屋根裏へあがって隠れたらしい。ポーレットはまっすぐ寝室に、トニーも客用寝室に行った。ふたり組は屋根裏からこっそり出ようとしたんだが、一階にたどり着く前にトニーが浴室から出てきてしまった。男のひとりがバールでトニーを殴り、もうひとりと一緒に裏口から逃走した」

マリーが両手で口を覆った。

「ああ、なんてこと」とガーティ。「トニーは大丈夫なの？」

カーターはうなずいた。「バールの男は狙いが悪かった。トニーは肩にひどいあざができるだろうが、どこも折れていないはずだ」

わたしは首を振った。「どういう人間かしらね、夫を亡くした女性がお通夜に参列しているときを狙って、盗みに入るなんて」

そう言った瞬間、ブラに押しこんである木の箱が肋骨に食いこんできたので、わたしは声に出さずに祈った。わたしの偽善を罰するために、神がマリーの家へ、わたしの脳天へと雷を落としたりしませんように。

「さあな」カーターは言った。「何かなくなったものがないか、ポーレットに確認するよう言ってあるんだ。犯人たちに盗む時間はなかったかもしれない。マリー、見ていてくれて助かったよ」

マリーはかぶりを振った。「ときどき不安になるわ、この町はどうしちゃったんだろうって」

彼女の不安はカーターの考えていることととても近かったので、彼がどんな反応を見せるかと顔をじっと観察した。でも、仕事中は心の奥で考えていることにしっかり鍵をかけているらしい。彼の表情は少しも変化がなかった。

「どこの町にも機会に便乗するやつはいるさ。シンプルにもそういう人間は昔からいた。今回ほどたちの悪いのは初めてだが、いまは世の中全体のレベルがさがってるからな。シンプルだけ大丈夫なんてわけにはいかないだろう」

マリーがため息をついた。「あなたの言うとおりなんでしょうね」

「情報をありがとう」カーターは言った。「そろそろ戻ったほうがよさそうだ。ポーレットがブロー保安官助手相手にギャンギャンわめきだす前に。そうなるのは時間の問題だろうから」

カーターは小さく会釈してからキッチンをあとにした。マリーが慌てて追いかけ、彼が出ていってから玄関に鍵をかけると、キッチンに駆け戻ってきてガーティの向かいの椅子にドサッと腰をおろした。

「あああ、疲れた」彼女は大きな声で言った。「あなたたちふたりがこんなことをずっと続けていられるのが信じられないわ。心臓発作を起こしそうよ」

「ずっと続けているわけじゃないわよ」とガーティ。「最近はそんな感じがするだけで。こっそり行動することがふつうよりも必要になってきたっていうか」

「マリー、本当に、お世辞抜きにみごとだった」わたしは言った。「プロ級のみごとさ。わたしだったら、こんな偽装をあんなにすばやく思いつけなかった」

マリーはほほえんだ。「それはあなたがお菓子作りについて本当に何も知らないからよ。わたしはいつも困ったときにすがるものに飛びついただけ。今回はそれがわたしの身を守ってくれた。ますます深みにはまるんじゃなくね」

「ねえ、わたしったらまじめに何か作れるようになったほうがよくない？」

「やめて！」ガーティとマリーがそろって両手を宙にあげた。

「えーと、そこまで即座にはっきり言われたのって初めてなんだけど。やれやれ」

マリーがはじかれたように立ちあがり、キッチンカウンターへと走った。彼女の指示にわたしが従わないかもしれないと心配したらしい。「エプロンをはずして顔を拭きなさい。それからクッキーを少し食べるといいわ。ここはわたしが片づけるから」

わたしはすぐさま言われたとおりにした。カウンターの上にあったクッキーをひとつかみと冷蔵庫に入っていた炭酸水を持ってテーブルに向かった。

「で、あなたはあのふたり組がどういう写真をさがしていたと思うの？」ガーティが尋ねた。

「ふたりが写真をさがしていたなんて、どうしてわかったの？」

「通気孔を通じて、話し声が聞こえたのよ」わたしはスポーツブラに手を突っこんで木の箱を取りだした。「どういう写真かはわからないけど、ここに入っていてくれるよう祈るわ」

ガーティの目が見開かれた。「どこでそれを見つけたの？」

「デスクの上。屋根に出るときに盗んできたの」

マリーが息を呑んだ。「あなたたち、屋根に……ああ、やめておく。知りたくないわ」

わたしは箱のふたを引っぱったが、鍵がかかっていた。「アイスピックある？」

マリーは首を横に振った。「信じられないかもしれないけど、わたしたちだって何年も前から製氷機つきの冷蔵庫を使ってるのよ」

「マリーは釣りをしないから」ガーティが言った。「あたしかアイダ・ベルの家なら、アイスピックがあるんだけど」

「小さくて細いものならなんでもいい」わたしは言った。

マリーは眉を寄せて考えこんでいたが、ややあってぱっと顔を輝かせた。「編み針はどう？」

「完璧」

彼女は居間へ走っていき、少しして長くて細い編み針を手に戻ってきた。わたしがそれを錠に差しこんでぐりぐりと動かしているうちに、カチッという音がした。マリーがわたしのほうに身を乗りだし、ガーティはもっとよく見えるようにとテーブルのこちら側に移動してきた。ふたを開けると、なかには何枚もの写真が入っていた。

わたしは写真を取りだし、最初の一枚を見た。「なんなの、これ。男と女がバーでキスしてる写真」

マリーがぱっと手で口を覆い、ガーティが目を丸くした。「ただの男じゃないわ」とガーティ。「それ、シンフルの銀行頭取よ。女は彼の妻の姉妹」

わたしは写真をめくり、次の一枚を見た。

「セントクレア兄弟のひとりだわ」マリーがたばこを吸っている男を指差した。

「これ、マリファナたばこよね」わたしは言った。

「ほんとに？」マリーが顔を近づけてもっとよく写真を見ようとした。「わたし、実際に見たことがないのよ。この人の母親が見たら、卒倒するわ」

「彼、大人よ」わたしは指摘した。「母親だって乗り越えるでしょ」

ガーティが首を横に振った。「兄弟の弟のほうが麻薬の過剰摂取で死んでるの。ノナ・セントクレアはそれ以来、すっかり変わってしまったわ。もうひとりの息子もクスリを使っていると知ったら……」

不快さがこみあげてくるのを感じつつ、わたしは次の写真に目を移した。バイユー上の掘っ立て小屋にでっぷりした男が入っていくところ。「この場面に何かおかしなところがある？」わたしは訊いた。

ガーティが口笛を吹いた。「あるわね、その男の妻が、彼は七年前に海で行方不明になったと届けを出して、つい最近、法的に死亡が宣言されたってことを考慮すればだけど」

「願望思考ってやつ？」わたしは尋ねた。

「保険契約ってやつね」

わたしは写真の束をテーブルに置いた。「この町で何が起きているか、わかった気がする」

「なんですって？」ガーティが訊いた。「あたしは皆目見当がつかないんだけど」

「われらが友人テッドは人を強請《ゆす》っていたんだと思う」

「ああ、嘘」マリーがわたしの隣で椅子にぐったりともたれた。

ガーティが口笛を吹く。「その強請ったお金で人に配るものを買って、自分をよく見せていたってわけね。なんてずる賢いの」

わたしはうなずいた。「それにテッドがものを配っていた相手の何人かは、お金を強請っていたのと同じ相手だってことに、いくら賭ける？」

「男どもがテッドとつき合いはするけど、好いてはいないという感じがしたのも納得ね」ガーティがやれやれと首を振った。「図太いったら」

「そのうえ町長選に立候補よ」マリーが指摘した。「いったい何を考えていたのかしら。人はもっと些細なことでも凶行に……」

「そのとおり」

「でも、そのうちの誰が？」ガーティが訊いた。「ここには写真が二十枚はあるし、どこかほかの場所にも隠してあるかもしれない」

マリーが顔をしかめた。「テッドのことは好きじゃなかったわ。あの人の目つきっていつもなんていうか……その、頭のなかで人の服を脱がしているみたいに見えて……でも、ここまで考えが足りないとか、こんな危ないことをやる人だとは一度も思わなかった。そこまでするほどお金が必要だったたってこと？」

「かもしれない」わたしは言った。「あるいはただ性分に従っていただけか」

「どういう意味？」ガーティが訊いた。

「シンフルに越してくる前のテッドの暮らしについて、わかってることってどれくらいある？」

「多くはないわね」ガーティが答えた。「それもテッドが言ったことばかり」

わたしはうなずいた。「だから、もしテッドが遺産相続なんてしてなかったら？　過去から逃れて身を隠すためにここへ来たんだとしたら？」

「シンフルに身を隠すですって？」マリーが聞き返した。「ここはそういう場所じゃないと思うけど」

「あら」ガーティがおもしろがっているような顔でわたしを見ながら言った。「シンフルは身を隠すのに最高の場所よ。こんなところ、誰もさがしにこないもの」

「言いたいことはわかるけど」とマリー。「だからって実際にそうだったかどうか、確かなことはわからないでしょ」

「大いにありうるんじゃないかしら」わたしは言った。「ここにある写真に撮られたあれこれ、あなたたちのうちどちらかでも知ってた？」

　ふたりとも首を横に振った。

「それなのにこの町に住んでほんの二年の人間が、町中の住民の秘密を探り当てたわけよ。そんなことができる確率ってどれぐらい？　あの男が前にも――頻繁かつ巧みに――同じことをやっていたんじゃなかったら？」

「高くはないわね」ガーティが答えた。「それじゃ、あたしたちはどうしたらいいわけ？」

「カーターに写真を渡すべきだと思うわ」とマリー。「このせいで人がひとりすでに亡くなってるのよ。わたし、アイダ・ベルのことはあなたたちふたりに劣らず心配してるわ。でも、わたしが大切に思っている人たちがさらに危険な目に遭うのは嫌なの。今夜わたしは心臓発作を起こすところだった。それも、あなたたちが屋根の上を歩いたなんてことを知る前にね」

　ため息をこらえた。マリーはわたしが出会ったなかで最高にいい人のひとりだから、彼女をがっかりさせたくない。でも、この場合はしかたなかった。「写真をカーターに渡すとなると、どうやって手に入れたかを説明しなければならなくなる。なんとなく、彼はガーティとわたしが不法侵入したことをよく思わない気がするのよね。ほかに同じことをした人間が住人のひとりを襲撃したことを考えると特に」

「あ！」マリーが落胆した顔になった。「そこは考えてもみなかったわ」

カーターに写真を渡す方法を頭のなかでいくつも検討してみたが、わたしが提供したことを明かさなければ証拠の履歴管理（その証拠がどうやって採取されたかなどを記録すること）ができない。履歴管理なしには、判事は裁判で写真を証拠として認めないだろう。

究極の〝にっちもさっちもいかない状態〟だ。テッドを殺したいと思う人間がほかにいるという証拠をわたしは見つけた。カーターがこの証拠を見つけられた可能性はきわめて低い。なぜなら、テッドの家の捜索令状を取る理由がないからだ。でも、わたしはこの証拠を使えない。少なくとも、法的手段を通じては。

「その顔つき、見覚えがある」ガーティが言った。「何か思いついたんでしょ」

「実を言うと、複数ね」

「それなら、とっとと言っちゃいなさい。あたしに残されてる時間は増えないんだから」

「まず、テッドとポーレットの過去を洗う必要がある。それから、ここにある写真に写ってる人たちの動向を探る」

「動向を探るですって？」マリーが訊いた。「つまり、スパイするってこと？」

わたしはうなずいた。「そのとおり」

第13章

アイダ・ベルが〈シンフル・レディース〉のメンバーを帰らせたので、わたしたちは彼女の家にふたたび集合した。カーターのピックアップトラックはポーレットの家の前にとまったままだったから、マリーは状況を見守るために自宅に残った。彼女にはこれ以上深入りしてほしくないとわたしが考えたからでもあった。さらにアイダ・ベルとガーティだけのほうが話がしやすい。偽装がばれないように気を遣う必要がないから。

わたしたちが到着したとき、アイダ・ベルは檻のなかの獣のように行ったり来たりをくり返していた。玄関ドアを開けたかと思うと、わたしがジープのギアをパーキングに入れるより先になかへ入れと手を振りだした。わたしたちが家のなかに入ったときには音を立ててはじけそうなほど待ちきれない様子だった。

「で、どうだった?」玄関を閉めるやいなや、彼女は尋ねた。「まったく、人を何時間も宙ぶらりんにして」

ガーティがぐるりと目玉をまわした。「何時間もなんてたってないし、こっちは少々忙しかったのよ」

「あんたの得意な我慢についてのお説教はあとにしとくれ」アイダ・ベルが警告した。

喧嘩が始まらないように、わたしは両手をあげてふたりをとめた。「かっかしないで」アイダ・ベルに一部始終を説明し、写真を見せた。

彼女は写真の束をつかみとると一枚ずつめくりだし、秘密が暴かれるたびに驚きの声をあげた。「ワオ。テッドのやつ、よくここまで人の弱みを握ったねえ。あたしも怪しいと思ってたことはいくつもあったけど、証拠はつかんでなかった」

「あなたはそもそも証拠を見つけようとしなかったでしょ」わたしは指摘した。

「そうだね」

「あたしがわからないのは」ガーティが言った。「テッドが財産家だったなら、どうしてこんな危ない橋を渡ったのかってこと。たとえこういうことが得意だったとしてもここはルイジアナで、ボストンかどこかの、テッドがもともと住んでいたと言われてる場所じゃないのよ。ここじゃ下手すると撃たれるんだから」

「ボストンでも撃たれるわよ」わたしは言った。「でも一理ある。お金が必要じゃなかったとしたら、楽しみのためってことになるけど、それっていかれた人間のやることよ」

アイダ・ベルが首を横に振った。「いかれた人間ってとこに反論はしないけどね、遺産相続の話は嘘だったんじゃないかって気がちょっとはしてきてるんだ」

「どうして?」わたしは尋ねた。

「〈シンフル・レディース〉のメンバーが銀行の受付で働いてるんだけど、融資担当の行員がテッドとポーレットの家を差し押さえなけりゃならないって話してたそうなんだ。冴えてるとは言えないメンバーなんでね、聞き間違いか、なんかの勘違いだろうって思っていたんだけど、ここにある写真を見たところ、考えてみる必要がありそうだ」

「テッドがお金に困っていたなら」わたしは言った。「ポーレットは容疑者からはずれるわね。テッドを殺しても、得るところはなんにもない。テッドの強請《ゆす》ったお金が彼女のスパ通いの財源になってたなら特に」

「残念だわ」とガーティ。「あの家の内装を見てから、ポーレットには刑務所行きになってほしいって心底思ってたの。あれは違法にすべきよ」

「で、あたしたちはこれからどうすればいいんだい？」アイダ・ベルが訊いた。

「まず」わたしは答えた。「ここにある写真に目を通して、写っている人をひとり残らずリストにする。次にあなたたちにしてもらいたいのが、そのなかに容疑者リストからはずせる人がいるかどうかを考えること」

アイダ・ベルがうなずいた。「集会のあった日の夜にこの町にいなかった人間とか……そういうことだね」

「そのとおり」

アイダ・ベルは家の奥を指差した。「キッチンに行っとくれ。あたしはノートパソコンを取ってくる」

アイダ・ベルはノートパソコンを取りに急いで二階にあがり、わたしとガーティはキッチンへ向かった。ガーティがコーヒーを淹《い》れはじめる。すぐにアイダ・ベルが急ぎ足でやってきてわたしの隣の椅子に腰をおろした。

「ふたりでしゃべって」わたしはそう指示して、ノートパソコンを自分の前に引き寄せ、開いた。「わたしがメモを取るから」

ガーティがアイダ・ベルの隣の椅子に腰をおろし、ふたりで写真に目を通しながらしゃべりはじめた。しゃべり方が速すぎて、追いついたり、クレオールやケージャンの見当もつかない名前のスペルを確認したりするためにときどきストップをかけなければならなかった。ようやくふたりが最後の一枚についてしゃべり終わると、わたしはリストを見た。

「十八人ね。さて、今度はこのリストを短くできるかやってみましょ」

ふたりは写真を自分たちの前に広げ、目を通し直した。

「この六人は町にいなかったわ」

「このふたりはニューオーリンズ近くで道路の夜間工事の仕事をしてる」

「彼はバトンルージュでおばさんのお葬式に出席してた」

「この男はパイプラインの仕事でアラスカに引っ越したし、こっちはテキサスに引っ越した」

わたしは名前を確認し、指が動くかぎりすばやく情報を打ちこんだ。ふたりがちょっと口をつぐんだあいだにリストをチェックした。

「これで七人まで絞れた」わたしは言った。「ほかにリストから消去できる人はいない？」

ガーティが写真を三枚、アイダ・ベルの前に突きだした。「この三人は事件の夜、ニューオーリンズの留置所にいたんじゃない？」

アイダ・ベルの顔がぱっと輝いた。「そうだよ！」

わたしは一瞬言葉を失った。「三人全員が……同時に？」

「三人は集会の前の週末にギャンブルをしに出かけたのよ。三人ともちょっと酔っ払って、カジノで強盗をやらかそうとしたの、水鉄砲でね。カジノ側は告訴した」

「理解に苦しむ」わたしはぶつぶつ言いながら、三人の名前の横にメモを加えた。本物の犯罪を実行に移すには、ばかすぎ。

「それじゃ、これで残るは四人ね。トビー・アンダーソン、ライル・コックス、ブレイン・エヴァンズ、それにシェリー・フィッシャー。ボート泥棒にクスリの売人、密漁者、不倫中の女。このなかに人殺しなんて決して、絶対にできなそうな人間はいる？」

アイダ・ベルとガーティは顔を見合わせてからわたしのほうを向き、そろって肩をすくめた。

「つまり、ふたりともわたしと同じく世の中を皮肉な目で見てるってわけね」わたしは言った。

「相応の動機がありさえすれば誰でも人殺しになりうるって」

「たぶんね」とガーティ。「やだわ、あたしたちって暗い人間」

「あたしは現実的って言葉を選ぶね」アイダ・ベルが表現を変えた。「要するにフォーチュンの言うとおりってことだ。リストに残った人間は誰でも、切羽詰まってテッドを殺した可能性があるってこと。そうすりゃ秘密が守られて、経済的大損失を被らずにすむってことになったら」

「この四人の経済状況は？」

「四人とも収入はかぎられてる」とアイダ・ベル。「それにライル以外は連れ合いがいて、こんなことがばれたら即離婚だね。実際に安定した仕事に就いてるのは連れ合いのほうだから」

「それじゃ、容疑者は四人」リストからすでにかなりの数を消去できて、わたしは満足感を覚えていた。「四人ならなんとかなる」ガーティを見た。「ポーレットの家で聞こえた声だけど、このリストに残った男の誰かだったなんてわからないわよね」

「わからないわ。くぐもった声だったし、正直言って、あたしはちょっとテンパってたから」

「かまわない」わたしは言った。「あの家にいたのは、シェリー以外の誰でも可能性としてありうる。機会に乗じようってタイプなら、お通夜は最高に都合のいいタイミングだと考えるはずだから。有罪の証拠になるものが見つかってしまう前にそれを回収するには」

「で、このあとどうするんだい？」アイダ・ベルが訊いた。

「計画のステップBに進む」わたしは答えた。

ガーティがパチパチと手を叩く。「テッドとポーレットの過去を洗うってことね」

「あたしも穿鑿《せんさく》好きってことにかけちゃ人後に落ちないけどね」とアイダ・ベル。「シンプルに引っ越してくる前のテッドたちに焦点を当てるのはなんでだい？」

わたしは写真の束を指差した。「テッドがこういうことをやったのは、これが最初だなんて思える？」

アイダ・ベルは眉をひそめた。「違うかもしれないね。なんだかずいぶん……」

「周到に思える？」わたしは言ってみた。「玄人《くろうと》っぽい？」

「うん、それだ」とアイダ・ベル。「玄人っぽく思えるんだよ」

「テッドが前にも似たようなことをしていたなら、前科があるかもしれない」

「前に強請っていた相手がここまで追ってきたって可能性もあるかもね」とガーティ。

「その可能性については、いまの時点で考えるのはやめておきましょ」わたしは言った。「せめて地元住人の容疑者が全部消えるまで」

「テッドとポーレットについて調べるのは名案だけど」とアイダ・ベル。「取っかかりがあんまりないよね。昔のことを、ふたりともそんなに話してないから」

「それ、興味を惹かれるわよね」わたしは言った。「テッドがすごくおしゃべりだったことを考えると」

「そうだね」とアイダ・ベル。

わたしは眉を寄せた。「そういえば、テッドとポーレットの家には写真が一枚もなかった。見かけた?」ガーティに尋ねた。

ガーティは眉間にしわを寄せて考えたのち、首を横に振った。「あたしも見た覚えはないわね。でも、一階にはあんまり長い時間いなかったから。通り過ぎただけで。それでも金箔が使われたクリスタルの壺がいくつかあったのは覚えてるわ——死ぬほど品がなかったけど、あれはポーレットのインテリア・モチーフみたいね——でも、写真立てはひとつも思いだせない」

「テッドは遺産を相続したって話だったわよね?」わたしはアイダ・ベルに確認した。

「あたしはそう聞いたよ」

信頼できるグーグルで調べることにした。「テッドの過去を洗ってみましょ。ポーレットは小切手を使うだけだったはずだから、彼女についてはたいしたことが見つかるとは思えない」

アイダ・ベルがもっと画面がよく見えるようにと、わたしに椅子を近づけ、ガーティは全員にコーヒーを注いだ。わたしはテッドの名前を検索窓に打ちこんだ。ヒットなし。バリエーションをつけてみる。それでもヒットなし。テッドとポーレットに関して思いつくかぎりの組み合わせをつぎつぎと打ちこんでみたが、グーグル上ではふたりは存在しないことになっている。

アイダ・ベルが首を振った。「それだけ試してみて何ひとつ見つからないとはね」

「それってふつうなの?」ガーティが訊いてから、コーヒーをズーッと飲んだ。

「まったくないってことじゃない」わたしは答えた。「みんながみんなソーシャルメディアを使ってるわけじゃないし。でも実際に大きな会社が売却されて、遺産相続が行われたなら、どこかでテッドの名前が挙がってるはずでしょ」

「ソーサラーに訊いてみたら?」とガーティ。「彼ならきっとテッドについて何か見つけられるわ」

名案だ。アイダ・ベルのオンラインゲーム友達ソーサラーは、情報収集となるとある種の魔術師であることを証明してみせてくれた。それどころか、彼にかかるとCIAが素人のように見えてしまう。

アイダ・ベルが首を横に振った。「ソーサラーは消えちまった。先週、黒いキャデラックに乗ったふたり組の男に連れてかれたんだ」

わたしは目をみはった。「誘拐されたの？」

アイダ・ベルが鼻を鳴らす。「連邦政府が誘拐で告発されるんならね。あたしの見たところ、ソーサラーを連れてったのはあんたの仲間だよ」

「もうっ」あの十歳のハッカーがどれだけの実力を持っているか、その半分でもＣＩＡが知ったら、あの子は二度と解放してもらえないだろう。

「絵合わせみたいなことをやってみたらどう？」ガーティが訊いた。「ほら、〈キャットフィッシュ〉ってテレビ番組でやってるみたいな」

「それ、魚の絵を合わせる番組なの？」わたしは訊いた（実際はネット恋愛を追うリアリティ番組。キャットフィッシュは英語でナマズのこと）。

「違うわよ、あの番組は――いいわ、忘れて。グーグルに写真をアップロードすると、インターネット上でほかの誰かの写真とマッチするかどうか確かめられるんでしょ」

「ああ！」わたしは気分が上向いた。「それいい。どっちかテッドの写真を持ってる？」

アイダ・ベルとガーティは顔を見合わせ、そろって首を横に振った。

「悪いわね」とガーティ。「でもテッドの写真なんて誰も欲しがるわけないでしょ」

「必要になるなんて、思いもしなかったからね」アイダ・ベルも同意した。「テッドは選挙のビラにも自分の写真を使わなかった。代わりにあの奇妙な漫画のイラストを載せてさ」

「誰か持っていそうな人はいる？　わたしたちが欲しいと言っても怪しまない相手で」

アイダ・ベルが首を横に振った。「〈シンフル・レディース〉にそんなものを持ってるメンバーがいるとは思えないし、ウォルターはやたらと写真を撮るタイプじゃないからね。それ以外の相手に頼むのは安全じゃないと思う」

ガーティがうなずいた。「同感よ」

わたしは椅子にぐったりともたれた。こんなにいい思いつきからなんの結果も得られないなんて。

「でも、写真を手に入れる方法ならあるわよ」ガーティが言った。

わたしは首を横に振った。「だめだめ。テッドの家にもう一度侵入するつもりはないから。それに、いまさっき言ったでしょ、写真は一枚も見かけなかったって」

「テッドの家に侵入するなんて言ってないわよ……」とガーティ。

「それなら何？」

ガーティは顔を少し赤らめながら、アイダ・ベルをちらりと見た。「その、テッドはまだ完全にこの世を去ったわけじゃないでしょ」

ガーティが何を考えているか、即座に察して、わたしははじかれたように立ちあがった。

「気でもおかしくなったの？　教会に侵入して死体の写真を撮ろうって言ってるわけ？」

アイダ・ベルの顔がぱっと輝いた。「そりゃいい思いつきだ」

「絶対にそんなことない」わたしは腕を組み、ふたりをにらみつけた。「教会には侵入しないから。つけ加えるなら、保安官事務所のすぐそばにある教会に。遺体の写真を撮るなんていたずらをしにいくなんて」

「あら、冗談はやめてちょうだい」ガーティが言った。「どこがいたずらなの？　棺のふたを開けてすばやく写真を一枚撮ったら帰ってくるだけよ。フラッシュを焚いたらテッドがびっくりするわけじゃなし」

わたしは両手を宙に突きあげた。「生まれたときからの知り合いに、テッドの写真を持ってるかって訊くのはまずいのに、教会に侵入して棺に冒瀆《ぼうとく》行為をするのは名案だと考えるわけ？　そんなことが通るのはどこの惑星？」

ガーティが手をあげた。「はい、はい、あたし知ってます。地球です」にっこり笑い、見るからに自分のウィットに満足している様子だった。

「さあ、棺に冒瀆行為をするのかしないのか」アイダ・ベルが言った。「いったいあたしたちはどんな罪を犯すことになるって言うんだい？」

「一番大きな罪は、これ以上ないばかげた法律違反をすることになるっていう点。教会のなかでつかまったら、いったいどう見えると思う？」

アイダ・ベルがにんまりした。「だからこそ、絶対につかまらないようにするんじゃないか。いいかい、あんたが心配したり憤慨したりしてくれるのはありがたいと思ってるよ。でも、テッドだって本物の殺人犯が牢屋に入ったほうが喜ぶと思わないかい？　あたしがあいつを殺したって濡れ衣を着せられるよりも」

まったくもうっ。

わたしはもう一度ぐったりと椅子にもたれた。あの男のことはほとんど知らないけれど、確かにテッドはわたしたちに懐中電灯とバールを渡して、何をそんなにもたもたしてるんだと尋ねるタイプだろう。

「ガーティは怪我してる」わたしは最後の反論らしきものを試みた。

「実はね」ガーティが言った。「足はもう大丈夫そうなの。あしたは少しこわばりが残るかもしれないけど、薬を塗れば行けると思うわ」

「それはよかった」ふたりはわたし抜きでも行くつもりだろう。わたしがいれば、ふつうに考えて無事に帰ってこられる確率が劇的に増す。「でも慎重に計画を練る必要があるわよ。あなたたちは何もかもわたしが言ったとおりにすること。さらに行動開始はカーターの家の電気がすべて消えて、彼が寝たと確信できるまで待ってから」

アイダ・ベルはわたしに一度うなずいてみせ、腰をおろした。「それじゃ深夜十二時に」

ため息。屋根上の冒険の興奮冷めやらぬままに、早くも教会に不法侵入する計画を立てることになるとは。仲間のひとりが犯人として告発されそうな殺人事件の遺体の写真を撮るために。このせいで、わたしの地獄行きは決定だろう。間違いなく。

「そういえば、テッドを慌てて埋葬する理由は何か聞いた？」

ガーティがうなずいた。「噂じゃ、ポーレットは身内のいる東部へ戻るそうよ。従兄弟のトニーは荷造りやらあれこれを手伝いにきたらしいわ。とにかく、マリーガシーリアの中間から聞いたところじゃそういうこと」

わたしは眉を寄せた。「東部へ戻るなら、どうしてテッドをこっちで埋葬するの？　彼の身内もいる東部へ遺体を運べばいいじゃない」

「〈シンフル・レディース〉の諜報網によると」アイダ・ベルが言った。「テッドは身内と疎遠になってて、シンフルへ越してきてから連絡を取ってないらしい。ポーレットの話だと、身内には二度と、たとえ遺体となっても、近づきたくないって前からはっきり言ってたんだってさ」

「それってちょっと極端じゃないかしらね」ガーティが言った。

救いようのない気むずかし屋でいまは亡き父とわたしとのあいだに、親子としての関係が完全に欠落していたことを考えて、わたしは首を横に振った。「そうともかぎらないんじゃないかしら」

ガーティが奇妙な顔でわたしを見たが、彼女が何か訊こうとするより先にアイダ・ベルが言った。「葬儀はあす、カトリック教会で行われる。そのあと、シンフル墓地に埋葬だ。あんたたちが言ってた下品な装飾品の荷造りが終わったらすぐ、ポーレットはシンフルから逃げだすってのがあたしの予想だよ」

アイダ・ベルはうなずきながら続けた。「あの女はここが嫌でしょうがないってことを隠そうともしなかったからね」

教会へ不法侵入し、遺体の写真を撮ることをわたしがどれほど嫌だと思っているかは神のみぞ知るだけれど、アイダ・ベルのいまの口調を聞いて、自分がこれからやろうとしていることに対する疑念が払拭された。知り合ってからの短いあいだに、彼女が怒り、いらだち、喜び、不快になったときの声を聞いてきたけれど、いまみたいに打ちのめされた響きのこもった声は初めてだ。

ため息。きょうはわたしの人生史上一番長い日になる。

第14章

「押さないで」わたしはいらついた声で言った。「ここでつまずいたら、近所の住人全員が目を覚ますでしょ」

「懐中電灯を禁止にしたのはあなたじゃないの」ガーティがひそひそ声で言った。

「そうよ。なぜならカトリック教会の裏で懐中電灯がいくつも跳びはねてるのが見えたら、ちょっと怪しいどころじゃないでしょ。自分からつかまろうとするようなものだわ」わたしは片足をじりじりと動かし、さらに三十センチほど前進した。教会の裏口までのこのうえなくいらだたしい忍び足。

「しゃべるんじゃないよ」とアイダ・ベル。「オールドレディ・フォンテノーはインプラントの補聴器を使うようになって以来、コウモリ並みの耳のよさなんだからね」

わたしはやれやれと首を振ってもう一歩前へ足を滑らせながら、両手であたりの気配を感じた。オールドレディ・フォンテノーと補聴器のことは、アイダ・ベルに指示された開豁地《かいかつち》にジープを隠し、湿地をてくてく歩いてくるあいだに嫌というほど聞かされた。このフォンテノーという婦人がわたしたちの話し声を聞くことができるなんて、わたしは一瞬たりとも信じなかった。たとえ彼女が裏の通りを挟んで教会の真向かいに住んでいるにしても。でもごみ箱につまずいてころんだりしたら、こちらが起きあがるより先に、彼女に九一一に電話されるだろう。州の端から端まで歩いたように感じたころ、ようやくつま先が何か硬いものにぶつかった。かがんで手を伸ばすと冷たく硬いコンクリートに触れた。裏口の階段だ。

「階段まで来た」わたしは言った。「鍵を調べるからちょっと待って」

忍び足で階段をあがると手探りでドアノブを見つけ、つかんだ。使われている錠はとても古いもので、デッドボルトはついていないとアイダ・ベルが断言したけれど、この目で見るまでは信用しなかった。指を目の代わりに使い、鍵穴のまわりをそっとさわってからノブを小刻みに動かしながらドアを押した。

ノブとドアの両方から反応を感じた瞬間、少しだが気分があがった。後ろポケットからアイダ・ベルのアイスピックを取りだし、もろい錠を開けにかかった。ほんの二秒ほどでカチッという音が聞こえた。

「ドアを開ける」ささやき声でふたりに警告した。裏口にはどういった種類の警報装置も取りつけられていないとかなりの確信があったものの、万が一何かが鳴った場合には、三人とも異なる方向へ走って逃げることになっていた。真っ暗闇のなかで走れるかぎりという意味だけれど。

ノブをつかんでまわすと、そっとドアを押し開けた。ドアが小さくきしった以外はなんの音もしなかった。

「なかへ入る」ひそひそ声で言ってすばやくなかに入り、ドアを目いっぱい押し開けた。アイダ・ベルとガーティは階段を忍び足であがり、わたしが抗菌ジェルでドアノブについた指紋をぬぐうあいだ、入口近くで身を寄せていた。わたしはアイダ・ベルとガーティにビニール手袋を渡し、自分もはめてからドアを閉めて鍵をかけた。

「礼拝堂は廊下をまっすぐ行った突き当たりだよ」アイダ・ベルが言った。

わたしはペンライトを取りだし、廊下に敷かれた古いカーペットを照らした。行く手に置かれたいくつもの装飾用テーブルにつまずかずにすむだけの明るさがあったけれど、下に向けてさえいれば、廊下の両側に並ぶ教室の窓をちらっと見た人がいても注意を惹く心配はなかった。

突き当たりまで行くと、両開きのドアを開けて礼拝堂に足を踏み入れた。祭壇の真上の照明がぼんやりとした光を放っていて、わたしたちにとってウェルカムライトの役割を果たした。ドアの前には信者席の一列目と、祭壇と聖歌隊席へ続く階段があり、わたしが説教壇をまわりこむとテッドの棺が祭壇の真ん前に置かれているのが見えた。

三人そろって忍び寄り、棺の正面に立った。

「開けるのはどれぐらいたいへんだと思う?」ガーティがわたしの顔を見た。

「そんなこと、知るわけないでしょ。わたしの仕事はこのなかに人を入れることで、出すことじゃないんだから」

「まだ密閉はされてないはずだよ」とアイダ・ベル。「ふたを持ちあげればいいだけだと思う」

ガーティとわたしは彼女の顔をまじまじと見た。「時間を間違えて、葬儀に早く着いたことがあってね」アイダ・ベルは説明した。「準備をしているところを見たんだよ。ガーティの半分の身長で年齢は二倍のご婦人が簡単に開けてたから、そんなに重くないはずだ」

「わかった」とわたし。「だったら開けて」

「あたしはやだよ」アイダ・ベルが言った。

「あたしも嫌よ」ガーティが言った。「気味悪いもの」

わたしは宙に手を突きあげた。「これはあなたの思いつきでしょ」

「全部あたしがやるとは言ってません」

「まだなんにもしていないことを考えると、いまが始めるのにいいタイミングじゃないかしら。このいまいましい棺を開けなさい。さもないと、わたしはあなたたちふたりをここに残して、まっすぐ帰宅、熱いシャワーを浴びてベッドに入るから」

「わかったよ」アイダ・ベルがそう言って棺のふたを持ちあげた。

よく見えるようにと、わたしたちがそろって身を乗りだすと、当然ながらそこにはテッドがいた。政治集会で大ぼらを吹いていたときほど生き生きして見えなかったが、それにはまあ理由がある。

「なんだかぱっとしないわね」ガーティがわたしの考えているのと同じことを言った。

「死んでるんだよ」とアイダ・ベル。「生きてるときだってぱっとしなかった男だ。死んだらましになると思ってたのかい？」

「いいからどいて」わたしはポケットからスマホを取りだし、仕事を片づけようとした。

「待った！」アイダ・ベルが言った。「いまの聞こえたかい？」

わたしは凍りついた。「聞こえたかって何が？」

「表を歩いてる人間がいる」

「間違いない？」

アイダ・ベルは唇に指を当てた。わたしは呼吸を遅くして静寂に耳を澄ました。アイダ・ベルの思い過ごしか動物の動きまわる音だったにちがいないと結論しようとしたとき、廊下の先の教室からガラスの割れる音が聞こえてきた。

これで廊下は逃げ道として使えなくなったし、アイダ・ベルから玄関には警報装置がしかけてあると聞かされていた。いまさらどうでもいいことだ。わたしたちが玄関から逃げるよりも、窓を割って侵入した人間がここに現れるのが先だろう。わたしは聖歌隊席を指し、ふたりと一緒に祭壇横の階段を聖歌隊席の後列まで急いでのぼった。そこは頭上の照明がぎりぎり届かない場所だった。

わたしたちは前列のベンチの背もたれの後ろに身をかがめ、何がどうなっているのかのぞいた。ややあってスキーマスクを着けた大柄なふたりの男が礼拝堂に入ってきてテッドの棺へと歩いていった。

「間違いねえ、あいつだ」ひとり目の男が言った。

「まじかよ」ふたり目の男が言った。「夜はふたを閉めるもんじゃないのか？」

「たいした違いはねえだろ。死んでるんだから」

「まあな」男はポケットに手を入れ、カメラを取りだした。

いったいどういうこと? ふた組のグループがそれぞれ教会に侵入し、死体の写真を撮ろうとするなんて、ふつうありえない。それにあっちのグループはいったいなんのために死体の写真が必要なわけ?

アイダ・ベルを肘でつつき、眉をつりあげてみせたが、彼女は首を横に振った。どうやらあの男たちが誰か、何をしているのか、見当がつかないようだ。いらないのに――新しい謎なんて。

カメラを持った男が棺に歩み寄り、身を乗りだしてテッドの写真を撮ろうとした。ちょうどそのとき、聞き間違いようのない、ガスが放出される音が礼拝堂に響きわたった。

「うえ、おまえがこいつにこれっぽっちも敬意を持ってねえのは知ってるがな」ひとり目の男が言った。「ここは教会だぞ。外に出るまで我慢できねえのかよ」

「なんだと?」ふたり目が背筋を伸ばした。「いまのはおれじゃねえ。こっちはおまえだとばかり」

「おれが教会のなかで屁をこくと思ってんのか? 冗談じゃないぜ、おれのおばさんは尼さんなんだぞ」

「でも、いまのはおれじゃねえ」

「そんなこたどうでもいいんだよ。とっとと写真を撮って、ここからずらかろうぜ」

カメラを持った男がもう一度身を乗りだすと、ガスの放出される音がふたたび聞こえ、今度は前よりも大きかった。

「なんてやつだ！」ふたり目の男が棺から飛びのいた。「屁はこいつだよ！」

「ばか言ってんじゃねえ！　死体が屁をこけるわけねえだろ。もたもたすんな」

ひとり目がカメラを奪ったが、写真を撮ろうと構えた瞬間、テッドの手が宙に突きあげられ、ふたりを指差したように見えた。

「う、うわ、堪忍してくれーっ！」ふたり目の男が叫んだかと思うとひとり目を突き飛ばし、正面の扉に向かって走りだした。

ひとり目の男がドスンと棺にぶつかったので、わたしは台の上でぐらぐら揺れる棺を息を呑んで見守った。男はなんとか棺を安定させ、相棒のあとを追って走りだし、相棒のほうは礼拝堂の正面の扉を勢いよく開けた。

次の瞬間、警報が教会中に鳴り響いた。

第15章

わたしは聖歌隊席から飛びだし、手すりを飛び越え、テッドの写真を撮るためにほんの一瞬立ちどまっただけで裏口へ向かった。アイダ・ベルとガーティがぶつかり合いながらついてくる音を聞きながら廊下を走る。警報のせいで心拍数があがり、耳が痛かった。

「待った！」廊下を半分ほど行ったところでアイダ・ベルが叫んだ。「このまま裏口から出るわけにはいかないよ。オールドレディ・フォンテノーがカメラと投光器を持って待ち構えてるはずだ。間違いない」

「ほかにいい手がある？」わたしは訊いた。

「予備の計画を用意してきた」アイダ・ベルがガーティに手を振った。「急ぎな！」

ガーティがバッグからマルディグラ（キリスト教の謝肉祭の期間に催される祭り。仮装やパレードを楽しむ）用の仮面を三つ引っぱりだし、わたしとアイダ・ベルにひとつずつ投げてよこした。

「これが予備の計画？」

「もっといい手があるのかい？」アイダ・ベルが即座に言い返した。

わたしは仮面をつけて裏口へと駆けだした。予備の計画を用意していなかった自分に腹が立ったが、それを認めるつもりはなかった。オールドレディ・フォンテノーがカメラの狙いを定めるのが遅いよう祈るしかない。裏口の鍵を開け、手を振ってガーティとアイダ・ベルを先に出すとすぐ、わたしも階段を駆けおりた。わざわざ鍵をかけても意味はない。もう秘密はばれたようなものだ。

路地にたどり着くやいなや、投光器の光を顔に浴びた。光線をよけた瞬間、フラッシュがひらめき、わたしはふたたび目を射られた。

「つかまえたわよ、このクズども！」

投光器とフラッシュのせいで半ば視力を失いつつ、わたしはよろよろと路地を渡りながら視界をはっきりさせようとまばたきをくり返し、オールドレディ・フォンテノーの手からカメラを奪いとった。向こうは直接攻撃を受けるとは予想していなかったらしい。わたしがカメラをつかむ前もつかんだあとも、彼女はその場から一センチも動かなかった。わたしたちが湿地へと角を曲がったときも、同じ場所に呆然と立ちつくしていた。

林に入るやいなや、わたしは仮面を取って茂みに投げ捨てたが、湿地を抜ける小道を真っ暗闇のなか走って逃げるのは、ペンライトを持って歩くのに比べたら簡単ではない。枝がつぎつぎと腕にぶつかり、長袖を着てきたにもかかわらず、朝になったら引っかき傷が目立つにちがいなかった。

ジープをとめてきた開豁地《かいかつち》はもうすぐそこと確信したそのとき、先頭を走っていたガーティがつまずいてばったりと倒れた。変則的な歩幅で走っていたアイダ・ベルは勢いをとめられなかったらしく、ガーティの真上を走り抜け、開豁地に出た。わたしは突っ伏したガーティの横にまわり、一瞬迷った。脈を確認するか、ただ引っぱりおこすか。

どのみち引っぱりおこすことになると判断し、脈の確認は飛ばして彼女の肩をつかんで引きおこした。よろめいたり、がくっと脚から力が抜けたりして半ば意識のないガーティを開豁地まで引きずっていくと、ジープの横から後部座席にほうりこんだ。アイダ・ベルはもう助手席に座っていたので、わたしもジープに飛びのるとアイダ・ベルの家を目指して開豁地から一目散に逃げだした。

「写真を撮られちまった」アイダ・ベルの声はいささか疲れていた。

「ていうわけでもない」わたしは彼女の膝にカメラをぽんとほうった。

カメラを見おろして、アイダ・ベルは笑いだした。

「オールドレディ・フォンテノーのカメラを盗んだのかい？」

「手から奪いとった。あの仮面じゃ、誰も騙されるわけなかったから」

「確かにね。でもカメラを奪ってきたからって問題は解決されないよ。オールドレディ・フォンテノーはガーティとあたしの服に気づくぐらいあたしたちをよく知ってる」

「あなたの家、暖炉は使える？」

「使えるよ」

「それじゃ着きしだい、燃やしましょ」

「あんたのはどうする？」

「ジーンズと黒いTシャツなんて世の中の誰でも持ってる。あなたとガーティだけよ、犯罪行為をするのに、スラックスと柄もののブラウスを着ていくって言い張ったりするのは」

アイダ・ベルが胸の前で腕を組んだ。「あそこは教会だよ。ジーンズにTシャツなんて格好じゃ失礼だろうが」

やれやれ。わたしが南部式作法を理解するのは死ぬまで無理だと思う。

アイダ・ベルがちょっと黙りこんでから言った。「あの男たちが怯えまくったのも当然だと思うよ。いったいテッドの遺体はどうしたって言うんだい？」

「腐敗中ってことよ」わたしは答えた。「防腐処理があんまりうまくなかったか、ポーレットが節約のために処理そのものを省いたか。だとしたら彼女が急いで葬儀を執り行うのも納得できる」

「だとしたらテッドが金に困ってたって仮説とつながる」

「そうね」

アイダ・ベルの家の通りに入る前にヘッドライトを消し、私道に車をとめた。運がよければ、ご近所の誰も穿鑿《せんさく》目的の見まわりをしていないだろう。ガーティは意識が少しはっきりしてきていたので、アイダ・ベルとわたしで彼女をジープからおろし、家のなかまで引きずっていった。

アイダ・ベルは自分とガーティの着がえを取りに二階に駆けあがり、わたしは暖炉に火を入れた。二、三分して一階に戻ってきたアイダ・ベルは長いナイトシャツを着て、手にはガーティに着せるナイトシャツと今夜の冒険にアイダ・ベル自身が着ていったブラウスとスラックスを持っていた。

アイダ・ベルが服を火にくべると、わたしはそれを少し突っつき、アイダ・ベルはまだふらふらしているガーティに手を貸してナイトシャツに着がえさせた。ややあって、ガーティをリクライニングチェアに座らせると、アイダ・ベルはガーティの服を火に投げ入れた。わたしたちふたりは服が跡形もなくなるまで見つめていた。

アイダ・ベルがため息をついた。「あのブラウスは本当に気に入ってたんだけど」

「あの男たち、いったい教会で何をしていたんだと思う?」わたしは訊いた。

「あたしたちと同じことみたいだね」アイダ・ベルが答えた。「でもどうして？　わたしたちのほかにどうしてテッドの遺体の写真を欲しいと思う人間がいるわけ？」

「そんなこと思いもつかないよ。帰ってくる途中ずっと、脳みそを必死に絞ってみたがね、筋が通る理由は何ひとつ思い浮かばなかった」

「誰の声かわかった？」

アイダ・ベルは眉をひそめた。「いいや。あの話し方は南部の人間じゃないね」

わたしはうなずいた。「ヤンキーだったと思う」

「賛成だよ。でもヤンキーがなんでわざわざテッドの死体の写真を撮りにこんなところまで来たんだい？」

「わからない。でも突きとめることが大事なのは絶対に間違いなし」

「テッドと身内の不和ってのは壮絶だったのかもしれないね。それでテッドが死んだことを確認しに親戚が来たのかもしれない」

わたしはやれやれと首を横に振った。「だったらとんでもなく壮絶な不和ね」

ガーティがうめいたので見ると、彼女は両手で頭を抱えていた。「トラックに轢かれたような気分。何が起きたの？」

「トラックに轢かれたのよ」わたしは言った。

アイダ・ベルがわたしを肘で突っつき、ガーティのところまで歩いていくと早くも目のまわりにできはじめた紫色のあざを調べた。「これはたぶん黒くなるね」

　わたしはうなずいた。「わたしの腕の引っかき傷もあんまりセクシーに見えないはずよ」

「見せてごらん」アイダ・ベルが言った。

　袖をまくってみせると、アイダ・ベルは顔を近づけてわたしの腕を調べた。「皮膚が裂けるほど深い傷はひとつもないけど、ミミズ腫れになるだろうね。なんで腕を体の前にたたんで走らなかったのさ」

　わたしは目を丸くした。「いったいどうしてそんなことをするわけ?」

「引っかき傷を作らないために決まってるじゃないか。ガーティとあたしは引っかき傷なんてできてないだろ?」

「できてない。でも腕が脇にあればバランスが取れて、ガーティはうつ伏せに倒れたりしなくてすんだかもしれないでしょ」

　アイダ・ベルは肩をすくめた。「犠牲はつきものだからね」

　このひどくばかげた会話でさらなる反論を試みようとしたちょうどそのとき、家の前に車がとまる音がした。アイダ・ベルと一緒に窓に駆け寄ると、カーターがピックアップトラックから降りてくるところで、わたしの脈拍は一気に速くなった。彼が顔をしかめているのは見まがいようがない。

「慌てるんじゃないよ」アイダ・ベルはそう言ったが、彼女自身が慌てふためきそうだった。

「パジャマパーティをやってたんだってふりをして落ち着いていくよ」

「それ本気？」わたしは言った。「ガーティの目はどう説明するつもり？　彼女の意識が半分朦朧《もうろう》としていて、支えられなきゃ立てないってことは？」

「立つことならでき……」ガーティが五センチばかり腰を浮かせたが、ふたたびどさりと椅子に座りこんだ。

玄関の呼び鈴が鳴った瞬間、アイダ・ベルは廊下のクロゼットに走っていくとボクシングのグローブをわたしに投げてよこした。「これをつけな。あんたは護身術教室で教わった動きを、あたしたちに実演してみせてたんだよ」

カーターがそんな話に引っかかるとはほんの一瞬も信じなかったけれど、反証がなければ、彼もどうしようもないはずだと考えた。

「いま行くよ！」呼び鈴がもう一度鳴ったので、アイダ・ベルが怒鳴った。左手にグローブをはめ、もう片方をソファの上に投げると、空いている右手を使ってドアの鍵をはずした。わたしは腕をまくりあげ、グローブを両手にはめて居間の真ん中に立った。とんでもなく間抜けに感じながら。

アイダ・ベルがドアを勢いよく開けた。「いったいなんの用だい、カーター？　こんな真夜中に」

わたしはもう少しでにやつきそうになった。守る代わりに攻撃をしかけるのはわたしもよく使う手だ。

カーターはアイダ・ベルを見てから、後ろにいるわたしとガーティを見た。「何をしているところか、訊いてもいいかな」

「ファイロ・クラブ、ルールその一（映画〈ファイト・クラブ〉のルールその一は「ファイト・クラブのことは決して口にするな」）」ガーティが言って片手をあげたが、その手はすぐさま膝の上に落ちた。

「フォーチュンが向こうの教室で教わった護身術を教えてくれてたんだよ」アイダ・ベルが説明した。「あたしが間違ってガーティを殴っちまったんだが、大丈夫、回復するから」

「なるほど」眉間にしわが寄り、カーターはどこから始めたらいいかもわからない様子だった。ナイトシャツ姿の老婦人がふたり。ひとりはボクシングのグローブをはめ、もうひとりは目のまわりに目立つ黒あざができそうな顔をしているなんて、保安官事務所の訓練マニュアルのどこにも載っていないケースだろう。彼は暖炉に目をやり、眉をひそめた。

「なんだこの暑さは。どうして火なんか焚いてるんだ?」

「このあとマシュマロを焼くつもりだったんだよ」アイダ・ベルが言った。「あんた、パジャマパーティって知らないのかい?」

カーターはわたしの格好をじろじろ見た。

「わたしはパジャマって着ないから」

カーターはため息をついた。「ああ、知ってる。今夜カトリック教会で不法侵入事件があったんだが、あんたたち三人は何も知らないんだろうな」

アイダ・ベルとわたしは驚いたふりをした。

「たまげた」ガーティがろれつの怪しい口で言った。

「どうして教会に侵入したりしたんだい？」アイダ・ベルが尋ねた。「あそこに金は置いてないってことは誰でも知ってるじゃないか」

「何者かがテッドの棺を開けたんだ」

「け、け、けしょく悪い」とガーティ。

「同感」わたしも会話に加わった。「テッドの棺には高価な宝石でも入っていたの？」

「いや」カーターは答えた。「それにシンフルで墓場荒らしなんてものは起こらない。だから可能性を考えるのもなしだ」

「おかしなカルトのしわざとか？」

カーターの顔が赤くなった。「シンフルにはカルトも存在しない」

わたしは肩をすくめた。「この話、とっても好奇心をそそられるけど、どうしてわたしたちにあれこれ訊くの？」

「なぜなら、ミズ・フォンテノーが教会の裏口から三人組が逃げるところを見たと言うんだ、マルディグラの仮面をつけて」

「マルディグラの仮面って？」わたしは訊いた。

「あとで教えたげるよ」アイダ・ベルが言いながら、わたしのほうに手を振った。

「ミズ・フォンテノーは三人のうちのひとりはアイダ・ベルだったと確信を持っている。〝おぞましい〟紫の地に赤いストライプが入ったブラウスには見覚えがあると」

「ファッション通でもあるまいし」とアイダ・ベル。「オールドレディ・フォンテノーはコウモリ並みに耳がいいかもしれないが、目は見えないも同然だよ」

「ミズ・フォンテノーによれば、写真を撮ったんだが、背の高いやせた人間がカメラを奪って逃げたそうだ」カーターはわたしのことをじろじろ見た。「あんた、それについては何も知らないだろうな」

わたしは目を丸くしつつ、ソファの端の派手なクッションの下からのぞいているカメラのほうを見ないようにした。「知るわけないでしょ」

カーターは両手を宙に突きあげた。「いいか、いまの質問はなしだ。答えなんて知りたくもない。おれはただあの男が埋葬され、あのカミさんがこの町を出ていき、誰かが殺人罪で留置場に入ってくれればそれでいい」

「留置場に入るのがあたしでなけりゃ」アイダ・ベルが言った。「同感だね」

「よし。結構な話だ。三人とも……なんでもいいからやってたことを続けてくれ」彼は勢いよく体の向きを変え、のしのしと家から出ていった。

アイダ・ベルはこちらを見て眉をつりあげてから、カーターが出ていったあとのドアに鍵をかけた。「ずいぶんと怒りっぽかったね」

「そうね」わたしに眉をひそめた。たったいま帰っていったのはわたしの知るカーターではなかった。いらいらぴりぴりしていて、すべてをほうりだしてしまいそうに見えた。どこまで追いつめられているのだろう。カルトの話を持ちだしたせいでますますいらつかせてしまったし、少し後ろめたくは感じたけれど、わたしたちから彼の注意をそらすという目的は果たせた。

アイダ・ベルが左手からグローブをはずし、もう片方がのっているソファに投げた。「あんたもグローブを脱ぎな。さっき撮った写真をグーグルで調べようじゃないか、また何かまずいことが起きないうちに」

ガーティはまだふらふらしていたので、アイダ・ベルと一緒に彼女をキッチンまで連れていった。アイダ・ベルは前に淹《い》れてあったコーヒーを電子レンジで温めてから、ガーティの前に置いた。いい香りがぷんと漂うと気つけ薬を嗅がせたような効果があり、ガーティはしゃきっとしてふだんに近い状態になった……とりあえず座っているかぎりは。立てるかどうかはまだ判断保留だし、歩けるほうに賭けようという気には絶対にならなかった。

わたしは携帯電話を取りだし、写真にアクセスしたが、テッドの写真を見つけるとうめかずにいられなかった。例の気味の悪い、宙に突きあげられた手が彼の顔の半分を覆ってしまっている。画面を見せると、アイダ・ベルは悪態をついた。

「どうする？」わたしは訊いた。「もう一度教会に侵入するなんて危ない橋は渡れないし、たとえ誰かやってもいいって人がいても、葬儀のあいだに写真を撮ったりしたら目立つかもしれない」

アイダ・ベルが勢いよく椅子から立ちあがった。「絶対に目立つよ」と言って居間へ走っていった。ガーティのほうを見ると、彼女は肩をすくめた。

アイダ・ベルはすぐにオールドレディ・フォンテノーのカメラを持って戻ってきた。「オールドレディ・フォンテノーはカトリックだ」わたしに向かってカメラを突きだし、腰をおろす。

「それに充分な奇人ときてるから、お通夜で写真を撮ってるかもしれないよ」

「まじめに?」わたしはカメラを受けとり、写真を表示させた。

「あら、もちろんよ」とガーティ。

最初の一枚は教会から走りでたわたしたち三人の写真だった。ひと目見るなり、カメラを奪ってきてよかったと思った。仮面をつけていても、シンフル住民なら誰だって、アイダ・ベルとガーティだとわかっただろうし、つまりはわたしも見抜かれたはずということだ。

しかし、次の写真は……次の写真はすばらしかった。

「信じられない」間違いなく故人となったテッドが非常にはっきりと写った写真を、わたしはまじまじと見つめた。「あなたの言ったとおり。彼女は奇人だけど、おかげで助かった。このカメラに合うUSBコードなんて持ってないわよね?」

アイダ・ベルはわたしからカメラを受けとるとしばらくのあいだよく見てから言った。「あたしのカメラのコードが合いそうだ。待ってな」

彼女は勢いよく立ちあがるとキッチンの抽斗をごそごそとかきまわし、一本のコードを引っぱりだした。「これを使ってみな」そう言って、わたしのほうへ軽くほうった。

プラグがすんなりとカメラにはまったので、わたしは安堵の息をついた。今夜のような大騒ぎのあと、朝になってからニューオーリンズへ行ってカメラのコードを手に入れるまで待たなければならないとなったら、わたしは〈シンフル・レディース〉の咳止めシロップに飛びついて、二度と手放せなくなっていたかもしれない。

写真をアイダ・ベルのノートパソコンにダウンロードしてから、グーグルの画像検索とかいうやつにアップロードし、結果が出るのを待った。一、二秒して、コンピューター画面はリンク先でいっぱいになったものの、そのうちのどれにもテッド・ウィリアムズという名前は書かれていなかった。何もかも失敗だったとわかるのではないか。そう思いながら、最初のリンクをクリックしたわたしは息を呑んだ。

そこに写っていたのは間違いなくテッドだったが、その逮捕直後の顔写真《マグショット》にテッド・ウィリアムズという名前は使われていなかった。ジーノ・ロセッティとなっている。

「ヒットはあったかい？」アイダ・ベルが訊いた。

わたしは写真の記事にざっと目を通した。「しっかりヒットがあったわよ。で、どうしてテッドがシンフルにいたかがわかった気がする」ノートパソコンをぐるっとまわして記事の見出しを指差した。

マゼッリ・ファミリーの副首領、ニュージャージー州知事恐喝で逮捕

第16章

アイダ・ベルが口笛を吹いた。「ニュージャージー・マフィアか。こいつは驚いたね！」

「あたしにも見せて」ガーティが言ってノートパソコンを引き寄せた。見出しを読むと目をみはった。「信じられないわ」

「それじゃ教会にいたヤンキーたちはテッド……っていうか、えーとジーノが秘密にしてた過去の知り合いってことかね」アイダ・ベルが尋ねた。

「そうじゃないかと思う」わたしは答えた。

「でもなんのために？」ガーティが訊いた。

「敵対するマフィアが、彼が死んだという証拠を欲しがったのかも。知事に近い人間ってこともありうるかもしれない。ポーレットがテッドは身内と疎遠になってるって言ったのは、間違いなく控えめな表現だったわね」

「本名と二年前で検索をかけてごらん」アイダ・ベルが言った。「あの男がシンフルに来たのはだいたい二年前だから」

　ＦＢＩがマゼッリ・ファミリーの倉庫を捜索

マフィアのマゼッリ・ファミリー　麻薬密輸と殺人で幹部たちが起訴される

ジーノ・ロセッティ　姿を消す

わたしはジーノが姿を消したという記事のリンクをクリックし、読みはじめた。

マゼッリ・ファミリーの副首領ジーノ・ロセッティは本日予定されていたローリングス知事恐喝容疑の裁判に姿を現さなかった。しかしロセッティを知る人物によれば、それは今回にかぎったことではないという。ミスター・ロセッティは予約や面会の約束をことごとく破っている。かかりつけ医、仕立屋、床屋、さらには司祭までが、ロセッティと妻のポーレットを何週間も見かけていないと述べており、憶測が飛びかいはじめている。

「あとは容疑について書かれてる」わたしは言った。「それとマゼッリ・ファミリーとの過去のいきさつ」

アイダ・ベルが首を振った。「たまげたね。でもわからないのはなんでシンフルに来たのかってことだよ」

「もしかしたら本当に会ってたのかもしれない……パーカーって人に……それでこの町を覚えていたとか。もしかしたら地図にピンを投げて、ここへ来たのかも。ポーレットが話す気にならないかぎり、わからないと思う」

「カーターがかんかんになるでしょうね」ガーティが言った。

わたしがはっとして顔を見ると、彼女は目を大きく見開いた。

「カーターに言わないと」わたしは言った。

「でもどうやって?」アイダ・ベルが尋ねた。「テッドの正体がどうしてわかったかについては突飛な理由を思いつけたとしても、強請《ゆすり》に使われた写真をカーターに渡すことはできないよ、あんたとガーティが何をしたか話さずにはね」

わたしは椅子にぐったりともたれた。わたしたちの罪を知られることなく、カーターに情報提供する方法を考えようとしたものの、何も思い浮かばず、罪悪感だけがこみあげてきた。わたしたちがつかんだ情報は、殺人事件を解決する鍵になるかもしれない。テッドは埋葬され、ポーレットはこの町を出ていき、殺人犯は留置場に入る。カーターが望むと言ったことすべてがかなう。アイダ・ベルの汚名も晴らされる。カーターの幸せとアイダ・ベルの自由への道を邪魔する障害は、わたしとわたしがついている嘘だけだ。

「これ以上なく厄介な事態になったわね」わたしは言った。

アイダ・ベルがうなずく。「認めたくはないけど、今回は本当にまずいところに足を踏み入れちまったね」

ガーティのまだぼんやりした頭がアイダ・ベルとわたしの言っていることをようやく理解すると、彼女はつらそうな顔になった。「あたしたちは力になろうとしただけなのに、カーターが務めを果たすのをさらにむずかしくしてしまったってわけね」

「そうともかぎらないわ」わたしは言った。「そうでしょ……カーターにはテッドの家を捜索する理由なんてなかった。提案しなければ、例の写真の束は見つけられなかったでしょ。さらに、わたしたちがあの写真を持ってこなかったら、ふたり組の男たちに見つけられてしまったかもしれない。その場合も、わたしたちには証拠がないことになった」

ガーティの顔がわずかに明るくなった。「それじゃ、あたしたちは証拠を保全したってわけね」

「そういう見方もできる」

アイダ・ベルがため息をついた。「あたしにとってはなんのプラスにもならない証拠をね」

わたしが知るなかで一番強気な女性ふたりが落胆し、打ちひしがれているのを見て、わたしは胸が締めつけられ、鼓動がほんの少し速くなった。ふたりともいい人たちだし、それ以上に大事なのは、わたしの友達であるということだ。なんとかしなければ。

わたしは背筋を伸ばし、ふたりを見た。「あの証拠は大いにプラスになるわよ」

「どこが」とアイダ・ベル。

「どこかといえば、殺人犯をつかまえるのに利用できるところ。最初からわたしたちはそれが目的だったでしょ」わたしは写真から割りだした容疑者のリストを呼びだし、コンピューター画面を指差した。「この四人のうちのひとりが殺人犯のはず。そのひとりが誰かを突きとめるのよ」

「どうやって？」ガーティが訊いた。「こっちが尋ねたら、自白するなんてありえないわよ」

わたしは大きな音を立ててキッチンテーブルを指で叩いた。「テッドの葬儀に出席できればいいんだけど」

「ええっ、どうして？」とガーティ。

「人間観察のためだね」アイダ・ベルが言った。

わたしはうなずいた。「この四人が葬儀でどんな反応を見せるか、観察できたらおもしろいはずよ」

「その人たちとしては家にいたほうが賢明なんじゃない?」ガーティが訊いた。

「いいえ」わたしは反論した。「そんなことしたら、疑わしく見えると考えるはずよ。強請《ゆす》られていた人間は写真の存在を知っているし、あれが見つかったら、カーターからテッド殺しの容疑者としてきびしい目を向けられるとわかっているにちがいないもの」

アイダ・ベルがうなずいた。「強請の被害者たちは、そのなかに殺人犯もいるはずなんだけど、葬儀に出席して、ほかのみんなと同じように嘆き悲しむふりをしなけりゃならない。だからこそ、あたしたちが参列して観察できれば役に立つんだけどね——緊張してたり、態度がぎこちなかったりする人間に目を光らせてさ」

ガーティがため息をついた。「それだけの価値があるってことはわかったけど、あたしたちは三人とも葬儀に参列するのは無理よ、大騒ぎになるから」

アイダ・ベルがガーティの顔をまじまじと見た。「無理だね。でも墓地は観察できる」

「どうやって?」とガーティ。「あなたが郵便受けを見にいくだけで猛烈に怒る人がいるくらいなのよ。第一容疑者のあなたがどうやって墓地に登場するつもり?」

アイダ・ベルがにやりと笑った。「距離を置けばいい」

「えっ」ガーティが目をみはったかと思うと座ったまま背筋を伸ばした。「ああ、これは最高の思いつきだわ!」

「誰かわたしに説明してくれるかしら」わたしは訊いた。

「シンフル墓地は町の端にあって、すぐ後ろは湿地なのよ。墓地に出入りできる道路は一本だけなんだけど、湿地の林の向こうをバイユーが流れてるわけ」

わたしの頭に絵が浮かびはじめた。「つまり、バイユーから墓地に近づいて、林のなかから双眼鏡を使って埋葬の様子を見ようってわけ?」

「そうだよ」アイダ・ベルが言った。「ただし、問題がひとつ。あそこは斜面になってるんだ」

ガーティが眉をひそめた。「そこは考えてなかったけど、言われてみると墓地から林に向かって下り坂になってるわね。よくは見えないかもしれない」

「だったら木に登ればいい」アイダ・ベルが言った。

「絶対にだめ」わたしは言った。百万もの異なる結末が頭のなかを駆けめぐったが、好ましいものはひとつとしてなかった。「埋葬の様子を見ようとするだけでも危険だし、もしアイダ・ベルがつかまったら状況が悪化するだけなのに、それを木からぶらさがってやるなんて、自分から災難を招くようなものよ」

ガーティを見る。「この前、木に登ったとき——ほら、テッドの家で——どうなったか忘れたの? あるいは、パンジーを殺した犯人をつかまえようとして張りこみをしたときのことは?」

ガーティはちょっと顔を赤くしたが、うるさいと言うように手を振った。「ああいうことは誰にだって起こりうるでしょ。でも、アイダ・ベルがつかまったらまずいって点は同感よ。つまり、あなたとあたしのふたりでやらなきゃならないみたいね」

「冗談はやめて」わたしは首を横に振った。葬儀の真っ最中にカトリック教会の中央通路を歩くほうがずっと勝算が高い。ガーティの腰を折ったり、わたし自身が折れたりせずにガーティを木に登らせるよりは。

「確かに、最良とは言えないけど」アイダ・ベルが静かに言った。「あたしたちにできる唯一の作戦だよ」

わたしはフーッと息を吐いた。この思いつきにはいくつもの難点があり、実行したら失敗しそうな点がさらに数えきれないほどあるけれど、夜が明けたら、ガーティとわたしは木からぶらさがり、双眼鏡を通して埋葬の様子を見守ることになるのだろう。お粗末な計画ではあるが、現時点では唯一の選択肢だ。

「やるわ」わたしは言った。ガーティと一緒に木登りをするのは間違いなく危険をはらんでいる。もしつかまったら、ついにカーターの堪忍袋の緒が切れるかもしれないというさらに大きな心配もある。わたしの偽装は軽く突いたぐらいならぼろは出ないが、きびしく精査されたらもたないだろう。

それでも、この危険は冒さなければならない。

とにかく、ほかに冒しうる危険がないのだから。

わたしがようやく家に帰りついたのは午前三時近くになってからだった。疲労困憊し、体が痛み、かゆみもあり、人生で初めて泣き言を言いたい気分だった。二階へあがるまでずっとぶつぶつと文句を言いつづけ、熱いシャワーを浴びても気分は上向かなかった。テッドの正体はまったくの不意打ち、衝撃の事実であり、いまやわたしの頭のなかは混乱しきっていた。まるで誰かがパズルのピースを全部、大砲に突っこみ、ぶっぱなしたかのようだ。

おかげで丹念に調べなければならない――どれが重要でどれが単に興味をそそられるだけか決めるために――破れたピースが無数にあった。残念ながら、きょうはもう知力はまったく、体力もわずかしか残っていなかった。ベッドに入る時間はとっくの昔に過ぎている。神さまがいるなら、きょうはわたしに寝坊をさせてくれるはずだ。何しろ、ガーティと木登りに対処するには気力と体力が必要になるから。

忘れないうちに手早くノートパソコンにメモを打ちこもうと考え、タンクトップとショーツ、短パンをどうにか身に着けたけれど、そのままベッドに倒れこんでしまった。ひんやりしたシーツが疲れた体にとても気持ちよく感じられ、ほとんど泣きそうになった。これほど疲れきったのはいつ以来だろう。

頭のなかをいろんなことが駆けめぐっているにもかかわらず、ほんの数秒でうとうとしはじめた。しかし長い時間ではなかった。眠りこんで十分もたたずにベッドの上にはっと上半身を起こし、廊下を挟んで反対側の寝室からガラスの破片のカチャッという音が聞こえた瞬間、身を硬くした。

窓!

あれこれあったせいで、客用寝室の窓に拳銃で穴を開けてしまったことをすっかり忘れていた。床に散らばったガラスを掃除するのも忘れていたが、その手抜かりが結果として役に立った。割れたガラスのおかげで、あの部屋に誰かいるとわかったのだから。

ナイトスタンドから9ミリ口径を取り、ひんやりとした木の床に裸足の足を静かにおろしてベッドから出た。足をあげるというより滑らせるように注意し、床がきしらないことを期待しながら出口に向かう。窓から差しこむ月明かりがわたしの寝室と廊下までを明るく照らしていたので、移動はむずかしくなかった。

出入り口まで来ると、廊下をのぞいた。誰もいなかったのでするりと寝室を出て廊下を渡り、客用寝室の入口横の壁に張りついた。息を殺し、侵入者がまだ室内にいるとわかる音が聞こえないか、耳を澄ます。

ついにベッドカバーの生地に何かがこすれる音が聞こえた。何者かがベッドに近すぎる場所を歩き、ベッドカバーにパンツがこすれたような音だった。拳銃を握りしめ、三まで数えてから、入口に飛びだし、大半の人なら体の中心があるはずの場所を狙って銃を構えた。

次の瞬間、何かがまともに顔にぶつかってきたため、わたしは銃を一発、発射しながら廊下へとよろよろ後ずさりした。

第17章

鉤爪が頭に食いこんだそのとき、犯人はこのあいだの猫だとわかった。寝室の明かりをつけると、元凶となった木の幹がガラスのなくなった窓のすぐ外に立っているのが見えた。最初にガラスのなくなった窓、である。

毛皮族の侵入者のおかげで、ガラス交換の必要な窓がもう一カ所できてしまった。下を見おろすと、わたしの脚のあいだを猫がくねくねと何度も通り抜けながら毛皮をこすりつけ、はっきり聞こえるほど大きく喉を鳴らしている。

「あんたね、わたしはサボテンも育てられないのよ。そんな家で暮らしたくないでしょ」

猫は大きな声でニャーと鳴き、座ったかと思うと大きなエメラルドグリーンの目でこちらを見あげた。気持ちが和むのを感じた瞬間、猫が床にぱたりと倒れ、ごろんごろんところがりながら頭をわたしの足にこすりつけた。

もうっ。

飼うこと決定だ。

「きっとおなかが空いてるんでしょうけど、キャットフードはないの。でもベイクドチキンの残りならある。それでいい？」

猫は座ってニャーと鳴いたので、わたしは目をすがめた。分別がなかったら、この猫はわたしがなんと言ったか、絶対に理解していると言いたくなっただろう。猫がすたすた歩きだしたかと思うと一階へ向かったので、わたしは目を丸くした。やれやれと首を振りながら、彼のあとを追ってキッチンへ行き、鶏の胸肉を細かく切りはじめた。猫はわたしの隣に辛抱強く腰をおろし、あの大きな緑色の瞳でこちらを見あげている。

鶏肉の皿を床に置いたちょうどそのとき、玄関の呼び鈴が鳴った。わたしは大股に玄関まで歩いていった。そこに立っているのが誰であろうと、こう言うつもりで――この家が火事になっているのでないかぎり、わたしはかまわない。人がなんと言おうと、わたしはまったくかまわない。

ドアを勢いよく開けると、ポーチに立っていたのは疲れきった顔のカーターだった。即座に、鼓動が速くなった。テッドの家や教会に侵入した人間がまた現れ、アイダ・ベルの身に何かあったのだとしたら？　ガーティは頭にこぶができただけじゃなく、脳震盪を起こしていたのだとしたら？

「どうかしたの？」わたしは訊いた。

「こっちが教えてもらいたい」カーターは顔だけでなく声も疲れていた。「近所の住人からここで銃声がしたと通報があった」

「ああ、しまった！　通報する人がいるなんて考えもしなかった」

カーターは眉を片方つりあげた。「あんたがふだん住んでるところじゃ真夜中の発砲事件は頻繁だってことかな」

わたしがほぼずっと、中東に〝住んで〟いたことを考えると、それは答えが微妙な質問だったが、ワシントンDCのアパートメントだけ考えれば、嘘をつかずに答えられた。「いいえ、まさか」

「それなら、真夜中に自宅のなかで銃器を発砲した理由を話してもらえるかな？　射撃の練習をしていたとか？」

わたしは目をぐるっとまわして、なかに入るよう彼に手振りで示した。「ついてきて」

わたしはキッチンへと歩きだした。彼はついてくるか帰るかするだろう。どちらにしても、わたしはこの件を終わらせて、ベッドへ行くことができる。

「あれよ」猫を指差した。猫はといえば、ちょうど鶏肉を食べ終え、顔を洗っているところだった。わたしは思わず笑顔になってしまった。かわいいったらない。

カーターは猫を見た。「あの猫を狙って撃ったのか？　餌をやるのをやめさえすれば、いなくなるだろうに」

「猫を狙ったりしなかったわよ。まあ、正確には違う。廊下を挟んだ客用寝室で何か動く音が聞こえたから、不法侵入者だと思ったの。わたしが部屋に入っていったら、猫が頭に飛びのってきて、びっくりしたわたしはうっかり窓ガラスを撃ち抜いたわけ」

カーターがため息をついた。「これだけ奇妙なことが立て続けに起きている最中なのに、なんでまた窓を開けっぱなしにしてたんだ？　それも家の裏側の」

「開けっぱなしになんてしてなかったわよ。猫はわたしが誤って撃ってしまった別の窓ガラスを抜けて入ってきたの。きのう、この猫が物置にいたとき、侵入者と勘違いして撃ち抜いてしまった窓。あのときは銃声を聞きつけて通報するご近所さんが在宅じゃなかったんでしょうね」

カーターは片手を髪に突っこんでかきあげ、首を振った。「いったいどこから始めたらいいのか。まず言いたいのは催涙スプレーか野球のバットを手に入れろってことだ。さもなければ、侵入者に遭遇したら、アイダ・ベルたちに教えたボクシングの技を使え。あんたは絶対に何があっても銃器を所有するべきじゃない」

「この町で銃器を持ったら一番事故を起こしそうな人間がわたしだって言うの？　本気？」

「いいか、知り合ってから暴発事故はこれで三度目だぞ――すべて被害者はあんたの家だ。同じ日数で比べると二度の誤射をした住人がおれの記録のなかで最多だった。だから、ああ、あんたは事故を起こしそうな人間のリストのトップだ」

「ふん」ずいぶんと落ちこむ話だ。シンフルで暮らしはじめてからというもの、わたしがいくらか鋭さを失っているのは自覚がある。しかし銃器絡みの間抜けな行動で地元住人を上まわるなんて思わなかった。まったく、ガーティがあれこれやらかすのを見たあとだけに、まさか自分が地元住民の上をいくとは考えすらしなかった。

「いいか」カーターが言った。「拳銃をどうやって手に入れたのかなんて尋ねない。なぜなら、あからさまに言うなら、おれは拳銃をあんたに渡した人間を逮捕しなければならなくなるのが嫌だからだ。だから、そいつを返すだけでいい。そうしたらおたがいこんな話はしなかったことにできる」

わたしは肩をすくめた。「わかった」マージは主寝室のクロゼットに秘密の壁を作り、その奥に正真正銘の武器庫を備えていたということを、カーターに教えるつもりはさらさらない。

「ベッドから引っぱりだすことになっちゃって、悪かったわね」

「笑えるな。おれがベッドに入ってたと思うのか」

くるっと背中を向けると、彼はそれ以上何も言わずにこの家から出ていった。わたしは玄関に鍵をかけ、車で走り去るカーターをミニブラインドの隙間から見送った。勤勉なる保安官助手にはなるべくかかわらないようにしたいのだが、同情せずにいられなかった。カーターにとってはわたしよりもさらに疲れる一日だったかもしれない。

それに捜査の助けとなりうる情報を提供せずにいるせいで、わたしは後ろめたさも感じてる。ため息をつき、心のなかで自分の良心に中指を突きたてた。どうしてわたしは社会病質者に生まれつかなかったのだろう。父がそうだったのはほぼ間違いないが、それはたいへんな長所に思えた。他人の感情を気にしなければ、自分にだけ都合のいいことをやるのがひどく簡単になる。

シンフルに来る前は、自分のことを父親そっくりの人間だと思っていた。輝かしいキャリアという点を除いて。超優秀だった父の水準に達することはできないと、わたしはもう何年も前にあきらめていた。でもシンフルに来て、アイダ・ベル、ガーティ、ウォルター、アリー、そしてカーターにも会ってみて、自分はちっとも父に似ていないと気づきはじめた。

これまでは似ているふりをしていただけだったのだ。

猫がニャーと鳴いてわたしの脚に体をこすりつけてきた。わたしは彼を抱きあげた。「あんたはわたしの主になると決めたみたいだから、なんて呼んだらいいか考えなきゃね」

猫はゴロゴロと喉を鳴らし、頭でわたしの手を小突いてきた。どうやら撫でろという意味らしい。わたしは笑顔になって耳の後ろを掻いてやった。

「マーリンなんてどう?」

猫は満足げな顔でこちらを見あげ、またニャーと鳴いた。

「それじゃ、マーリンで決まり」わたしは階段をのぼりはじめた。「ひょっとしたら、あんたが魔法を使って解決策を見つけてくれるかもしれないわね、今回のアイダ・ベルをめぐる問題の。どう? できそう?」

彼はわたしをもう一度見あげると、誓ってもいいが、ウィンクをした。

あるいは、わたしは睡眠不足だったのかもしれない。


寝ついたのは午前四時ごろだったにもかかわらず、七時には目が覚めてしまった。頭の固さと習慣というのはまったく厄介なときがある。無理やりもう一度寝ようとしたものの、十分であきらめた。目まぐるしくもおぞましい夢をいくつも見てしまったので、ベッドから出た。頭の上に両腕を伸ばし、次に手を床につけて、きのう酷使した筋肉をすべてほぐそうとする。

夜更かししたこともわたしが横でストレッチをしていることも、マーリンの睡眠には影響を与えないようだった。彼は予備の枕の上に丸くなり、ときおりひげをひくひくさせている。わたしもあれぐらいリラックスできたらいいんだけど。

一階におりてキッチンに入り、コーヒーポットに手を伸ばしたところで、メインストリートまで出かけてフランシーンの店で朝食を食べようと考え直した。アイダ・ベルと親しいことと、よそ者のヤンキーであるという立場を考えると、非難攻撃を受ける可能性はあるが、どのみちメインストリートへはマーリンのキャットフードを買いに出かけなければならない。どうせ嫌がらせをされるなら、その機会においしいものを食べなければ。

急いで二階に戻り、ヨガパンツとTシャツに着がえ、テニスシューズを履いた。髪を梳かし、いつものポニーテールにまとめる。マーリンが片目を開け、あくびをすると、ごろんと寝返りを打った。猫については詳しくないが、彼は留守番としてまったく頼りにならなそうだ。まだばかみたいに暑くはなっていなかったので、車ではなくジョギングをしながら行くことにした。キャットフードがそんなに重いはずはないし、ほかに買いものをすることになっても、ウォルターに預かってもらってあとで取りにいけばいい。それにシンフルはわたしのウェストにとって破滅的な場所だ。ヨガパンツまで少しきつくなってきている。ウェストはゴムなのに。出される焼き菓子をこのまま全部食べつづけたければ、エクササイズを増量しなければ。

わたしの家は町の中心からさほど離れていないのだが、メインストリートにまっすぐ向かう前に二ブロックをぐるりとまわって距離を延長した。雑貨店が開く時間まではまだ少しあったので、フランシーンの店へ行くと、一歩足を踏み入れるなり、シナモンロールのいいにおいにうっとりさせられた。

友達のアリーが注文伝票を持った手を振り、隅の空いているテーブルを指した。午前中のいまごろはたいてい混む時間帯で、きょうも例外ではなかった。店の奥のふたりがけがいま空いている唯一の席だったが、わたしにとってはまったく申し分なかった。

奥まで歩いていく途中、お客が居心地悪そうに会話を中断したのに気づき、ため息をつきたくなった。この建物の進入口すべてが見えるように壁を背にして座る。シンフルでのわたしは厳密には一般市民なのだが、いまだに抜けない習慣である。これまでのところ、居間の家具の配置換えはしないままなんとか我慢しているものの、ノートパソコンを持ってリクライニングチェアに座るたび、後ろの窓が背後からわたしをまっすぐ狙うセミオートマティックの銃口のように感じられてしかたがない。

アリーがわたしの前にコーヒーを置いた。「真夜中に教会で不法侵入があったって聞いた?」

「聞いた。カーターがアイダ・ベルの家に現れたから。犯人はわたしたちかって訊きに」

アリーが目を丸くした。「カーターったらどうしちゃったの? アイダ・ベルとガーティが過去にいくつか奇妙なことをやってるのは確かだけど、今回はありえないでしょ」

「んんん」わたしはコーヒーに意識を集中させた。アリーに嘘はつきたくないけれど、彼女は蚊帳《かや》の外にいるほうがずっと面倒が少なくてすむはずだ。わたしの正体を知らないわけだし。アリーとは知り合ってすぐ、一緒にいるのが心地よくなってしまったので、うっかり偽装を忘れそうになることがときどきある。

「いまは話してられないの」彼女は言った。「それにシフトが終わったらお葬式に参列しなきゃならない。でも今夜あなたのところに寄るようにする。そうしたら噂話を交換できるでしょ。朝食食べる?」

「もちろん。きょうのおすすめ、卵は半熟両面焼きで」

アリーは伝票にメモをしてにっこり笑った。「了解」

彼女は注文を伝えに厨房へと歩いていき、わたしはコーヒーを飲みながらカフェの大きなガラス窓の外を眺めるふりをした。実際はほかのお客を観察した。身につけるのはむずかしいが、かぎりなく便利な技術だ。ほとんどのお客は会話を再開していたけれど、わたしを話題にしている人々は簡単に見分けられた。こちらをちらちら盗み見るし、わたしが目を合わせると慌ててよそを向く。

素人たち。

わたしの感覚は非常に発達しているので、ミッション中は窓の外からこちらを見つめる鳥すら見逃さない。開放的な空間で人をこそこそ見る一般市民なんて、子どもの遊びのようにたやすく見つけられた。何人かはこのカフェや雑貨店で見かけた顔だけれど名前は知らない。保安官事務所の前で乱闘を煽動した住民ではなさそうだった。

ほんの二、三分でアリーが卵とベーコン、ビスケット（南部郷土料理のひとつ。スコーンに近い）ののった皿を持って戻ってきたので、かぶりついた。最後に座ってちゃんとした食事をとったのがいつのことか思いだせないけれど、きのうはデザートとコーヒーでカロリー摂取をしていたのは間違いない。体がたんぱく質とエクササイズをたまらないほど欲していたのも当然だ。わたしの体は持ち主に見捨てられたと思っていたにちがいない。

「食欲のある女はいいねえ」

上から声が聞こえたので、飛びあがりそうになったのをかろうじてこらえ、見あげると集会で会った男が立っていた……ボビー、確かそう言っていた。アイダ・ベルがいまはまっている窮状と朝食に集中するあまり、彼が近づいてきたことに気づきもしなかった。

「ふつうの女性は食事をしないとでも？」そう訊いてから、ビスケットの最後のひと口を口にほうりこんだ。

ボビーは声をあげて笑った。「男の前ではな」

ビスケットを呑みこんでから、コーヒーをひと口飲んだ。「それはばかな女よ」

彼が口説こうとしているのはわかっていたし、見た目も悪くない男だけれど、なんとなくうぬぼれた態度が癇《かん》にさわった。こういう男なら知っている。同じタイプの男たちと一緒に働いてきたから。わたしが工作員仲間とつき合わないのはまさにこれが理由だ。

「サンディ＝スーだったよな」

隠れ蓑である女性の本名で呼ばれて、ぞっとするあまり青くなった。「みんなからはフォーチュンって呼ばれてるの」

「どうして？」

「サンディ＝スーって名前が最低だから？」

ボビーはにやりと笑った。「あんた、ほんとにおもしろい女だな。カーターがおとなしくさせとくのに苦労してるのもわかるってもんだ。当局と問題ありか？」

彼の質問はわたしからすると事実に近すぎるところを突いていた。上司のモローがここにいたら、人の鼓膜が破れるほど大きな声で〝そのとおり〟と叫んでいただろう。

「当局が間違ってるときはね」ややあって、わたしは答えた。可能なかぎり正直な答えだ。

「カーターがあんたを悩みの種と思うのも納得だ。噂じゃあいつは最近、記録的に住民から嫌われてるそうじゃないか」

ボビーのほのめかしにいらっとした。わたしの知る法執行機関職員のなかで、カーターはやたらと厳格な人物ではない——さもなければ、わたしはこの町に着いた初日から留置場に入ることになっていただろう——し、わざと敵対するようなこともしない。うるさく感じる場合もあるけれど、それはいつもわたしのほうが一線を越えてしまうからだ。

「それは〝務めを果たしている〟って言うんだと思うわ」

「ああ、まあな」ボビーはわたしの口調に気づいたらしく、言い紛らした。「あいつのやり方のせいで不愉快になってる住民がずいぶんいるみたいだ」

「住民を愉快にすることは彼の職務に含まれないけど、犯罪者をつかまえ、この町の治安を維持することは含まれるわよね。カーターのやり方に文句があるなら、法執行機関が問題の一端となってる土地に住んでみてから、彼の仕事のやり方を云々《うんぬん》するといいんじゃないかしら」

「信任票を投じてくれたのは嬉しいが」ボビーの後ろからカーターの声が聞こえた。「その必要はない」

第18章

ボビーが勢いよく振り向き、ばつの悪そうな顔でカーターに笑いかけた。「おれが言ったんじゃないぜ。おまえが立派な仕事をしてるのはわかってるからさ」

「なるほどな」カーターはわたしを見た。「その席、空いてるか?」

「あなたを待ってたの」わたしは言った。

ボビーが眉をつりあげ、わたしからカーターへと目を移した。カーターはボビーの横をすり抜け、わたしの向かいの席に座った。ボビーのことは一瞥《いちべつ》もしない。

アリーがやってきて、カーターににっこりほほえみかけた。「朝食はいかが?」

「きょうのおすすめがうまそうだな」

「了解」彼女はわたしにウィンクをしてから足早に立ち去った。

「それじゃ、そのうちまたな」ボビーがぼそぼそと言った。

彼がカフェから出ていくのを見送りながら、わたしは後ろめたさの交じった達成感を覚えた。

「あの人、朝食も食べずに帰った。それだけわたしが怒らせたってことね」

「あいつはあんたに座ってくれって言われるのを期待してたんだ」カーターが言った。

「そんなこと言うわけないでしょ」

「でもおれには言った」

わたしは肩をすくめた。「彼が癪《しゃく》にさわったから」

カーターがにやりとした。「あんたは男の自尊心を刺激するんだ」

「自尊心を煽るのはわたしの職務に含まれない。それに、こっちは事実を述べただけだもの。あなたの仕事はたいへんだし、経験者でなければ、そのやり方について意見を言う権利なんてないわ」

「シンフル住民がみんな、あんたと同じ意見だったら助かるんだが。大半は正反対の考えだ。ブロー保安官助手は一日に少なくとも五十本の電話を受けてるよ、誰か逮捕しろって、ギャンギャン言う住民からの」

「それで、その人たちは特定の誰かが頭にあるわけ?」

「アイダ・ベルを留置場に入れたがっている住民もいる。あとはトラブルメーカーの酔っ払いが犯人だと言う住民も。ドン牧師が逮捕されるべきだと考えてる住民もひとり」

「バプティスト教会の牧師?」

「電話してきた女性は、牧師の肥満に関する説教が気に入らなかったんだ」

わたしは声をあげて笑った。ドン牧師の株がわたしのなかでじわりとあがった。「この町で肥満について説教するなんて、ずいぶんと勇気があるわね、何しろ教会の予定がバナナプディングを中心に決められる町なんだから」

カーターはうなずいた。「牧師はこう言ったんだ、聖書は気に入ったものを選ぶ選択式問題とは違うとね」

牧師の話題になったことから深夜の教会での一件を思いだし、わたしはまじめな顔になった。

「教会で何が起きたかわかった？」

「いや。それにこれは容疑者のひとりと話題にすべきことじゃないんだが、オールドレディ・フォンテノーは証人として信頼度が低いし、証拠のなかには彼女の供述と合わないものがあるから、彼女の主張はこれ以上追わないことにした」

「証拠って？」

カーターは眉をつりあげた。「ふつうなら、あんたには関係ないことだと言うところだが、教会の正面玄関が開けられ、それで警報が鳴ったというのはシンフルじゃ知らない人間はいないだろう。あの警報でおれは駆けつけたんだ」

「でも侵入者が正面玄関から逃げたなら……」

「教会から逃げるところを、なぜオールドレディ・フォンテノーが目撃できたのか？　そのとおり。さらに、ふた組の異なる犯人が同時に教会に侵入した可能性は桁はずれに低い」

わたしはうなずいた。桁はずれに低いもののまさしくそれが実際に起きたのだ。そう考えると、わたしたちではない侵入者のほうは、あそこで何をしていたのかという疑問があらためて頭をもたげた。死んだ男の写真を撮りにニュージャージー州からわざわざやってくるには、シンフルはかなりの距離がある。

「殺人犯の逮捕には近づいてないんでしょ？」わたしは訊いた。

「おれが答えられないのはわかってるだろう」

「わかってる。ただ、わたしとしては……」カーターがため息をついた。「アイダ・ベルのことが心配なんだよな。本当のところ、おれもだ。鑑識からの報告を待っているところだが、アイダ・ベルの家の物置から押収した駆除剤がテッドを殺すのに使われたものと同じだと証明されたら、アイダ・ベルを逮捕するしかなくなる」

彼があまりに情けなさそうに見えたので、わたしは抱きしめたいという強い衝動を感じ、そのこと自体にどぎまぎした。これまで自分を過剰に同情的なタイプだと思ったことは一度もなかった。「わかってる。こんなことを言っても気は楽にならないだろうけど、アイダ・ベルもわかってるはずよ」

「ありがとう。いまの断言にガーティは含まれてなかったな」

「ガーティは納得しないだろうし、死ぬまであなたを懲らしめつづけるでしょうね。ガーティの場合、忠誠心は宗教だから」

「ガーティのことをよく理解してるんだな」

肩をすくめる。「彼女はわかりやすいから。それにもっとずっとたちの悪い性格上の欠点だってあるし」

アリーがカーターの前に朝食の皿を置き、わたしたちににっこりほほえみかけた。「ほかに何かご注文は?」

ふたりそろって首を横に振ると、アリーは弾むような足取りで別のテーブルへ歩いていった。

カーターはわたしに劣らぬ食欲旺盛さで食べはじめた。「さっきまでのわたしと同じくらいおなかが空いてるみたいね」わたしは言った。

「ここのところ規則正しい生活ができてないんだ。おれが食事を始めようとするたんびに何かが起きる。食料品の買い出しもしばらくできてない。フランシーンの料理は大好きだが、ここへ来るとばかばかしい話が聞こえてくるのが嫌なときもあって」

わたしはうなずいた。人と距離を置きたいという彼の気持ちはものすごくよくわかる。こちらの仕事に必要なことを実際はまるで知らないくせに、職務遂行能力を批判するような人とはとりわけ。

もしかしたら、カーターに証拠を隠している罪悪感から言ってしまったのかもしれない。あるいは単にコーヒーを二杯しか飲んでいなかったせいか。どちらにしろ、わたしは気がつくとこう言っていた。「人が集まってるところに行きたくなくて、わたしが家にいるときなら、いつでもうちでごちそうするわよ。ガーティにアイダ・ベル、それにアリーがそろってわたしにレシピの味見をさせるから、おいしいものがほとんどいつでもあるの。ない場合は、いざというときのローストビーフ・サンドウィッチとポテトチップが出せる」

カーターはフォークを持ちあげたまま、動きをとめた。ビスケットがフォークから落ちそうになっている。驚きと満足と、ほんのわずかに警戒が交じった表情。わたしの正体を知っていたら、警戒はもっと強くなっていただろう。

「それはデートに出かけようって誘いか？」いまにもにやつきそうに唇が震えている。

首から上が赤くなるのを感じたわたしは、店のほのかな照明のなかでは目立たないことを祈った。「どこにも〝出かけよう〟なんて言ってないし、空腹の友人に食事を出すことを〝デート〟とは呼ばないでしょ。あなたは空腹で、買いものをする時間がない。どんな犠牲を払っても人と会いたくないときがあって、そういうことがわたしは百パーセント理解できる。これは単純に食事の話よ、カーター」

「つまり、おれたちは友達ってわけか」

「そう。まあ、あなたが違うって言うなら別だけど」

見るからに居心地悪そうなわたしを見て、彼はにやりとした。「それじゃ、友達だ。それと食事の誘いも受けさせてもらうかもしれない。あんたはシンフルの料理上手たちから食べものを提供されてるみたいだからな」

「そのとおり」

わたしは眉をひそめた。カーターに食事を提供するといとも簡単に言ってしまった。それに、彼はどうしてシンフルの独身女性に食事を用意してもらわないのだろう？　独身女性は何人かいるはずだし、彼女たちがつき合う相手としてカーターに不満を覚えるなら、こんな湿地のど真ん中でいったいどんな相手が登場するのを待っているのか。彼に訊けばいいじゃない。すでにわたし自身が設定した境界線を越えて親しくなりすぎてるんだから、好奇心を満たせばいい。

「あなたがシンフルのほかの女性から、同じような申し出を受けてないとは思えないんだけど」

「まず、既婚者はそういうことはしない」カーターは言った。「で、独身者からの申し出はたいてい紐つきだ」

「紐つきってどんな?」

「端に結婚指輪が結びつけられた紐さ。だからおれは失礼にならないよう〝せっかくだが遠慮しておく〟と答えるんだ」

「でも、わたしの申し出は受けたじゃない」と指摘する。「わたしは独身よ」

「あんたは結婚相手をさがしているように見えない、とだけ言っておこうか」

「当ったり前でしょ!」わたしは友人とのつき合い方を学んでいる最中だ。そばにずっと他人がいて、何か決断するたびに相手の感情を考慮に入れるなんていうのは、死ぬまで到達できないかもしれない圧倒的なレベルの高さだ。

カーターは声をあげて笑った。「ほらな。おれはうまいものを食べさせてもらいながら、結婚という網を投げられる心配をしなくてすむ」

わたしは首を横に振った。「男って始終そういうことを心配しなきゃいけないわけ?」

「そこそこ見た目がよくてちゃんとした仕事があり、独身男性よりも独身女性が多い町に住んでる男はな、結婚が前提のつき合いを避けるために注意する確率がかなり高いと思うよ」

シンプルで見かけた男たちを思いだしてみたが、カーターには競争相手というものがほとんど存在しないように思われた。少なくともわたしの観察したかぎりでは。「わたしがあなただったら、たぶん家から出ないわね」

「はん。そんなのは選択肢に入らない。それにあんただって望まぬ男から関心を持たれてるじゃないか。ボビーはこの町に戻ってきて一日もしないうちにあんたに目をつけたからな」

「彼、目のつけどころが悪いわね。こっちはまったく興味ないもの」

カーターがにやりと笑った。「ああ、それはなんとなく感じた。ボビーも感じとったと思う。それを聞いてあんたの気分がよくなるかどうかわからないが」

わたしは肩をすくめた。「食事を邪魔される機会が減るわね、たぶん」

カーターは首をかしげてわたしの顔を観察した。「あんたはおもしろいものの見方をするな」

「そんなことはないと思う。ただシンプルが一番っていう考え方で、ものごとをありのままに見る傾向があるだけよ。複雑なことは嫌いで大騒ぎはしない」

「なるほど。アイダ・ベルとガーティとつるんでいても、それは守れるか？」

わたしはにやりと笑った。「面倒なことになっても、まあいいかと思える相手っているのよね」

「ああ。あのふたりなら確かにそうだろうな」

雑貨店に入っていくと、嬉しいことにお客はひとりもいなかった。今朝はもう充分おもしろいことがあった。あとはキャットフードを静かに手に入れ、家に帰って午後の木登りアドベンチャーに備えたい。ウォルターは新聞を手にカウンターの奥に座っていて、わたしを見ると笑顔になった。

「きょうあんたが来なかったら、電話するつもりだったんだ」

彼の向かいのスツールにわたしは腰をおろした。「どうして？　何かあった？」

「おれのほうは何もない。アイダ・ベルの様子を確認したかったんだ」

わたしは顔をしかめた。「アイダ・ベルと話してないの？」

ウォルターはため息をついた。「十回は留守電メッセージを残したんだがな、電話をかけ返してこないんだよ」

「ああ」彼が少し怒った顔になったので、わたしはたちまちすまない気持ちになった。「ごめんなさい。わたしはてっきり……」

「アイダ・ベルはおれを蚊帳《かや》の外に置こうとしてるんだ、巻きこむとおれに迷惑がかかるんじゃないかと心配してさ」

「その心配は当たってる？」

「そりゃ当たってるさ。だが、そんなことは大事な点じゃない！」

わたしは目を丸くした。こんなに怒ったウォルターは初めて見る。いらついたり、じりじりしたりするのは見たことがあるけれど、今回は別だった。友人かつ長年の崇拝者である人物に不要な迷惑をかけたくないというアイダ・ベルの気持ちは理解できるが、彼女の決断は間違っているかもしれない。ウォルターは大人だ。彼が迷惑を気にしないなら、アイダ・ベルも気にするべきじゃない。

「そうよね」わたしは言った。「わたしから彼女に話してもいいけど、あなたがよければ」

ウォルターはぱっと手を振った。「冗談じゃない、やめてくれ。あんたに仲裁に入ってもらうなんて最悪だ。ますます惨めになる」

わたしはもぞもぞと腰を動かした。こういう状況はわたしの得意分野から大きくはずれたところにある。人間関係が絡むこととなると、わたしは必ず落ち着かなくなる。それが自分自身の人間関係ではなくても。ひょっとすると、他人が抱える人間関係の問題によって、わたし自身の課題をなんとなく意識させられるからかもしれない。そんなことはどうでもいい。どちらにしても、アイダ・ベルにはウォルターと話をしてほしかった。

「それじゃ、彼女がどうしてるかだけでも教えるわ」

ウォルターは少しくつろいだ様子になった。「そいつはありがたいな」

「保安官事務所のほうでは何も進展なし。でもたったいま、カーターと朝食を一緒に食べてきたんだけど、駆除剤の鑑定結果が心配だって話だった、アイダ・ベルの物置から押収したやつの。結果はもうすぐわかるはずだって」

しまった。強烈に後ろめたくなった。カーターが内密のつもりで教えてくれたはずのことを、他言してしまったからだ。

「でも、いまのは聞かなかったことにして。いい？」

「心配無用だ。カーターには決して言わんから。話してくれてありがとうよ。どんなときも心の準備ができてるに越したことはないからな」

わたしはうなずいた。「アイダ・ベルは予想どおりにがんばってる。出ると切れてしまった電話が数本と、窓から石が投げこまれた一件を除けば、何も起きてないわ。アイダ・ベルはほぼずっと家にこもっていて、ガーティかわたし、あるいは〈シンフル・レディース〉のメンバーがたいていそばにいる……その、万が一の用心として」

「アイダ・ベルにアリバイが必要になったときのためだな」ウォルターは首を横に振った。

「おれはそこまで頭がまわらなかった」

「カーターが考えたのよ。わたしにアイダ・ベルのそばから離れないでくれって」

「カーターがあんたに頼みごとをしたのか？」

「頼みごとって言えるかどうかはわからないわね、彼はアイダ・ベルとわたしの両方が彼女の家に閉じこもっていれば、捜査の邪魔はできないって考えたんだろうから」

「おそらくそのとおりだな」

「とにかくアイダ・ベルは相変わらず元気だし、皮肉っぽさのレベルも落ちてないわ」

「〝でも〟が続くんじゃないのか？」

ため息。「でも、不安は感じてる。本人はそれを隠そうとして……だいたい隠せてる。たぶんガーティにいま以上のストレスを与えたくないんだと思うわ。でも、アイダ・ベルも疲れてきてる。ところどころほころびが見えはじめているんだけど、知ってのとおりアイダ・ベルがそんなふうになるのはよっぽどだから」

ウォルターは額をごしごしとこすり、フーッと息を吐いた。目が少し潤んでいる。アイダ・ベルが苦境にあると知りながら、何もできずにいるのはどんなにつらいだろう。この数日間に自分がしたこと、これからする予定のことにわくわくはしなかったけれど、少なくともわたしはなんの手出しもできずに家でじっと進展を待つしかないというわけじゃない。

カウンター越しにウォルターの手をぎゅっと握った。「わたしたち……ガーティとわたしで手を尽くしてるから。詳しい話はしたくないの、それを知ると、あなたがカーターとの関係でむずかしい立場に立たされるかもしれないし。でも、わたしができるかぎりのことはしているって、知っておいてほしくて」

ウォルターはもういっぽうの手をわたしの手に重ね、感謝の表情を浮かべた。「わかってるよ。それにおれはなんとなく、何もかもうまくいくっていう気がしてるんだ。いい予感がするんだよ、状況は不利に見えるけどな」

「アイダ・ベルの容疑は晴れるわ。わたしが約束する」

どうしてそんなことを言ったのだろう。もしかしたら、わたしは本当にウォルターのことが好きなのかもしれない。だから、彼がくり返しプロポーズを断られてもずっとひとりの女性に愛を捧げつづけているということに、少し切なく、少女っぽい気持ちにさせられるのかもしれない。もしかしたら、ウォルターはわたしが父にこうあってほしいと願っていたやさしい年配男性だからかもしれない。もしかしたら、わたし自身が信じるために、言葉を声に出して言う必要があったのかもしれない。

理由はどうあれ、効果があった。

ウォルターの顔に笑みがゆっくりと広がり、いつもの精神的な強さが一気に戻ってきたようだった。「当然だな、アイダ・ベルの容疑は晴れる」彼は首を横に振った。「フォーチュン、あんたはおれが知るなかで一番奇妙な司書だよ」

「それなら、わたしは正しい町に来たってことね」

ウォルターがにやりとした。「まさしくそのとおりだ。ずっとここで暮らすことを考えてもいいんじゃないか」

わたしはかぶりを振った。「ここに滞在するのは楽しいけど――そこそこ――わたしの生活は北部にあるから」

「だったら、生活を一新すればいいじゃないか」わたしにウィンクをする。「朝食を一緒に食べる相手がいるような生活に」

「ああ、やめて。世話好きおじさんみたいなまねはしないで。恋愛の落とし穴を、あなたは誰よりも心得てるはずでしょ。わたしはアイダ・ベルよりも頑固なんだから。あなたとカーターは年取った寂しい男同士、正面ポーチに座って嘆くことになるわよ、ふつうの女性を好きになっておけばどんな人生を送れたかって」

ウォルターは声をあげて笑った。「かもしれないな。遺産の整理をしにきた娘さんにしちゃ、あんたはずいぶんと落とすのがむずかしい相手だってわかったから。しかし、挑戦しがいのあることってのは若さを保つ効果がある。人を生き生きさせてくれる。フォーチュン、いつまでも真剣なつき合いから逃げまわることはできないぞ。遅かれ早かれ、なんらかの形であんたもつかまるよ」

「実はもうつかまったの」自分のほうがウォルターの一歩先を行っていることをちょっと得意に感じながら言った。「野良猫を飼うことになったから、彼のためにキャットフードを買いにきたんだけど」

ウォルターが眉をつりあげた。「やあ、そいつは大きな一歩だな。その猫はどうやってあんたの気を惹いたんだ？」

「わたしに客用寝室の窓ガラス二枚を撃ち抜かせたの。窓の大きさをはかりしだい、新しいガラスも注文しないと」

ウォルターはしばらくわたしの顔をまじまじと見ていたが、冗談ではないとわかると、また声をあげて笑いだしたが、今度は体が揺れるほど激しかった。「つまり、そこからわかるのは、自宅を撃ち抜いちまうほどあんたを怒らせられたら、カーターはあんたとつき合えるかもしれないってことだな」

わたしも笑わずにいられなくなった。ウォルターは絶対にあきらめない人だ。「さあね」

「さてと、ドライキャットフードはこっちだ」彼はカウンター近くの棚に歩いていき、袋をひとつ取りあげた。「まずは小さい袋から始めることを勧めるよ。ひとつにはあんたが気に入るかどうか確かめるため、ひとつにはあんたがその猫を気に入るかどうか確かめるため」

「缶入りのキャットフードは？　宣伝をよく見るけど」

「勧めないね。缶入りフードを与えたら、ずーっと缶入りをやることになる。あっちのほうが高いし、においもあんまりよくない。砂箱もいるかい？」

「さあ。砂箱って何？」

「猫が用を足すところさ。猫トイレ、確かそう呼ぶはずだ」いらないと言うように、彼は手を振った。「雄猫だったら、たぶん外でするほうを好むはずだ」

「わたしもそっちのほうがいい」家事を疫病のように避けてまわっている人間としては、砂箱にこれっぽっちも興味を惹かれなかった。週に一度ガーティがやってきて、掃除をすると言い張らないかぎり、いまいる家はわたしのワシントンDCのアパートメントに似てきていたはずだ。あるいは軍隊の兵舎か。どちらもたいして変わらない。

「それじゃこれで間に合うだろう」ウォルターはキャットフードをカウンターにのせた。「ほかに何かいるかな？」

「きょうのところはそれで間に合うと思う」

ウォルターはうなずいた。「つけとくから、またビールを買いにきたときに精算してくれ」

「了解」

顧客台帳を手に取ったときの彼は笑顔のままだったが、表に目をやったとたん、その笑顔が消えた。「ああ、なんてこった」

振り返ると、ポ[illegible]ンットと従兄弟が店のドアを開けようとするところだった。まずい。ふつか前に保安官事務所の前で起きた大騒ぎみたいなことには、絶対に巻きこまれたくない。

第19章

わたしはスツールから飛びおりると急いでカウンターの向こう側にまわり、ウォルターを押しのけ、しゃがんでカウンターの陰に隠れた。わたしに押されたときはびっくりした顔になったものの、わたしがしゃがんで唇に人差し指を置くとすぐ、ウォルターはこちらの計画を察して、おたがい面倒にならないようにしてくれた。

わたしにうなずいてみせてから、彼は顔をあげ、わざとうつろな表情を作った。「何か入り用なものでも？　ミセス・ウィリアムズ」

「頼むから……あたしのヘアスプレーが届いてるって言ってちょうだい」ポーレットが言った。

「届いてるかもしれないな。きのうの夕方、荷が届いたんだが、まだ開けてなくてね」

「それなら、ちんたら新聞を読むのをやめて、仕事をしたらどう？」

わたしはこぶしを握りしめ、勢いよく立ちあがってポーレットの顔を思いきり殴ってやる準備をした。次の瞬間、ウォルターの足がわたしの脚に命中したが、それは絶対に偶然ではなかった。

「裏に行って確認してこよう」ウォルターがわたしには死んでもまねできない礼儀正しい口調で言った。

「あんなにぶしつけな言い方しなくてもよかったんじゃないか」ウォルターが倉庫部屋へ姿を消すなり、トニーが言った。

「ここの田舎者たちにはもううんざりなのよ。この町にさっさとおさらばできなかったら、気が変になるわ」

「あと二、三日の辛抱さ。葬式が終わったら、あれこれ段取りしてニュージャージーへ連れて帰ってやるよ」

「でもね、あたしが心配なのはそこじゃないのよ」

「何が心配だってんだ?」

「ひとつには、どうやって暮らしていくかってこと。あたしは男顔負けのキャリアウーマンなんてタイプじゃない。神さまはあたしを高価なファブリックに囲まれて、美しく見えるようにお作りになったの。少なくともテッドはそこのところをわかってくれてた」

わたしはたじろいだ。ある種の男たちはポーレットに惹かれるかもしれないけれど、そういう男たちだって彼女を美しいとは思わないはずだ。それに彼女の家で見たファブリックが高価なものだとしたら、わたしは安価なコットンに囲まれて生きていこうと思った。醜悪とはまさにあのことだから。

「ジュディが近々ブティックを開店する。高級ブランド品だけを扱う店だ。身の振り方が決まるまでそこで働いちゃどうだ」

「あんた、あたしにくそばばあたちの接客をしろって言うの? あたしが買うべき服を買うばばあたちの？」

「それが現実だろ、ポーレット。次の男が見つかるまで、食っていかなきゃならないんだから」

「はいはい」

わたしは首を振らずにいられなかった。たいした女だ、ポーレットは。自分は稼ぐために指一本あげなくても生きていけるとうぬぼれてるとは。とはいえ、テッドもちゃんとした、あるいは骨の折れる仕事で稼いでいたわけじゃないから、ポーレットがふつうの人のように働かなければならないと考えるはずもないか。

「あの不法侵入したやつらについて、おまわりは何もつかめてないんだろうな」トニーが訊いた。

「勘弁してよ。ここの田舎者たちに事件が解決できると思ってんの？　誰がテッドを殺したかも突きとめられてないのよ、もう何日もたつのに」

「侵入したやつらは何をさがしてたんだと思う？　テッドはこっちで……あー……商売をしてたのか？」

「たぶんね。ときどきお金を持ってたわ。どういうお金かは訊かなかった。あたしの取り分をもらえて、ちょっとのあいだでもこの町から出ていければ、かまわなかったから」

「なあ、考えてみたか――」

「あったよ」ウォルターがヘアスプレーを手に倉庫部屋から出てきた。

「お葬式に見苦しくない格好で出られるのがせめてもだわ」ポーレットは言った。「つけにしといて」

ウォルターが返事もしないうちにハードウッドの床をカッカッと歩くハイヒールの音が聞こえてきた。玄関のドアベルがジャランジャランと鳴るまで待ってから、わたしはカウンターの後ろから顔を出した。

「なんて嫌な女！」そう言ってから、盗み聞きした話の内容をウォルターに聞かせた。テッドがこの町でやっていた商売に関する部分は除いて。

ウォルターは首を横に振った。「テッドはあの女のどこがよかったんだかな。あんな女といたら、骨の髄までしゃぶられて、最後はあの世行きになっちまうぞ」

「誰かがポーレットの先まわりをしたみたいね」


「届かないのよ」ガーティが言った。

わたしは彼女のおしりの下に手を置き、木に向かってぐいっと押しあげた。ここへ来てすでに三十分が経過しているが、案の定の展開だった。墓地の裏手は湿地に囲まれ、まわりをバイユーが流れている。車では来られない場所なので、アイダ・ベルの修理したてのボートを借りてきて、いまはイトスギの切り株につないである。

アイダ・ベルによれば、ボートをつないだ場所から墓地までは徒歩二分とのことだったが、夜中に頭を強く打ち、目のまわりにプロボクサーが自慢しそうなあざができているガーティは、まだ頭がぼんやりしているらしく、間違った方向へと歩きだした。わたしたちは十分後にようやく墓地の裏の端にたどり着き、ちょうどいい木をさがしたが、見つけるのは思っていたよりもむずかしかった。

林の最前列に立つ木を選ぶと、葬儀の参列者に見えてしまう危険があり、それは避けねばならない。そこで二列目に位置し、わたしたちを充分に隠してくれながらも、埋葬場所まで――たとえ狭くても――見通しのよい視野が確保できる木をさがす必要があった。最終的に完璧な場所が見つかったが、そもそもその木にガーティを登らせることが木の選定よりたいへんな作業だった。

湿地の端に生えている木はどれも樹齢が長く、幹が太く、一番低い枝でも地上から三メートル以上の高さにあった。高さはわたしにとってなんら問題にならないが、ガーティは背の低さが障害になった過去があり、今回もその例外ではなかった。

彼女は一番下の大枝に、落ちたら何十メートルも先の地獄まで真っ逆さまとでも言うように必死にしがみつき、足を蹴ってわたしの背中と頭のてっぺんを踏みつけ、ようやくその大枝まで体を持ちあげた。

「ひと息入れる?」枝の上に伸び、喘息患者のようにゼエゼエ言っているガーティに、わたしは訊いた。

「どうしてあなたはいつも、あたしの対応力を疑問視するの?」

「あなたのテニスシューズに頭を踏みつけられたからかも?」

彼女はわたしをにらみつけてから、枝の上に立ちあがり、次の大きな枝に体を持ちあげにかかった。落ちてきたら受けとめるつもりでしばらく見あげていたが、ガーティはなんとか体を持ちあげきって、枝の上に座った。

「みんなが到着しはじめてる」と彼女は言った。「急いで！」

わたしはバックパックを背負ってジャンプし、一番下の枝をつかんだ。流れるような動作で枝の上に体を持ちあげ、すぐさまガーティの隣の枝へと飛びあがる。

「力があるとこひけらかしちゃって」わたしが枝にまたがり、バックパックを体の前へ持ってくると、ガーティが言った。

にやりとしながら、双眼鏡をふたつ取りだし、ひとつを彼女に渡す。「まず容疑者リストの四人を見つけて、教えてちょうだい。写真を見ただけじゃ、おおぜいのなかから見つけだすのは、わたしにはむずかしいかもしれないから」

ガーティはうなずいて双眼鏡を目に当て、枝のあいだからのぞこうとしたときに少しぐらついた。彼女が落ちませんようにと、わたしは声に出さずに祈った。せめてわたしたちが目的の情報を手に入れるまでは。わたしが双眼鏡をのぞくと、ちょうどマイケル神父が棺の付添人たちを埋葬場所へと先導しているところだった。そのすぐ後ろにポーレットとトニーが続いている。

トニーはドラマの〈ザ・ソプラノズ　哀愁のマフィア〉から飛びだしてきたみたいな光沢のある黒いスーツを着ている。ポーレットも黒い服を着ているが、どう見てもぴちぴちすぎ、胸が開きすぎ、きらびやかすぎ、若すぎの不適切なデザインだった。

「黒を着てるのがせめてもね」ガーティがため息をつきながら言った。

わたしは思わずほほえんだ。考えることは一緒。

参列者に目を走らせる。シーリアとアリーがいる。その後ろにマリーと、思いきって参列するだけ勇敢な〈シンフル・レディース〉のメンバーたち。ウォルターと年配の漁師ふたりが女性の後ろに続き、そのすぐ横をわたしの〝友人〟ボビーが歩いている。ほかにもわたしの知っている顔ぶれがぞろぞろと前進してくるが、名前はわからない。参列者のしんがりはカーターで、黒いスーツにグレーのシャツを着た彼は正直言ってキマっていた。

ポーレットとトニーが棺の前の椅子に、高齢の参列者ふたりと並んで腰かけた。残りの人たちは埋葬場所を囲むように散らばり、マイケル神父がその真ん中、棺の横に立った。

「いたわ」ガーティが言った。「右のほう、ブルージーンズにデイル・アーンハート（アメリカ人レースドライバー）のTシャツを着てる。あれがトビー、ボート泥棒よ。その隣のボウリングシャツを着ているのがブレイン、アリゲーターの密漁者」

わたしはすばやく右を見て顔をしかめた。「一瞬、服装のことは冗談かと思った」

「だったらよかったんだけど。残念ながら、あれがあのふたりの持ってるなかで一番いいシャツなんだと思うわ。左にいる残念な女ふたりが彼らの奥さん。だんなと別々にやってきて、ちゃんとした服装をしてるから、一緒にいるところを見られたくないんでしょうね」

「離婚しちゃったほうが簡単じゃないの？」わたしは尋ねた。

「知るわけないでしょ。あたしは結婚するなんて失敗を一度もしてないんだから」

まさしく。「残りのふたりはいる?」

「不倫中のシェリーが真ん中にいる。赤ん坊のうんち色グリーンの服を着て」

「赤ん坊のうんちってグリーンなの?」子どもを欲しがる人がいるのが不思議だとあらためて思いながら、わたしは首を横に振った。真ん中のほうに双眼鏡を向けると、おぞましいグリーンの服を着た女がいた。かぎ鼻と額のほくろから強請《ゆすり》の写真に写っていた女だとわかる。

「クスリの売人のライルは?」

「ちょっと待って……いた。赤ん坊のうんちから三人目の一九四〇年代風の青いスーツを着た男。たぶん父親のね。神よ、彼の霊を休ませたまえ」

青いスーツの男が見つかった。「いた。これでよし」わたしは双眼鏡を首から垂らし、バックパックから小型ビデオカメラをふたつ取りだした。これまでのところうまくいっていることに機嫌をよくしていた。容疑者全員を見つけることができ、彼らはふたりずつに分かれているので、簡単にビデオにおさめられる。

ガーティにビデオカメラのいっぽうを渡した。「赤ん坊のうんちと古いスーツを撮って。わたしはだらしないのとさらにだらしないのを撮るから。お葬式のこの部分ってどれくらい続くの?」

「十五分ね。もっと短いかもしれないわ。マイケル神父は夏の埋葬を長引かせたがらないから。暑さやら何やらで」

「了解」ビデオカメラを持ちあげてシャツ姿の間抜けふたりを撮影しはじめ、マイケル神父が聖書を振りまわして務めを果たしているあいだのふたりの表情を観察する。「テッドは葬儀のあいだもガスを漏らしたのかしら」

「まあ、体のなかにいっぱいたまってるだろうから、漏らしたとしても驚かないわね」

「何か興味を惹かれることが見える?」

「ほとんどみんな、退屈した顔をしてるわ。マイケル神父の墓前礼拝を聞いたことがあれば、あなたも納得するでしょうね」

わたしは担当の標的ふたりに注意を集中したが、ガーティに同感だった——退屈した様子しか見えない。「マイケル神父がかゆみを感じる服を着ていて、礼拝がすぐ終わるよう祈る」

「神父の下着にツタウルシをこすりつけておけばよかったわね」

ガーティをちらりと見てから、わたしは標的ふたりに目を戻した。まず思いついたのがなぜそれだったのか、尋ねようとも思わなかった。マイケル神父の下着がしまわれている抽斗にどうやって近づくつもりだったのかに至っては知りたくもない。

マイケル神父はさらに八分間、話と聖書振りまわしを続けてから礼拝を終えた。神父がポーレットとトニーに手を振って促すと、棺が墓穴へとおろされるなかふたりが立ちあがり、それぞれひと握りの土を投げ入れた。ポーレットがティッシュペーパーで顔を覆い、トニーにもたれると、彼はポーレットの体に腕をまわし、ふたりで埋葬場所を離れた。五十人かそこらの参列者のなかにはふたりについていく人もいたが、残りは土を投げ入れるために一列に並んだ。

ライルは最初のほうに土を投げ入れて帰っていった。シェリーは列の後ろ寄りにいて、土を投げる前に周囲をちらちら見まわした。やや不自然に思えたので、カメラがズームできてもう少しよく見えればいいのにと思った。トビーとブレインは、妻たちがとっくに土を投げ入れ、逃げるように墓地を去ったあと、最後に土を投げた。しかしほかの参列者について帰るのではなく、墓掘りが来て穴を埋めはじめてもあとに残り、立ち話をしている。

「トビーとブレインを撮りつづけて」ガーティに指示し、わたしはバックパックに手を伸ばした。自分のビデオカメラをしまい、男ふたりをもう少しはっきり見られないかと双眼鏡を取りだす。

「あのふたり、なんで墓地で立ち話なんてしてるの？」とガーティ。「気色悪い。バーかどこかへ行けばいいのに」

「それにぴったりの格好をしてるのにね」わたしも同感だった。

バックパックを肩にかけ、双眼鏡を持ちあげると、容疑者ふたりに焦点を合わせるのにほんのちょっと時間を要した。ふたりは同じ場所に立ったまま話をしていて、帰る気配はまったくない。

ピント合わせをわずかにまわしてもっとはっきり見えるようにする。ピントが完璧に合った瞬間、銃声がとどろいた。ここで何秒かのち、わたしの頭上の枝がはじけ飛んだ。

第20章

即座に、わたしは幹の後ろに隠れ、頭を低くした。「どういうこと⁉」

ガーティは両手両脚を垂らして枝に腹ばいになった。片手はビデオカメラをつかんだままだ。

「誰がいっ――」

「銃撃してくるかわからない。それは知ってる。でもなんでわたしたちが狙われるわけ？」

次の瞬間、二発目の銃声が鳴り響いたが、前よりも遠くからで、灰色の鳥の群れが木からわっと飛び立ち、何羽かがこちらへ直進してきた。わたしがひょいと頭をさげると、二羽が高速で通り過ぎたが、ガーティのほうはそれほど運がよくなかった。一羽が頭に激突し、おかげで後ろ向きに木から落ちそうになった。

わたしはとっさに腕を伸ばしたが、手が届かなかった。ガーティはサバイバルモードのスイッチが入り、脚だけで木にぶらさがって落下はせずにすんだものの、その様子はコウモリさながらだった。ビデオカメラはまだ手に固く握りしめている。

「ハトよ」彼女は言った。「あたしたちを狙ってるんじゃない。まだ禁猟期なのに、ハトを撃ってるのよ」

三発目の銃声がとどろいた。「話すのはあと」そう言って、わたしはガーティのシャツをつかみ、生地が破れずにいてくれるよう祈りながら引っぱりあげた。ガーティが落ちないと安心できるだけ引きあげられたところで、彼女が持っていたビデオカメラをつかんでバックパックに入れた。

「下におりて、木の後ろに隠れて」わたしは言った。

双眼鏡を首からはずし、それもバックパックにしまってからガーティを見おろした。彼女は一番下の枝までどうにかおりていたが、いまは完全に動きをとめて墓地の何かを凝視している。視線をあげたわたしは心臓がとまりそうになった。カーターが墓地を走ってくる。それもあの速度なら、この林まで一分もかからないだろう。

「カーターだわ」わたしは言った。「急いで、急いで」

わたしはいまいる枝から下の枝へと飛び移った。オリンピックの体操選手さながら上の枝を完璧なタイミングで放して下の枝をつかむ。ただし銃撃つき。下の枝をつかむとすぐ、地面に飛びおり十点満点の着地を決めた。

ガーティを見あげると、まだ一番下の枝をそろそろとくだっているところだった。「急いで」

ガーティはこちらを見おろして顔をしかめた。「誰もがいつまでも二十代ってわけじゃないのよ。それにハトの糞だらけっていっちゃって。気持ち悪いったら」

「ハトの糞は忘れて。とにかく飛びおりて。わたしが受けとめるから」あと一秒でガーティが木からおりなければ、カーターにつかまってしまう。そうしたらお咎めなしですむような言い訳は絶対に思いつけない。

反論か、少なくとも躊躇を予想していたのだが、わたしの言葉を聞くやいなや、ガーティは枝を離し、石のようにまっすぐ落ちてきた。こちらが構えるより先にぶつかってきたため、わたしたちはもろとも音を立てて地面に倒れた。泥が服にくっつく間もないほどすばやくわたしは立ちあがり、ガーティを引っぱりおこした。

カーターはほんの三十メートルほど先まで迫り、急速に近づいてくる。「走って」わたしは小さい声で言い、ガーティを踏み分け道に向かって押しやった。彼女はこちらが思ってもみなかったスピードで駆けだし、わたしもあとを追って走りだした。また銃声が鳴り響いたが、今度はわたしたちの右手から聞こえたのがありがたかった。おかげでカーターの注意が少しのあいだこちらからそれるだろう。わたしたちがボートにたどり着いて追跡を完全に振りきる時間ができるはずだ。

そのときガーティが右に曲がりだしたので、この踏み分け道を進んでいくと密猟者たちと出くわすにちがいないと気がついた。

突然、開豁地《かいかつち》に出たかと思うと、迷彩柄の服を着てライフルを持った男ふたりがわたしたちを見て凍りつき、目を丸くした。ガーティもわたしも躊躇すらしなかった。ほぼ一瞥《いちべつ》もすることなく走り抜けた。すぐに後ろからカーターの怒鳴り声が聞こえ、男たちが湿地へと逃げ去る音が続いた。運がよければ、密猟者たちのほうが大きな音を立てて、カーターの注意を惹きつけてくれるだろう。

飛ばしていたため、わたしたちはバイユーに出たことに気づくのが遅れた。林が急に終わり、岸から飛びだしたガーティはボートのすぐ横、百五十センチほど下の川のなかへと落ちた。わたしは足にブレーキをかけて近くの木をつかみ、彼女に続いてしまうのを避けられた。

イトスギの根を伝って急いでボートにおり、縁から手を伸ばして、手脚をばたばた動かしているガーティをボートに引っぱりあげた。足までボートに入るやいなや、彼女は立ちあがり、船外機を急いでスタートさせた。一回引っぱっただけでモーターが唸りをあげ、わたしがボートの底にバックパックをおろすとほぼ同時にガーティがスロットルをひねった。

ボートが水から跳ねあがったので、わたしは縁をぎゅっとつかみ、ガーティの混乱した脳細胞がこのスピードでの運転に耐えてくれるように祈った。減損した知的能力、眼鏡は絶対にかけようとしないこと、さらには曲がりくねるバイユーを彼女が飛ばしていくスピードが重なったら、スリル大好き人間でも編みものを趣味にするだろう。

ボートが見えなくなる前にカーターがバイユーにたどり着いた場合に備えて、わたしは頭を低くした。どうしてそんなことをしたんだか。ボートを猛スピードで運転する老婦人と船首に命がけでしがみついている金髪ポニーテールの若い女の組み合わせなんて、そんなに何組もいやしない。

逃げきれたと思ったが、舫《もや》っていた場所から五十メートルほど来たところで左へ急角度で曲がったとき、カーターが岸から身を乗りだしてバイユーを見つめているのが見えた。ガーティは岸にかなり接近して曲がったため、ボートの側面がイトスギの根にこすれた。

「もっと真ん中に寄って！」わたしは叫んだ。

ガーティは真ん中をたっぷり六、七メートルは越え、さっきまで左岸に接近していたのと同じくらい右岸に近づいた。「カーターに見られた？」

「見られた。角を曲がる直前に。ただし誰が乗っているかはわからなかったかも」

「でも、疑われるわね」

それは間違いない。大いに疑われるだろう。「できるかぎりすみやかにアイダ・ベルのところへ戻らないと」

そう考えるのは正しかったが、言うのはまずかった。ガーティがボートのスピードをさらにあげ、反対方向へ向かう釣り人と轟音とともにすれ違った。ふたりは速度を落とせとわめいたが、ガーティはまるで怯まなかった。ドックの進水台へと角を曲がったときには、わたしはこのバイユーでアルミの平底船に乗ったまま死を迎えるのだと確信していた。

それはあらゆる面で間違っていた。

ガーティはドックまでほんの三メートルほどに迫るまでエンジンを切らなかった。わたしは目標物《パイロン》をつかもうなどとは考えず、底に突っ伏して、ボートが衝突したときに外へほうりだされないように備えた。衝撃でガーティはボートの底に伸び、ものすごい剣幕で罵った。

「トレーラーをこっちへ」叫びながら、彼女は必死に立ちあがった。「ボートがのったらすぐ、走りだして。フックはかけなくて大丈夫だから。とにかくアイダ・ベルのところへカーターより先に着かないと」

わたしはバックパックをつかんでドックに飛びおり、キーを引っぱりだしながらジープへと急いだ。運転席に飛びのるとトレーラーのついたジープを年季の入った釣り名人さながらの手並みで進水台へとバックさせる。ガーティはボートをすでにいったんバックでドックから離し、旋回してトレーラーの直線コースに入れようとしていた。

わたしは彼女の〝フックはかけなくて大丈夫〟を信用していなかったが、もっとましなプランを思いつく時間がなかったので、ギアをパーキングに入れるとガーティに斜路をあがるよう手を振った。

急がなければならない。それはわかっている。でも、ガーティがあそこまで思いきりボートをトレーラーに向けて発進させるとは予想していなかった。ボートが動きだした瞬間、彼女が計算を間違えたのだとわかったが、頭が混乱し、眼鏡をかけていない人が相手では出たとこ勝負でいくしかない。手を振って大声をあげ、速度を落とさせようとしたものの、ガーティがスピードを出しすぎていると気づいたのはトレーラーまで五、六メートルと迫ってからだった。

彼女はエンジンを切ったが、時すでに遅し。ボートはトレーラーに船体がすべてのっても停止しなかった。トレーラーの縁に乗りあげ、ジープの後部にまっすぐ突っこんだ。

わたしがジープから飛びおりると同時に、ボートは舳《へさき》が後部座席にぶつかってとまった。トレーラーの横桁のあいだにおさまり、尻餅をついたように斜めになっている。

「出して！　いますぐ！」ボートに乗ったまま、ガーティが叫んだ。

わたしはもう一度ジープに乗りこみ、ボートがジープから落ちずにいてくれるよう祈りながら発進した。進水台エリアから道路に出たところでボートがわずかに後ろへ滑り、金属と金属がこすれる音がしたので、歯が疼《うず》いた。身をすくめながらアクセルを踏みこみ、危険を冒せるかぎり速度を出す。

トレーラーが跳びはねる音が聞こえたので、バックミラーでガーティがまだちゃんと乗っていることを確認する。彼女の頭がかろうじてボートからのぞいていたため、わたしはさらにアクセルを踏みこんだ。

タイヤをきしらせ住宅街へと角を曲がった瞬間、一台の車が私道をバックで出てくるのが見えたが、こちらが停止するのは絶対に間に合わなかった。わたしがクラクションを鳴らしつづけると、車は急停止した。わたしが猛スピードで通り過ぎたときには、車を運転していた中年の男が外へ飛びだし、口をあんぐり開けてこちらを見ていた。わたしが幸運なら、彼はこの町によくいる酔っ払いのひとりで、誰にも信じてもらえないタイプかもしれない。アイダ・ベルの家までの四ブロックはそれ以上何も起こらなかったし、カーターのピックアップトラックはどこにも見当たらなかったので、わたしは安堵のため息をついた。

アイダ・ベルが家の前の歩道に立ち、ガレージに入れとこちらに手を振っていた。彼女の大切なコルベットは車道に駐車されている。ジープとトレーラーがガレージに入りきるわけはないため、彼女がどういうつもりなのかわからなかった。しかしジープを方向転換させ、バックでトレーラーをガレージに入れると、われらがちょっとしたボート問題がそれほど目立たずにいてくれるように期待した。

アイダ・ベルがガレージに駆けこみ、ガーティに手を貸してボートの船尾からおろした。わたしはバックパックをつかんでジープから飛びおり、アイダ・ベルとガーティの後ろから家のなかに駆けこんだ。居間に入るまで立ちどまらず、そこでソファに倒れこんだ。ガーティが続いて入ってきて、リクライニングチェアにドスンと腰をおろした。

アイダ・ベルが部屋の真ん中に立ち、腰に手を置いてわたしたちふたりをにらみつけた。

「いったいあたしのボートに何をしたんだい?」

「彼女が悪いのよ」ガーティとわたしが同時に言った。

わたしはガーティをにらんだ。「わたしが悪いわけないでしょ?」

「あなたがバイユーの近くまでトレーラーを寄せすぎたのよ」

「ふざけてるの? わたしがテキサスに駐車したって、あなたはあのボートをわたしのジープにぶつけたでしょうよ」アイダ・ベルに目を移す。「わたしに操縦法を教えて。それまではもうボートはなし」

「あんたのジープからあたしのボートをはずすにはクレーンが必要だってことを考えると」アイダ・ベルが言った。「異論はないよ」ガーティを見る。「いったいなんでこんなに急ぐ必要があったんだい? あんたからの電話じゃ、ガレージの扉を開けて、あたしの車を出しとけってことしかわからなかったよ」

「ふたり組の男が林にいるハトを撃ちはじめたのよ、すぐそばで」わたしは説明した。「最初の一発はもう少しでわたしたちに当たるところだった」

「いまはハト撃ちのシーズンじゃないよ」とアイダ・ベル。「いま狩猟は全部禁止の時期だ」

「ガーティもそう言った。だから、カーターがわたしたちの隠れていた場所へまっしぐらに駆けてきたのよ」

アイダ・ベルが目をみはった。「ああ！ そいつはまずかったね」

「それでわたしたちは大急ぎで逃げだしてボートへ向かったの。湿地でつかまることはなかったけど、ボートがカーブを曲がる前にカーターに見られたのはほぼ間違いなし」

「まったく」アイダ・ベルが言った。「カーターはあんたたちだってわかったと思うかい？」

わたしが答えようとして口を開けた瞬間、玄関の呼び鈴が鳴った。アイダ・ベルが窓に駆け寄り、ブラインドの隙間から外をのぞいた。「カーターだ」こちらを振り返り、首を横に振る。「今回ばかりはなんにも思いつかない。行き当たりばったりでいくしかないね」

第21章

アイダ・ベルが玄関に行き、ドアを開けた。「おや、カーター。なんの用だい？」

カーターは居間をのぞきこみ、ガーティとわたしが腰かけているのを見ると眉をひそめた。

「おたくのボートについて話がある」

「新しいボートを買う気かい？」

カーターのあごがひくひくと引きつった。「いいや。ボートを買う気はない。ガレージに行こう。いますぐ！」

アイダ・ベルはこちらを振り返ってからカーターを追って外へ出た。ガーティとわたしははじかれたように立ちあがり、急いでふたりを追いかけた。状況説明のアイディアはまったく何も思い浮かばなかったが、あと十歩以内に何か考えなければ。

カーターはジープの後ろまでまっすぐ歩いていくと、ジープに半分乗りあげたままのボートを指差した。「これについて誰か説明してくれないか？」

「あたしのボートの手入れをしてたんだよ」アイダ・ベルが言った。「つりあげる機械は持ってないからね、これで間に合わせたんだ」

わたしはにやつきそうになるのをこらえた。やるじゃない、アイダ・ベル。

カーターはわたしたちをひとりずつじっと、視線をまったく揺るがせずに見た。でもこちらも負けていなかった。三人とも完璧なとぼけ顔で彼の目をまっすぐ見つめ返した。正直言って、自分の偽装が暴かれる心配がなければ、われながら無気味に思えたはずだ。

「このボートは、ガレージ中に水を垂らしてるにもかかわらず、ずっとここにあった、三人でこれの手入れをしてたと、おれに信じろって言うのか？」

「フジツボをこすり落として、ごしごし磨いてたんだよ」アイダ・ベルが答えた。「きれいにするには水が必要だろう？」

カーターは見るからに憤然として首を振った。「それじゃこの辺の住民に聞きこみをしたら、あんたたち三人がこのボートの手入れをしているのを見たと答えるってわけだな？　あんたたちが墓地の裏のシンフル・バイユーにいたなんてことはありえないと」

アイダ・ベルが肩をすくめた。「この辺の住民はほとんどがむかつくやつだからね、なんて答えるかなんてわかりゃしないよ。だけど訊くのは自由だ」

カーターはこちらを向いてわたしをまっすぐ見た。「湿地で何をしてた？」

罪悪感に押し流されそうになったので、わたしは個人的なかかわりを持ってしまった自分をあらためて戒めた。カーターと親しくなったりしなければ、いま嘘をつかなければならないことに後ろめたさなんて感じなかったはずだ。自分に対しても認めるつもりはなかったけれど、ふつうの人間でいることのほうが暗殺者でいるよりもずっとむずかしい。

「湿地になんていなかった」わたしは落ち着いた口調を心がけて言った。「午後中ずっとここにいたから」

カーターが落胆したのが見てとれた。それとわかるそぶりは見せなかったにもかかわらず、彼はわたしが嘘をついていると見抜いたのだ。証拠はこちらに不利としか言いようがない。

ＳＭＳの着信があったことを知らせる音がして、カーターはポケットから携帯電話を取りだすと画面を見て眉をひそめた。

「いいだろう」わたしに目を戻して言った。「そっちがそういうことにしておきたいなら」それ以上何も言わずに背中を向けると、ピックアップトラックへと大股に歩いていった。彼は後ろを一瞥《いちべつ》もせず、走り去った。

遠ざかる車を見送りながら、わたしは胸が締めつけられた。カーターに嘘をつくのは嫌だった。さらに、嘘をつくのは嫌だと思う自分が嫌だった。どうしてこんなめんどくさいことになってしまったのか？　基本に立ち返る必要がある。一番基本的なルールはどんな場合も〝個人的なかかわりを持たない〟だ。パートナーのハリソンが一番に指摘するだろう。わたしがシンフルに着いて以来抱えることになった問題は、ルール1を守ってさえいればどれも防げたはずだと。

「いまのはなんだったのかしら」ガーティが訊いた。「あたしたちが嘘をついてるってカーターは考えたみたい――」

「それは実際に嘘をついているからよ」わたしは指摘した。

「もちろんそう」ガーティは同意した。「でもそんなのは初めてじゃないわ。何しろアイダ・ベルとあたしは十代のころから法執行機関相手に作り話をしてきたんだから。カーターは過去にいらだったことはあっても、個人的に受けとめたことは一度もなかったはず。さっきまでは」

「カーターが落胆したのはあんたとあたしのせいじゃないと思うよ」

ガーティが困惑した表情を浮かべた。「それならどうして……ああ」わたしを見る。

「どうしてわたしを見るわけ？」そう訊いたが、もちろん理由はわかっていた。ただ、それを認める気はなかった。

ガーティがにんまりとした。「カーターはあなたのことが好きになっちゃって、そのあなたに嘘をつかれたことがつらいのね」

「それって、きのうの夜わたしがテレビで観たドラマよりもフィクション度が高いわ」わたしは言った。

ガーティが首を横に振った。「アイダ・ベルの言うとおりよ。あたしたちがおふざけを隠すために作り話をしても、カーターは一度だって個人的に受けとめたことはなかった。きょうまでは。変わったことといえば、あなただけだわ」

首から上が赤くなるのを感じた。「わたしたちはおたがいをよく知りもしない。それにあなたたちだって認めるでしょ。カーターとわたしは、わたしがシンフルへ来て以来、関係が良好ってわけじゃなかった」

「確かにね」アイダ・ベルが言った。「でも、そういうもろもろにもかかわらずだよ、カーターはあんたに気がある。あたしはオールドミスだけどね、気のある男がどんなふうかは知ってるよ」

ガーティは彼女に向かってひょいと手を振った。「あなたが雑貨を注文すると、ウォルターがトイレットペーパーをおまけしてくれるなんてのは、究極の実例じゃないわよ。でも、男の言動を熟知してるっていうのは言いすぎだけど、今回アイダ・ベルの指摘は間違ってないと思うわ」

「とにかく、いくら話してもしかたのないことじゃない?」なんとしてもこの話題を終わらせたくて、わたしは言った。「必要なら、わたしはカーターに嘘をつくし、カーターはそれに我慢ができない。だから袋小路よ。わたしは彼が受けとったSMSのほうが気になる。カーターの気持ちについてあなたたちふたりがどう考えようと、急に帰ったのはわたしの嘘が理由じゃないと思う」

ガーティがまじめな顔になってアイダ・ベルを心配そうな目でちらりと見た。「駆除剤の鑑定結果が出たんだと思う?」

わたしはわからないと首を横に振った。アイダ・ベルのために、違ってくれるように祈った。彼女に不利な鑑定結果が出るのではないかという気がしたから。

「それじゃ、仕事に取りかかるとするかね」アイダ・ベルが言った。「頼むから、ビデオカメラがガーティと一緒にバイユーに水没したとか言わないでおくれよ」

「あたしがバイユーに落ちたって、どうしてわかるの?」ガーティが訊いた。

「ひとつには、あんたがにおうからだよ。それにこの家を出たとき、あんたの髪が濡れて片側に寄ってたら、覚えてるはずだからね。そのうえあんた、あたしのガレージ中に水を垂らしてるじゃないか」アイダ・ベルがわたしに目玉をぐるりとまわしてみせてから、家のなかへ戻ろうと手振りで示し、なかに入るとガーティに二階で体を拭いて着がえてくるように言った。

わたしはキッチンテーブルの前に腰をおろし、バックパックからビデオカメラを取りだした。アイダ・ベルが一台目をノートパソコンにつなぐと、プレイを押した。墓地の景色がぼんやりからほんの少しぼんやりへと変わったあと、シェリーとライルに焦点が合った。

「映像がもう少しはっきりするといいんだけどね」アイダ・ベルが言った。

わたしはうめきそうになるのをこらえた。「それは期待できないと思う。こっちはガーティの撮った映像だから」

ちょうどそのときキッチンに入ってきたガーティを、アイダ・ベルはちらりと見てため息をついた。

ガーティが両手を宙に突きあげた。「わかった。新しい眼鏡を買いにいくわよ。それならいい？」

「大いにね」

「言うことなし」

アイダ・ベルとわたしが同時に答えると、ガーティはわたしたちふたりをにらみつけた。

わたしは椅子をアイダ・ベルに寄せ、画面がもっとよく見えるように少し身を乗りだした。

「何か見落としてないかぎり、マイケル神父が話しているあいだは特にこれといったことはなかった」

「みんなあくびをこらえてただけよ」ガーティも賛成しながらアイダ・ベルの後ろに立ち、肩越しにのぞきこんだ。

マイケル神父の話が続くあいだ、シェリーとライルを見守ったが、ふたりとも無表情か、かすかに退屈した表情を浮かべているだけだった。罪悪感や見つかることへの恐怖感をうかがわせる点は何もなし。ようやく墓穴に土を投げ入れる場面が始まった。

ライルが土を投げるのを、わたしはじっと見た。「とめて。巻き戻して、彼が帰るために向きを変える直前で停止できるかどうかやってみて」

二、三度試してみてから、アイダ・ベルはなんとかビデオをわたしが望む場所で停止させることができた。わたしはにやりとした。やっぱり。「ライルはほくそえんでる」

「それって何か意味があるのかしら?」ガーティが尋ねた。

「もしかしたら」わたしは答えた。「もう一度スタートさせて、アイダ・ベル」

「次がシェリーよ」ややあってガーティが言った。

シェリーが土をつかみ、体を少し傾けて墓穴に投げる。墓地で見たときも感じたが、どこか変だ。「彼女、何かしてる」わたしは言った。「また巻き戻して」

前のめりになって、シェリーが棺に近づいてすぐの体の動きに注目した。彼女は頭を少しあげ、残りの数人が待っている左側をちらりと見てから、墓穴にほんの少し身を乗りだし、ほとんど気がつかないくらいわずかに頭を前に動かした。

わたしはまっすぐ座り直した。「彼女、墓穴につばを吐いた」

「あたしには見えなかったよ」アイダ・ベルがそう言って、映像をもう一度巻き戻した。

「それはつまり、彼女が犯人ってこと?」ガーティが訊いた。

「完全なる間抜けでないかぎり」とわたしは言った。「それはないと思う。たぶん、汚い仕事を引き受けて、テッドにとどめを刺してくれたほかの誰かを祝福してたんじゃないかって気がする。彼女自身にできなかったことだから」

ガーティがため息をついた。「こんなことして意味がある? またひとりも容疑者を減らせてないわよ」

「そうね」わたしは同意した。「でもどこから調べはじめたらいいか、ヒントが得られるかもしれない」アイダ・ベルに向かって手を振った。「続きを見せて」

わたしはふたたび画面に目を注ぎ、トビーとブレインが土を投げ入れるのを見守った。どちらもおかしなことは何もしなかった。ほかの参列者とともに帰るのではなく、埋葬の様子を立って見守っていることを除くなら。

「このふたりは突っ立って何をしてるんだい？」アイダ・ベルが訊いた。「気色悪いったら」

「あたしもそう言ったの」ガーティが言った。

わたしはさらにほんの少し画面に顔を近づけ、目をすがめた。「また巻き戻して」アイダ・ベルに言う。「ふたりが棺から離れた直後まで」

アイダ・ベルは映像を巻き戻した。「何が見たいんだい？」

「ふたりがなんと言っているのか」そう言いながら、トビーとブレインの唇を注視した。眼鏡をかけることに関して、ガーティがそこまで頑固じゃなければよかったのに。彼らがなんと言っているのか判断するには少しだけピントがずれている。

「あなた、唇が読めるの？」ガーティが驚いた声で言った。

「仕事の一部だから」わたしは答えた。「もう一度巻き戻して。ふたりが言ってると思うことを通訳するから」

アイダ・ベルがもう一度映像を巻き戻すと、わたしはふたりの会話を中継した。

「写真は……と思うか？」

「いや。さもなけりゃ、おれ……刑務所行き……」

「さがした……いいか？」

「……が目を光らせ……のにか？」

「もし……が見つけたら？」

「おれたち……おしまいだ」

「誰が……殺した……思う？」

「わかんねえ……そいつ……握手……ぜ」

「わかんねえけど、そいつと握手したいぜ」アイダ・ベルが最後の台詞の空白部分を補ってから、賞賛するようにわたしにうなずきかけた。「すごいじゃないか」

ガーティもうなずいた。「それに、いくつか抜けたところがあったにしろ、だいたいの意味はわかったわよね。ふたりとも写真がカーターの手に渡ることを恐れているけれど、もう一度さがしにいくことはできない。つまり、このあいだの夜あたしたちと同時にテッドの家にいた男たちは、あのふたりだったってわけ」

わたしはうなずいた。「さらに重要なのは、あのふたりはテッドを殺していないと明らかになったこと」

「リストからふたり消えたね」とアイダ・ベル。

それについてわたしは少し考えをめぐらせた。「トビーがテッドを殺してブレインがそれを知らないってことはあると思う？　あるいはその反対とか」

「それはないと思うね」アイダ・ベルが言った。「あのふたりは幼稚園からの犯罪仲間だ。下着だって相手のを平気ではいてるにちがいないよ」

ぞっ。想像もしたくない光景だ。「わかった。それじゃ当面ふたりは容疑者リストの一番下にまわしましょ。シェリーが二番で、一番にさらなる調査をすべきはライルだと思う」

アイダ・ベルがうなずいた。「賛成だ」

「了解よ。具体的にどうするの？」ガーティが尋ねた。

「監視して、何かぼろが出るようなことをしないか見るのさ」とアイダ・ベル。「テレビじゃそうやってるよ」

わたしはノートパソコンを見つめた。「ライルって危険？　つまり、脅迫者を殺したかもしれないってことのほかにもって意味だけど。もしそうなら、こっちも少し犯罪者モードで対応しないと」

「あの男は二十代のとき、しばらくニューオーリンズで格闘技をやってた」アイダ・ベルが言った。「実際に戦ってるところは見たことないけど、聞いたところじゃほんとの暴れ者だったらしいよ」

「暴行罪で何度か刑務所に入ってるわ——最後は二年前」ガーティが言った。

「暴行罪って、バーでの喧嘩みたいなやつ？」

「いいえ、ガソリンスタンドで割りこみしてきた男がいて、ライルが待っていた給油機を先に使ったんですって。男がどこうとしなかったから、ライルはホースのノズルで殴って半殺しにしたそうよ」

わたしは目をみはった。「危険かって質問の答えは、思いきり〝イエス〟ね」
すばらしい。わたしはバイユーのマイク・タイソンをつけまわすことになったわけだ。

第22章

録画した映像をもう一度、最初から最後まで観たあと、わたしたちはアイダ・ベルのボートをわたしのジープからはずすためにガレージへ向かった。かなりの筋肉労働と、ガレージの剝きだしの垂木にロープを結びつける工夫の才が必要になったけれど、なんとかボートをトレーラーの上に戻し、アイダ・ベルの家の裏庭まで移動させることに成功した。舳《へさき》に大きく開いた穴を修理してからでなければ、ふたたび水に浮かべるのは無理だろう。

ボートを完全にジープから引き離せたところで、わたしたちはいったんお開きにし、夜になってからふたたびアイダ・ベルの家に集まって、ライルの監視計画を立てることにした。ちょうどわたしが玄関を出ようとしたとき、アイダ・ベルの携帯電話が鳴った。

「待っとくれ」彼女は言った。「マリーからだ。トニーがポーレットの家の正面ポーチにいて、携帯で話をしながらたばこを吸ってるそうだ」

「だから？」わたしはトニーの行動の重要性を見逃しているらしい。

「ちょっと待って」アイダ・ベルが答えた。「ところがマリーはポーレットが裏口から出てきて塀沿いにこそこそと裏の通りへ向かうのを見たんだってさ」

わたしは眉を寄せた。「自分の家からどうしてこそこそ出てくるわけ？」

「トニーをまこうとしたみたいだね」アイダ・ベルが言った。

「どうして？」とガーティ。

「わからない」わたしは言った。「でも突きとめられるかも」

わたしは道路を走って渡ると二軒の家のあいだを抜けて次の通りへ出た。そこから家々のあいだを通る共用の通路に入り、ふたたび走りだした。マリーの家があるブロックの裏手に出ると、数軒分走ってから、トニーが見ているといけないので、隣のブロックへ渡る前に速度を落として歩きに変えた。走っている人間は人目を惹くかもしれないが、のんびり歩いているかぎりトニーにじろじろ見られることはないだろう。

隣のブロックへ渡ると、歩道の真ん中を歩くのではなく、家の際寄りに生け垣から生け垣へと移動した。そうしてポーレットの家の裏に建つ家まで来ると、立ちどまり、アザレアの茂みの向こうをのぞき見た。これまでのところ、ポーレットの姿はちらりとも見なかった。

携帯電話を引っぱりだしてマリーに電話した。「ポーレットは戻ってきた？」彼女が出るやいなや尋ねた。

「いいえ。片時も目を離してないけど。トニーはまだ外に立ってる。でもポーレットは見てないわ」

「ありがとう」わたしは通話を切り、携帯をバイブに設定してからジーンズのポケットに戻した。もう一度のぞいてみたけれど、あたりに動くものは何もなかった。そこで生け垣をまわって芝生の上を足早に歩き、遠くにいる人からは草木や自動車でよく見えない位置を選ぶようにした。道は町が管理する幅六メートルほどの土地のところで行きどまりになっており、その先は湿地だ。わたしは後ろを振り返り、フーッと息を吐いた。ポーレットはどこかの家に入ったにちがいないが、でもどこだろう？　それによその家を訪ねるだけなら、どうしてこそこそと従兄弟に隠す必要があるのか？

無駄骨だったと思って帰りかけたとき、湿地の端で何かがきらめき、続いて動くものが見えた。わたしはマグノリアの木の後ろに隠れ、いま注意を惹かれたものはなんだったのかのぞいて突きとめようとした。二、三秒後、ゴールドのスパンコールのトップスをきらめかせながら、ポーレットが湿地から出てきた。さっきのきらめきはこれで説明がついた。

彼女は湿地でいったい何をしていたのか？

残念ながら、それについて考えるのは後まわしにしなければならない。ポーレットがまっすぐこちらへ歩いてきたからだ。体を縮こめて木の幹にぴたりと張りつく。間もなく、彼女の足音が近づいてくるのが聞こえた。草を踏む音に耳を澄まし、ポーレットが通り過ぎた瞬間、じりじりと幹をまわった。

湿地から、ポーレットが出てきたのと同じ場所から男が現れたので、わたしはすぐさま幹の反対側にまわりこんだ。背の低い垣根の後ろに飛びこんでしゃがむ。枝の隙間を通して男がよく見えるかどうか、目を凝らした。彼はベースボールキャップを目深にかぶり、横顔の一部しか見えなかったが、誰かはすぐにわかった。

しかし、納得のいく説明がひとつも思い浮かばない。なぜボビーがポーレットと湿地で密会していたのか。

「ボビー？」ガーティが聞き返した。「間違いないの？」

わたしはうなずいた。「横顔がしっかり見えたし、集会で会ったときに歩き方を覚えていたから」

「それに今朝フランシーンの店から帰っていくところを見たからだろ、あんたがあいつを振ってカーターを選んだときに」アイダ・ベルが言った。

わたしは足をもぞもぞと動かした。「どこでそんなことを聞いたの？」

「〈シンフル・レディース〉のひとりが電話をかけてきたのさ、あんたとガーティが木登りに出かけてるあいだにね。もう噂になってるよ」

わたしはうめき声を漏らした。わたしの噂をする人がこれ以上増えるなんて、一番避けたいことだ。

「それにしてもどうしてボビーはポーレットと会ったんだと思う？」会話をもっと居心地のいい話題に戻そうとして尋ねた。

アイダ・ベルとガーティは顔を見合わせ、首を横に振った。

「ボビーがポーレットを知っていたこと自体が驚きだよ」アイダ・ベルが言った。「テッドとポーレットがここへ引っ越してくる前に、シンフルから出ていったからね」

「でも、休暇で戻ってきたことはあったでしょ？」わたしは言った。「そのときにポーレットに会ったって可能性は？」

ガーティが顔をしかめた。「町を出ていってから、ボビーを見た覚えは一度しかないわ。それがテッドとポーレットが引っ越してくる前だったかあとだったかは思いだせないわね。ボビーの母親がこぼしてたわ、息子はいつもあたしを訪ねるより、ほかにもっと行きたい場所があるみたいだって」

「あの母親はがみがみうるさいからね」アイダ・ベルが言った。「ヴェラを訪ねるなら、地獄に落ちるほうがましだろうよ」

「それもそうね」ガーティが賛成した。

ある考えが脳裏に浮かび、可能性としてはとても低かったけれど、それがふくらんでいくのをわたしは抑えられなかった。「休暇中にニューオーリンズでボビーがポーレットに出会っていたとしたら？」

ガーティが目をみはった。「どうしてそう考えるの？」

「確固たる理由があるわけじゃないんだけど。たぶん彼が女好きで、そこにいうってときたからだと思う。ボビーに会ったのはたった二回だけど、二回ともわたしを口説こうとするか、それに近い態度だった」

アイダ・ベルがうなずいた。「ボビーは女たらしだって評判だ」

「いつも女の尻を追いかけてる」ガーティも言った。

「ポーレットが軍隊にいた可能性はゼロ」わたしは言った。「ほかにボビーが彼女と話をする理由は考えられない。弔意を伝えたかったなら、キャセロールを持って玄関の呼び鈴を鳴らしたはずだし、この町のほかの人たちと同じように」

「ボビーがテッドを殺した可能性はあると思う?」

「もちろん、可能性はある」わたしは言った。「ほぼ全員に可能性はあるわ」

「でも、あんたはボビーがやったとは思わないんだね?」アイダ・ベルが訊いた。

わたしは首を横に振った。「嫌なやつだとは思うけど、人殺しではないはず。シンフルに来てから、わたしの勘がちょっと鈍ってるのは確かだけど。ここの住民はテロリストに比べて予想がしにくいから」

「名言ね」ガーティが言った。

「休暇中にボビーがポーレットと不倫をしていたという線で考えるなら」わたしは言った。「筋が通るのは、絶対に誰にも口外するなと彼女に念押しするために会っていたってことね」

「なるほど」アイダ・ベルが言った。「ボビーがシンフルに戻ってきたタイミングを考えると、ポーレットと不倫関係にあったってことを知られたら、容疑者リストの一番上になっちまうってわけだ」

「そのとおり」

「でも、彼が犯人だとは思わないわけね?」ガーティがもう一度訊いた。

「思わない……理由はわからないんだけど」

「ポーレットにそこまで熱をあげる人がいるとは思えないわ」とガーティ。

「それもある。さらに、最初はテッドのことを金持ちだと考えていたけど、そうじゃなかったらしいとわかった。ほかの男と一緒にいたいと思えば、ポーレットは単純に出ていけばよかった。何も失うものはない。違う？」

アイダ・ベルはため息をついた。「興味を惹かれる情報だけどね、あたしたちの問題の解決につながらないなら、これは棚あげして、ライルのことを調べるっていうそもその計画に戻ったほうがよさそうだ」

わたしはうなずいたものの、半分しか耳を傾けていなかった。ボビーがテッドを殺したとは思わないというのは真実だ。軍隊にいた経歴があるとはいえ、彼には人殺しではないと感じさせる何かがある。ただし、嘘はついていると思う。誠実ではないと感じるところがあるのだが、どことは指摘できない。

とにかくボビーが何を隠しているにしろ、テッド殺しとは関係ないことであるように祈った。

ポーレットとボビーに関する大スクープをもたらしたあと、わたしは帰途についた。シャワーを浴びて食事をし、これまでにわかったことについてと、ライルに関する情報をどうやって集めるかを考えるために。集める情報があるとして。

ボビーとポーレットの密会について、アイダ・ベルとガーティはわたしよりもいい説明を思いつくことができなかったし、このあとも思いつく可能性はない気がする。最初から、わたしにはテッドが殺されたことの裏にはさまざまな事情が隠れているように思えた。写真、テッドの秘密の過去、遺体の写真を撮ろうとしていたふたりの男……すべてが重要ですべてのピースがカチリとはまるはずなのはわかっている。

でも、どうしたらいいのか。

こんなにいらいらするのは初めてだ。ＣＩＡのアナリストはきっとこんなふうに感じるのだろう。目の前に並ぶいくつもの事実を、意味が通るようにつなぎ合わせようとしているときに。自分の報告書が原因で誰かが殺されるかもしれないことを考えると、いらいらするだけでなく、かなりのストレスがかかるのではないだろうか。

標的に関する資料を読むとき、わたしは一度として思いをめぐらせたことがなかった。これだけの情報を集め、意味が通るようにつなぎ合わせるだけでなく、行動を促す内容にするために、どれだけの労力が費やされていたのかを。ワシントンＤＣに戻ったらすぐ、アナリスト全員に高価なワインを一本ずつプレゼントしよう。

カーターも同じことを毎日しているのだ。

ガレージに車を入れたとき、そんな思いが頭をよぎり、罪悪感に襲われた。最終的に全貌をつかまなければならないのはカーターなのに、彼はわたしたちの半分の情報量でそれをやろうとしている。あらためて、わたしは彼に情報提供をする方法を考えようとした。ガーティとわたしの関与がばれず、アイダ・ベルの立場がさらに悪くなることも絶対にない方法。とはいえ、そもそも嘘をついた時点で、わたしたちはあと戻りができなくなってしまっている。いまさら自分たちがしたことを白状すれば、捜査妨害で有罪になる。仲間のひとりがいま第一容疑者であることを考えれば、検察に知られた場合、状況は非常に不利になる。カーターはわたしの素性をそれほど念入りに調べていない。これまでのところはざっくり目を通しただけで、それぐらいなら何も怪しい点は見つからない。でも州検事がわたしは何か隠しているとわずかでも疑ったら、偽装は徐々に暴かれていくだろう。

キッチンに入ると、カウンターの上にキーホルダーをひょいと置いた。「今回はほんとにまずいことになったね、レディング」キャビネットに向かって言った。

足元からニャーという大きな鳴き声が聞こえたので見おろすと、マーリンがまた人の脚に体をこすりつけはじめた。耳の後ろを掻いてやってから、未明に残りものを与えたあと、何も食べさせていないことを思いだした。結果的に大騒ぎとなった葬儀の偵察に出かけたとき、彼はまだわたしのベッドで眠っていたのだから、かわいそうと思ったわけじゃないけれど。

キャットフードを手に取り、ボウルに少し出した。マーリンのニャーニャー言う声がさらに大きく、しつこくなった。「ちょっと待ちなさいって、我慢のできない子ね。寝てるあいだにどんだけおなかが空いてたっけ？」

ボウルを床に置いてやると、マーリンは身を乗りだしてキャットフードをひとかけ上品に口に入れ、腰をおろしてから嚙みはじめた。猫は間違いなく犬よりもテーブルマナーがいい。ボーンズはいつも実際に胃におさめるよりもたくさんのドッグフードを床にまき散らした。まあ、ボーンズは齢百《よわい》だし、歯が三本しか残ってない。マーリンも年を取ったら散らかすようになるかもしれない。

そういえば、この猫は何歳なのだろう。赤ちゃんには見えないけれど、猫の年齢なんてどうやって判断したらいいのか見当もつかない。アイダ・ベルをめぐる一連の問題が片づきしだい、動物病院へ連れていかなければ。そうすれば、わたしの同居相手がティーンエイジャーの男子なのか、もっと年上なのか教えてもらえるだろう。

キッチンの騒音がおさまったので、冷蔵庫からスライスされたローストビーフを出し、自分用にサンドウィッチを作った。半分までは邪魔が入らずに食べられたけれど、残り半分にかぶりついたとたん、携帯電話が鳴りだした。画面を見ると、ウォルターの番号が表示されていた。

炭酸水をごくごくと飲んでから電話に出た。

「こうなるのはわかってたんだ」ウォルターの声は震えていた。

「どうなるのがわかってたの？　大丈夫、ウォルター？」

「カーターと話しに保安官事務所へ行ったんだ。これがあいつの仕事だろうと関係ない。アイダ・ベルには人殺しなんてできっこないってことを、やつに思いださせる必要がある」

「なるほど」わたしは言った。先週、アイダ・ベルは実際にある人物を殺しているのだが、それはわたしを殺そうとしていた人物だったので、おそらくウォルターからすると数のうちに入らないのだろう。

「受付には誰もいなかったから、奥にあるカーターのオフィスへ向かったんだ。そのとき、あいつが電話で話してるのが聞こえてきたんだよ」

ウォルターは深く息を吸いこんだかと思うとフーッと吐きだした。

「聞いちゃいけなかったのはわかってるんだ。だが、とにかく聞いちまってな」

最初にウォルターの声を聞いたときから、何かひどくまずいことになったのだと察して、わたしはぴりぴりしていた。これから彼が言おうとしているのはわたしが絶対に聞きたくないことだ。

「鑑識の結果が出たんだ」ウォルターは言った。「アイダ・ベルの地リス駆除剤は適合したそうだ」

わたしは腰のあたりが急にとてもこわばり、首と頭に痛みを感じた。「カーターはアイダ・ベルを逮捕すると思う？」

「検事が鑑識の結果を知ったら、カーターに選択の余地はないだろうな」

わたしは腕時計を見た。もうすぐ五時だ。運がよければ、カーターはこの件をあすにならないと検事に伝えられないだろう。そうなれば、アイダ・ベルが留置場へ入れられ、事態がきわめて深刻になるのはあすの朝で、それまでわたしたちには時間ができる。つまり、殺人事件を解決し、わたしたちが何も疑われることなくカーターに情報を提供し、アイダ・ベルの潔白を証明するのに半日ちょっとあるということだ。

わたしにならできる。ひとりで苦もなく民兵組織を倒したことだってある。

そんなにまずい事態なわけがない。

第23章

それはどうだろうか。

午後十一時、わたしは生け垣の下の地べたに腹ばいになり、通りの向こうのライル・コックスの家を見張っていた。彼が何か殺人犯がしそうなことをやってくれるよう祈りながら。これまでのところ、彼は居間のリクライニングチェアに座り、ビールを飲みながらテレビのスポーツ番組を二時間観ていた。わたしのいるところ、というか腹ばいになっているところからだと、それは非常にうらやましいことに見えた。

訓練のおかげで、わたしの体は何時間も動かずにいられる。だから筋肉が痙攣《けいれん》しはじめることはなかったが、脳が耳からこぼれだして何かおもしろいことをやりにいってしまいそうだった。神がお創りになったなかで最大の蚊たちに生きたまま食われる以外のことならなんでもいい。まじめな話、わたしはここにいる蚊よりも小さな飛行機に乗ったことがある。

アイダ・ベルとガーティはわたしよりきつい状態だった。年季の入った骨は生け垣の下に押しこめられることを好まないし、規則的にエクササイズをしているのはアイダ・ベルだけなので、ガーティはこのあと何日も『ノートルダムの鐘』のカジモドみたいな姿勢で歩くことになるだろう。とはいえ、ふたりとも不平を言わないところは評価しなければ。わたしはいま隣にいる高齢者ふたりより持久力のないＣＩＡ工作員と仕事をしたことがある。

「監視する価値のあることをする気がないなら、気絶するか何かしてくれないかね」アイダ・ベルが言った。

「ライルが夜更かし人間なのは、わたしたちにとってラッキーなことよ」わたしは言った。

「ヴァンパイアなのかもしれないわね」とガーティ。

ヴァンパイアはわたしがシンフルで出会ったほかのものと比べて特別奇妙ということもないため、可能性は否定せずにおいた。窓越しに動きが見え、わたしは状況が保証する以上に興奮した。「見て。ライルが動いた」

わたしたち三人はお菓子屋のショーウィンドーをのぞく子どもさながらに窓を見つめた。ライルはようやくリクライニングチェアから立ちあがったかと思うとストレッチをし、居間を出てわたしたちの視界から消えた。

「たぶんトイレに行っただけよ」ガーティが言った。「少なくともビールを六本飲んでたから」

テレビも部屋の明かりも消していかなかったことを考えると、彼女の言うとおりなのだろう。それでも女の子は夢を見られる。七分後、夢は色褪せ、現実が復活してきた。

「やれやれ」アイダ・ベルが言った。「どれぐらいトイレにいる気かね」

「ビール六本分ってところかしら」とガーティ。

わたしは声に出さずに祈った。ライルがトイレで眠りこんだり、気を失って床に倒れたりしていませんようにと。さもないと、今夜は長いだけの徒労に終わってしまう。

鑑識の結果が出た件を口外しないようウォルターを説得したあと、わたしはカーターがアイダ・ベルを逮捕しに彼女の家に現れるのではないかとずっとひやひやしていた。ウォルターを説得した理由は、アイダ・ベルの留置場行きがすぐそこまで迫っているとわかったら、本人とガーティのストレス度が大幅に跳ねあがると考えたからだ。ストレスはミスにつながる。

沈黙は省略による嘘と同じであると考えたウォルターは気に入らない様子だった。沈黙を守ってほしいという依頼には正当な理由があるのだが、それを話すと彼も違法なことの仲間になってしまうのだとわたしは説明した。彼がどの部分に不満を覚えたのかはわからないが、今回はわたしを信じると言ってくれた。もしわたしが期待を裏切れば、ウォルターから今後いっさい信用してもらえないというのが暗黙の了解だった。

ほら、プレッシャーなんてぜんぜんかからないでしょ?

ライルはおなかが空いて、キッチンでキャセロール料理かテーブルいっぱいのごちそうでも用意してるにちがいない、そう思いかけたとき、二階で明かりがついた。わたしはアイダ・ベルの袖をつかんで指差した。

「もう寝るのかもしれない」可能性を言ってみた。

「二階の明かりとテレビをつけたまま?」ガーティが言った。「電気の無駄遣いもいいとこだわ」

「ビールを大量に飲んだあとだからね」とアイダ・ベル。「電気の消費量なんて頭にないと思うよ。明かりがついたのは主寝室だ」

「どうしてそんなこと知ってるのか訊いてもいい？」わたしは尋ねた。

「ふざけるんじゃないよ」アイダ・ベルが言った。「ウォルターと結婚しないあたしが、ライルと寝るわけないだろう」

「それもそうね」

「ライルは母親からあの家を相続したんだ」アイダ・ベルは説明した。「母親が一年前に亡くなってね。あんた、あいつがあんな薔薇を栽培したり、雨戸を紫に塗ったりするなんて、本気で思ってるのかい？　あいつのおかげであの家は荒れ放題だがね、美しかったときの名残はまだ留めてるよ」

「みすぼらしくなった薔薇を見たら」ガーティが言った。「マーサはお墓のなかで七転八倒するでしょうね」

アイダ・ベルが賛成してうなずいた。

果てしない時間待った気がしたが、実際はおそらく二、三分後、二階の明かりが消えた。一階に目を凝らしてもなんの動きも見えなかった。

「電気を無駄にしてるんじゃないかって気がしてきた」わたしは言った。

「あいつ、一階には戻ってきてないね」アイダ・ベルも同意した。

「手がかりになるようなことは何も見えなかった」ガーティがやや緊張した声で言った。「このまま帰る以外に何かするべきじゃないかって気がしてるんだけど」

わたしもだ。しかし、ここへ着いたとき、わたしはライルが留守にしていてくれることを期待していた。わたしの計画は彼が在宅だと危険度がぐっとあがる。ライルが不法侵入者をためらわずに撃つだろう顔つきをしていることを考えるとりわけ。でも、わたしたちに残された時間と選択肢はどんどん少なくなっていく。

「アイダ・ベル、ライルの家にはあなたのところみたいに裏庭に物置がある？」

「もちろん、たいていの家にあるからね。芝刈り機を居間に置いときたいって住人はいないし、車一台用のガレージは車一台のほかにはほとんど何も置けないから」

「ライルの物置を調べて、あなたのところから押収された駆除剤と同じ化学組成のものが置いてないかどうか確認したほうがいいと思うんだけど」

アイダ・ベルが眉をひそめた。「そいつは確率が低いんじゃないかい？　それに危険が大きいよ、あたしたちの基準からしてもね。ライルはまずぶっぱなしてから何やってんだって訊く男だ、裏庭であたしたちを見つけたら」

わたしは少し居心地悪そうに体を動かしながら、その危険を冒そうと思うもっともらしい理由を考えようとした。本当の理由とは異なるものを。「なんとかしてほかの容疑者のひとりをより疑わしく見せたいんだけど、現時点ではライルが一番可能性が高いから。ほかの誰かの容疑が強まれば、あなたに対する疑いは弱まるでしょ」

わたしを見るアイダ・ベルの目がすがめられた。しまった。説明しすぎだし、アイダ・ベルは言外の意味に気がつかずにいるほどばかじゃない。

「鑑識の結果が出たんだね？」彼女は訊いた。

ガーティがはっと息を呑んだ。「そんなはずないわ。そういうことをフォーチュンがあたしたちに隠しておくわけがないもの」そう言ってから、彼女の表情が揺らぎ、かすかな疑念が忍びこんだ。「そうでしょ?」

まったくもう。

わたしはフーッと息を吐いた。「実は、鑑識の結果が出たの。で、カーターがアイダ・ベルから押収した駆除剤は化学組成が適合した」

「あんたはそれをどうやって知ったんだい?」アイダ・ベルが尋ねた。

「それにどうしてあたしたちに黙ってたの?」ガーティが横から訊いた。

「どうやって知ったかはどうでもいいことだし、黙っていたのは今夜ここへ来るのに、あなたたちのストレス度がいま以上に高くならないようにするため。ストレスがかかると頭が混乱して、そこからミスにつながるでしょ」

ふたりはわたしを見つめて完全に沈黙した。

「ライルの偵察が終わったらすぐ、絶対に話すつもりだった」

ややあって、アイダ・ベルがため息をついた。「わかったよ。それにあんたがあたしとガーティを守ろうとしてくれたのは、ありがたいって言ってもいい。だが必要ない。あたしたちはタフな婆さんふたりだ。これぐらいなんとかできる。約束するよ」

「わかった」わたしは言った。「肝心なのは、こちらが別の選択肢を与えて状況をややこしくしないかぎり、カーターはあすあなたを逮捕するだろうってこと。いったん標的にされたら、検事の目をよそへ向けるのは二倍むずかしくなる」

「頭にくるわね」ガーティが言った。

「まったくね」わたしは同意した。「だから、同じ化学組成の毒物をほかにも見つけられたら、大いに助かると思う」

「で、見つけられたらどうだって言うんだい?」アイダ・ベルが訊いた。「現実はだ、シンフル住民の誰だってうちの裏庭に入って毒物を盗めたよ」

「そうだけど、調べてみる価値はある」

「何も見つからなくて、カーターがアイダ・ベルを逮捕したらどうすればいいの?」ガーティが訊いた。

わたしは息を吐いた。「その場合は、いまあるものを全部かき集めて――テッドの正体、例の写真の束――カーターにわたしがすべて話す」

アイダ・ベルが首を横に振った。「そんなことを許すわけにはいかないよ。あんたの偽装がばれちまう」

「それなら、あたしがやるわ」とガーティが言った。

わたしたちがやったことをすべてガーティがひとりでやったなんて、カーターは決して信じない。誰が彼の家のドアをノックし、証拠を手渡そうとも、わたしが関与していることを彼は見抜くだろう。でも、実りのない話し合いをこれ以上長引かせても意味はない。

「それでうまくいくかもね」とわたしは言った。

こちらを一瞥《いちべつ》したアイダ・ベルを見れば、少しも騙されていないのがわかったが、ガーティは一時的に安心した顔になったので、この件はそのままにしておくことにした。

「それじゃ決まり」わたしは言った。「ライルの物置をのぞいてくる」

「あんたひとりを行かせやしないよ」とアイダ・ベルが言った。「何をさがしたらいいかもわかってないからね」

「アイダ・ベルが行くならあたしも行くわよ」とガーティ。「置いてきぼりは食いませんからね」

悔しいけれど、アイダ・ベルの言うとおりだ。わたしは家庭用の毒物に詳しくない。

「わかった。でもライルが銃撃を始めたら、さっさと退散すること」

「当然だ」アイダ・ベルが賛成した。

「誰がいつ——」ガーティが言う。

わたしは片手をあげて彼女を黙らせた。「わかってる。思いださせてもらう必要はなし。これからこの生け垣の裏に沿って進んだあと、ライルの家から二軒離れたところで通りを渡る。そのほうがまわりが暗くて人目につきにくいから」

ガーティとアイダ・ベルがうなずいたので、わたしは後退して生け垣の下から出ると、隣の家の庭まで走った。アイダ・ベルとガーティがすぐ後ろからついてくるのを確認し、さらに走り、通りを渡り、ライルの家へ向かう。角まで来たところで、彼の家の横をそろそろと進んで裏口を目指す。

アイダ・ベルとガーティがしっかりついてきているのを確かめてから、それぞれが通れるだけわずかに扉を押し開け、わたしもなかに入った。ポーチの明かりが裏庭をぼんやりと照らしていたのでほっとした。作業ができるだけの明るさはあるけれど、庭全体を煌々と照らすような投光照明はない。

アイダ・ベルが右隅にある物置を指したので、わたしたちは塀から離れないように、ポーチから差す光を避けるようにして庭を進んだ。物置にたどり着くと、ありがたいことに鍵はかかっていなかった。アイダ・ベルが陥っている状況を考えれば間抜けなことだが、わたしも物置に鍵をかけていないことをここに至って思いだした。あすの朝、一番に対処しなければ。家のなかに秘密の武器庫をしつらえていたくらいだから、マージが物置に何をしまっていたかわかったものじゃない。

片腕が入るだけの幅に物置のドアを開け、ペンライトのスイッチを入れた。なかをのぞき、ぐるっとペンライトで照らす。窓がないのは、気づかれないために間違いなくプラスだったが、散らかり気味の内部を見ると、明かりを強くするのははばかられた。閉鎖空間のなかの光は、わずかな隙間があっただけで、窓からと同じくらい簡単に外へ漏れる。

わたしはなかに忍びこみ、物置中にでたらめに置かれている缶や道具などを倒さないよう注意を払った。戸口を振り返ると、アイダ・ベルが首だけ突っこんでいたので、なかへ入るようにと合図した。

「あなたの物置にあったのと同じ化学組成かもしれないものがないか、見てまわって」

アイダ・ベルはうなずいて自分のペンライトをつけると、いくつもある缶や瓶、袋を調べはじめた。ガーティも戸口を通り抜けて彼女に加わり、ぼんやりとした明かりのなか目をすがめた。相変わらず眼鏡をかけていないので、ガーティにはものの輪郭ぐらいしか見えないのではないか。視力補正をするという約束は出まかせだったらしい。

「あそこにある茶色の袋はなんだい？」アイダ・ベルがわたしの左のほうにある袋を指した。

わたしは袋に光を当てた。「アリ駆除剤？」

アイダ・ベルがかぶりを振った。「化学組成が違うね」

「こっちにあるのは？」ガーティが自分の立っているところから一・五メートルほど離れた物置の右側を指差した。

アイダ・ベルがガーティの指した場所に光を当てた瞬間、大騒ぎが起きた。物置の梁の上でとぐろを巻いていたヘビが、わたしたちの立てる音や明かりにうんざりしたらしく、ガーティに向かってまっすぐ落ちてきたのだ。

第24章

ホラー映画のプロデューサーが大喜びしそうな悲鳴を、ガーティはあげた。彼女の口から声が出た瞬間、真剣にまずい事態になるとわかったが、それと同時に彼女を責めることにできないと思った。ヘビはアナコンダ並みの大きさだったから。

わたしがなんの反応もできずにいるうちに、ガーティは体を前に傾けてヘビを肩から振り落とし、物置から飛びだした。ドアを開けたときにあんまり強く叩きつけたため、数ブロック先からでも音が聞こえたはずだ。

アイダ・ベルが続いて物置から飛びだし、わたしも二、三センチと置かずにあとを追った。芝生を踏んだ瞬間、ライルの家の勝手口が騒がしくなったかと思うと、たちまち一匹の巨大なドーベルマンが犬用ドアから飛びだし、こちらへまっしぐらに、裏口への進路を完全にふさぐ形で走ってきた。

「裏の塀へ！」わたしは叫び、三人そろってコースを急遽変更し、塀を目指して疾走した。振り返ると、犬はぐんぐんあいだを詰めてきている。こちらはぎりぎり間に合うかどうかだ。ガーティに高さ百八十センチの塀を越えさせるには力を貸す必要があるとわかっていたので、わたしはさらにスピードをあげたが、ちょうどそのときガーティが教会の裏でころんだときとそっくりにうつ伏せに倒れた。彼女を轢いてしまうのを避けるため、わたしは地面に頭から飛びこみ、体が地面に接した瞬間に前転を決めた。

即座に立ちあがり、振り向いてガーティの体をつかんだ。「行って」アイダ・ベルに指示する。

「足首が」わたしが引きおこすと、ガーティが言った。

わたしは彼女のウェストをつかみ、塀まで文字どおり引きずっていった。前かがみになって両手であぶみを作る。「いいほうの足をのせて準備して。わたしが押しあげて塀を越えさせるから」

ベストの方法ではない。でも現時点では高齢者を投げあげて塀を越えさせるか、怒り狂った犬に食われるかだ。ガーティが手に足をのせたので、わたしは力いっぱい押しあげた。運悪く、おたがい予想していなかったほどの力が出てしまった。

ガーティはてっぺんにかすりながら塀を飛び越え、シュッ、ドサッという音が聞こえた。続いて重たいものが芝生に落ちた音。ちょうどそのとき犬が追いついてきたので、わたしは塀のてっぺんに向かってジャンプした。塀の向こう側にアイダ・ベルとガーティが手脚を絡ませてころがっているのが見えた。わたしがなんとか塀を越えるよりも先に、犬がわたしの靴をくわえ、人の脚をぼろ切れのようにぶんぶん振りはじめた。わたしは力のかぎり脚を引っぱったが、犬を振りきることができなかった。

拳銃に手を伸ばそうとしてためらった。犬は務めを果たしているだけだ。威嚇射撃をすれば振りきれるかもしれないが、半径一、二キロの範囲にいる住民全員の注意を惹いてしまう。でもほかに選択肢がなかったので、右手で拳銃をつかめるように左腕を塀にかけた。とそのとき、勝手口のドアが勢いよく開いたかと思うとライルが銃を撃ちはじめた。

銃で狙われた――またもや――せいで、脚に追加の力が入ったにちがいない。もう一度引っぱったら、靴が脱げ――どうやら靴は犬にくわえられたままと運命が決まったらしく――わたしは予定していなかった勢いで塀を越えた。下に落ちるとすぐさま飛び起きた。

アイダ・ベルとガーティは立ちあがっていた——ガーティはアイダ・ベルに支えられて片脚で。銃弾が一発、塀を貫通して耳のすぐ横を飛んでいったため、わたしはガーティの脇の下に腕を入れ、走りだした。アイダ・ベルがわたしのスピードについてこられないのではと思ったが、こちらの走り方がいつもより遅かったか、銃撃のせいでわたしと同じくアイダ・ベルもまったく新しいレベルの力が出たかのどちらかだった。

いずれにしろ、わたしたちは空き地を走り抜け、隣のブロックに出た。角を曲がり、家々の前庭を通ってライルとのあいだにできるだけ距離を稼ごうとする。ブロックの端まで来たところで速度を落とし、立ちどまった。花壇に置かれた大きめの石にガーティを座らせてから、アイダ・ベルとわたしは体を折り曲げてあえいだ。

「あたしんちまでたっぷり五ブロックはあるよ」アイダ・ベルがゼイゼイ言った。

「わたしがジープを取りにいって、あなたたちを拾いに戻ってくる」

アイダ・ベルは首を横に振り、携帯電話を引っぱりだした。「それじゃ時間がかかりすぎだし、ライルがあたしたちをさがしにくるかもしれない。それにさっきの銃声を誰かが通報したら——絶対にするだろうけど——カーターはあんたをさがすだろう」

もうっ。

アイダ・ベルは携帯を耳に当てた。「マリー、いますぐ迎えにきとくれ。あたしたちは〝ずんぐりピトレ〟んちの庭にいる。大きな石が置いてある側だよ。着がえて時間を無駄にするんじゃない——とっとと来ておくれ」

通話を切り、携帯をパンツのポケットに戻す。

「マリーがそんなにすばやく行動できる？」わたしはまだアイダ・ベルの家までジープを取りにいくことを考えていた。

「ああ、できるとも」アイダ・ベルは自信たっぷりだった。「マリーはパニックを起こして気を揉む性格だけどね、よく考えないタイプでもあるんだ。いますぐ何かやれって言われると、考えなしに行動するんだよ。本人にとっちゃ危ないことだけど、ガーティとあたしには便利なんだ」

イメージはつかめた。なんとなく。兵士は疑問を持つのではなく行動するように訓練される。でも、中年を過ぎた、なおかつルイジアナをほとんど離れたことのない女性がそういう条件づけの最適候補とはとうてい思えない。ところが、マリーの能力にわたしが部分的な不信を抱いたのは、浅はかだったことが判明した。

一分たつかたたないうちにマリーがタイヤをきしらせ到着した。アイダ・ベルとわたしはガーティを助手席に乗せてから後部座席に飛びのった。マリーは全米自動車競争協会《NASCAR》のレーサーさながらに車を発進させ、一時停止の標識があっても、交差点でも、速度を落とさなかった。わたしがドアハンドルを握りしめて横を見ると、アイダ・ベルがウィンクをした。

アイダ・ベルの家の私道に入ったときの速度からすると、マリーは車をガレージのドアに突っこんでしまうのではと心配した。でも彼女がブレーキを踏みこむと、車はドアからほんの数センチのところでとまった。アイダ・ベルとわたしは後部座席から飛びおり、ガーティを助手席からおろして車をぐるっとまわった。テールライトの前を通り過ぎるか過ぎないうちに、アイダ・ベルがマリーに手を振った。マリーは車をバックさせて私道から飛びだし、現れたときに劣らずすばやく角を曲がって姿を消した。

「彼女、凄腕」わたしは言った。アイダ・ベルと一緒に家のなかまでガーティを引っぱっていき、リクライニングチェアに座らせる。

アイダ・ベルはうなずいた。「だろ。当然、いまから十分後にアドレナリンが出てこなくなったら激しいストレスにさらされて、マリーはブランケットを丸一枚編みあげるだろうね。それからたぶんパイをふたつは焼かないと気持ちが落ち着かないはずだ。でも、あたしは新しいブランケットがあれば助かるし、マリーの腕はぴか一だからね。八方よしってわけだ」

「パイはあたしがもらうわ」ガーティが大きな声で言うと、アイダ・ベルが彼女のテニスシューズの紐をほどいてゆっくり脱がせはじめた。

「あなた歩行器を使ったほうがいい」わたしは言った。「どうしてこんなに何度もころぶの？その足、あなたが考えているよりも悪くなってるのかもしれない。医者に診てもらったほうがよかったのよ」

「あたしはころんでなんていません」ガーティが少々むっとした様子で言った。

「それじゃ、これはいったいどういうことだい？」アイダ・ベルがガーティの足首を指差した。

そこは通常の太さの二倍に腫れあがり、あすの朝には黒と紫のまだらになっていそうだった。

「骨折？」わたしは訊いた。

アイダ・ベルは横をそっと押してみたが、首を横に振った。「確かなことは言えないけど、ただの捻挫だと思うよ。それでも、あすレントゲンを撮ったほうがいいね」

ガーティが前かがみになり、足首をよく見てため息をついた。「運転に使うほうの足だわ」

「あんたが運転する必要があるのはね、電動車椅子だけだよ」アイダ・ベルが言った。

「どうかしら」わたしは疑問を投げかけた。「ああいうものがどれだけスピードが出るか見たことある？」

「そうだね」アイダ・ベルはわたしに賛成してからガーティを見た。「これが治りしだい、あたしと一緒にヨガを始めなきゃだめだよ。あんたはすばらしく力を発揮できるときもある。でもだいたいにおいて、柔軟性と平衡感覚がひどく低下してる」

ガーティが腕を組んだ。「それほどひどくないわ」

わたしはまじまじと見た。「本気で言ってる？　何度も歩けなくなったでしょうが、今週だけで」

アイダ・ベルがやれやれと首を振った。「それほどひどいんだよ。さらに、あたしたちはこういう怪我をする危険を冒しちゃいけないんだ、年齢的に。ヴェトナムで従軍してたときの十倍は回復に時間がかかる。あたしだってあんたに劣らず嫌だけどね、あたしたちはフォーチュンについていける健康状態じゃないし、ついていけたころには二度と戻れないってのが現実だよ」

ガーティがため息をついた。「フォーチュンについていけたころがあったのかどうかも疑問だわ。でも彼女は今回、何かなくしてきたみたいね」

ガーティが指差したわたしの足をアイダ・ベルが見おろし、眉をつりあげた。「気がつきもしなかったよ。あたしも鈍くなったもんだね」

「あの犬、飢えてたのよ」わたしは説明した。「靴をあきらめるか足をあきらめるかだった。ライルが銃撃を始めたとき、靴をあきらめるのが賢い選択に思えたわけ」

わたしの靴がライルの手に渡ってしまったという事実を、突然頭が理解した。穿鑿《せんさく》好きの住民がすでに銃声について通報しているのは間違いない。わたしはうめいた。「ライルがあのシューズを渡したら、カーターはわたしのだって気がつくはず。今朝会ったときに履いてたから。カフェまでジョギングしながら行ったの」

「同じテニスシューズを履いてる人はほかにもいるわ」ガーティが言った。

「確かにね、でもあのシューズにはわたしのDNAが付着してる」

アイダ・ベルが関係ないと言うように手を振った。「カーターは不法侵入罪でテニスシューズのDNA検査なんてしないよ。それに、そもそもライルはカーターにテニスシューズを渡したりしないだろう。発砲したのは自分だって認めなきゃならなくなるからね」

「塀に開いた大きな穴が決定的証拠になるんじゃないかと思うけど」わたしは指摘した。

ガーティの緊張が少し解けた。「カーターはあれが今夜開いたとは証明できないし、アイダ・ベルの言うとおりよ。ライルは保安官事務所を徹底的に避けるわ。その理由はテッドのおかげでわかったわけだけど」

アイダ・ベルの主張はまったく筋が通っていたので、わたしも少し緊張を解いた。ライルがジョギング中のわたしを目撃し、なおかつふだんから女性のテニスシューズを覚えておくようにしているという場合を除き、持ち主を特定することはできないだろう。わたしは暖炉に薪を投げ入れ、罪の証となる残りのシューズを焼くために火を焚いてから、レンガの炉辺に腰をおろした。服と靴にとって、シンフルは業火の燃えさかる地獄だ。

「足首を冷やす氷を取ってくるよ」アイダ・ベルが言い、キッチンへと姿を消した。彼女はすぐに氷をいっぱい入れて縛ったふきんを持って戻り、ガーティの足首に当てた。「それにしたって、いったいどうして悲鳴をあげたりしたんだい？　ただのネズミヘビだったじゃないか」

「あれがキジバトヘビだったとしても関係ないわ」とガーティ。「そもそもあたしはヘビが好きじゃないし、梁の上から襲撃されるのは絶対に嫌だから」

「こんなこと言うと思いっきり女子っぽいのはわかってるけど」わたしは言った。「それに自分の株が大幅にさがることもね。でも、この件についてはわたしもガーティに同感。悲鳴はあげなかったにしても、わたしも逃げだしたと思う」

アイダ・ベルはやれやれと首を振りながらコーヒーテーブルの端に腰をおろした。「あのヘビは少しも危険じゃなかった。あの穴やつライルの銃撃に比べたらなおさらね。だいたいライルはいつ犬を手に入れたんだい？」

ガーティがかぶりを振った。「ぜんぜん知らなかった」

「まあいいさ」アイダ・ベルが言った。「あたしが言いたいのはだ、あんな悲鳴をあげるから逃げだすことになって、そのせいでつまずいて、その結果こうなったってこと」ガーティの足首を指差す。

「あたしはつまずいたりしなかったわよ！」ガーティはふたたび反論した。

「あなたがころぶのを見た」とわたしは言った。「わたしは押さなかった」

ガーティがぐるりと目玉をまわした。「誰かに押されたなんて言ってないでしょ。あたしはつまずいたりしなかったって言っただけ。地面があたしの足を呑みこんだのよ」

「神よ、われらを救いたまえ」アイダ・ベルが上を見あげてからガーティに視線を戻した。

「穴に足を突っこんで倒れるのを〝つまずく〟って言うんだよ」

「でも、しようがないでしょ」ガーティが言った。「あたしが踏んだとき、そこに穴はなかったんだから。下から地面が消えていくと同時に足がつかまれるようだった。母なる大地に引っぱられるみたいだったのよ」

アイダ・ベルが目を大きく見開いて勢いよく立ちあがった。ガーティが自分のヘマを大袈裟に描写しただけにしては過剰な反応に思えたけれど、気持ちが高ぶっているときなら、まあありうるか。

「それだよ！」アイダ・ベルが手を叩いた。

にんまりしてガーティとわたしを見る。わたしはただ見返すしかなかった。ガーティがつまずいたことにどうして突然そこまで興奮するのか理解に苦しむ。ガーティも眉をひそめてアイダ・ベルを見返していたが、ややあってはっと息を呑んだ。

「地リスの穴」ガーティが言った。「あたしは地リスの穴に足を取られたんだわ」

アイダ・ベルがにっと笑った。「あいつの尻尾がつかめた」

第25章

翌朝、わたしは早くにすっきりと目が覚めた。その日やるべき仕事に取りかかりたくてうずうずし、それは喜ばしい変化だった。前夜わたしたちはどうやったらカーターにライルのことを調べさせられるか、なおかつ自分たちがいっさい罪に問われないようにするにはどうしたらいいか、何時間もアイディアを出し合い、わたしの混乱した頭がようやく晴れたところで、自明とも思える答えが出た。

ウォルターだ。

わたしはまずフランシーンの店に朝食を食べにいくことにした。アリーが何か役に立つ噂話を聞きこんでいるかもしれない。そのあと、ウォルターの店が開く時間になったら、彼のところへ行ってライルが地リス駆除剤を注文したことがあるかどうか記録を調べてくれるように頼む。ライルがウォルターから駆除剤を買ったとはかぎらない。それはわかっているけれど、なんとなく、わたしたちはこれが解決の糸口になるのではと――アイダ・ベル犯人説に大きな疑問を投げかけるもとになるのではと信じていた。

フランシーンの店は半分ほどしか埋まっていなかったが、午前中遅くになってから現れる退職者たちと比べると、わたしは訪れた時間が早かった。店に入っていくとすぐ、アリーが手を振り、わたしがよく座る隅のふたりがけテーブルを指し示した。近くの席にほかのお客がひとりも座っていないのがありがたい。これなら人に聞かれるのを心配せずに、アリーに自由に話してもらえる。

彼女は店内の反対側のテーブルに朝食を運んでから、コーヒーを注いでわたしのテーブルへ早足でやってきた。「来てくれるといいなと思ってたの」コーヒーを置いて伝票を取りだし、注文を取っているように見せる。

「どうかした？」わたしは訊いた。

「きのうの夜、シーリアおばさんから電話があって、ポーレットがきのうの夜のうちにニュージャージーへ帰ったって言うのよ」

「ええっ？　それはずいぶん急じゃない」夫が埋葬されたばっかりなのに。

アリーはうなずいた。「シーリアおばさんも薄情すぎるって言ってた。ポーレットはすべてにおいて薄情だったから、今回はいつもと違うはずだって考える理由があたしにはわからない」

「でも、ポーレットがもういないっていうのは確かなの？」

「ええ。おばさんはきのうの夜、ポットパイとコーヒーケーキを届けにいったらしいんだけど、従兄弟のトニーが出てきたんですって。ポーレットは今度のことから少し距離を置く必要があるんだって言ったとか。きのうの夜の航空券が取れたから、荷物をまとめて急いで出発したそうよ」

　わたしは眉をひそめた。「どうしてトニーは一緒に行かなかったの？」

「おばさんもそれを訊いたらしいけど、飛行機の座席はひとつしか残ってなかったんですって。きょうの航空券が取れしだい、彼も帰ると言ったそうよ。ポーレットは家の処分をしにまた戻ってくるとか」

「カーターは彼女が町から出たことを知ってるんでしょうね」わたしはこの情報をいろいろな角度から考えようとした。

　アリーが目を見開いた。「そこは考えてもみなかった。町を離れちゃいけないのは容疑者だけかと」

「ふつうはね。でも彼女の家と、それから教会にも侵入者があったから、カーターとしてはポーレットが残ってくれたほうがよかったはずよ。トニーが帰ったあとはあの家に誰もいなくなるわけだけど、なかにはいろいろ置かれたままだし」

「誰かがまた侵入すると思うわけ？」

「あなたが泥棒で、最初のときに目的のものを手に入れられず、そのあと家が無人になったとわかったら、もう一度侵入する？」

　アリーは勢いよく息を吐いた。「たぶんね。ああ、なんて複雑でめんどくさい事態なの。ポーレットってシンフルに来てからずっといらつく女だったのよ。もう一週間ぐらいこっちにいたってよかったじゃないね――地元住民たちからおいしい料理を食べさせてもらえるんだし――そのあいだにカーターに仕事をさせれば。でもやっぱり、ポーレットにまかせたら、何もかもむずかしくなるだけね」

わたしは笑顔になった。「あらアリー、哀れな未亡人にずいぶんきびしい言いようじゃない」

アリーは目玉をぐるっとまわした。「ポーレットが自分以外の人間にちらっとでも関心を持つタイプだったら、あたしもちょっとは後ろめたく感じるかもしれない。でもポーレットが気にするのは男の財布の大きさだけだから、同情するつもりは微塵もないわ」

わたしはにやりとしたが、店の入口のベルが鳴ったので目をやった。ボビーが店内へ入ってくるのを、かろうじて笑顔のまま見守った。アリーが戸口を見やってから、わたしに目を戻して顔をしかめた。

「ボビーってほんとたらしなんだから」アリーが言った。「二十ドルかけてもいいけど、あたしがいなくなったら、まっすぐここへ来るわよ。だから注文を入れさせて。あなたが早く帰るように」

わたしはうなずいた。「きょうのおすすめをお願い、卵は半熟両面焼きで」

「了解」アリーはそう言うと足早に厨房へ向かった。

アリーの予想どおり、ボビーは店内を見まわし、わたしを見つけると、満面に笑みを浮かべてのんびりした足取りで歩いてきた。「今朝もカーターを待ってるのかな、それともおれがここに座ってもかまわないんだろうか」

「誰も待ってないわよ」わたしは言った。「ただし、偶然現れることもあるわね」

「つまり、カーターが現れたら、おれには消えてもらいたい、そういうことか？」

身を乗りだしてナプキンでこの男を窒息させてやりたいと思ったが、わたしとしては実際には何もないカーターとの関係を噂にされるようなことは絶対に避けたかった。

「あなたにも、カーターにもまったく関心がないの。わたしは朝食の景品じゃないんだから」

ボビーはにやりと笑った。「いいだろう。で、あんたはどうしてこんなに早くからお出ましなのかな」

「朝型人間だから」

「おれもだ。たいていはジョギングをするんだが、今朝はその気分じゃなかった。きょうは夜に走ってもいいかな」

それについてこちらから言うことは何もなかったし、ありふれた話題について雑談するのはわたしの得意分野から大きくはずれている。そこでぎこちない沈黙が続くことになった。ようやくアリーがわたしの前に料理の皿を置き、ボビーの注文を取りはじめてわたしを救ってくれた。

「先に始めてくれ」ボビーはそう言ってわたしの料理のほうに手を振った。

塩と胡椒に手を伸ばしながら、ため息をこらえた。あなたを待つわけがないでしょ。勝手に同じテーブルに座った人は、わたしのテーブルマナーの対象外だ。しばらくのあいだ、卵に味をつけることとトーストに自家製ジャムを塗ることに集中してからもりもり食べはじめた。

「あんた、マージ・ブードローの姪っ子なんだってな」ボビーはわたしとの会話に礼儀正しい死を迎えさせたくないらしい。

　わたしはトーストをかじってうなずいた。

「ここにいるのは夏だけか？」

「遺産の整理ができたらすぐに帰るつもり」わたしは答えた。

「そんなにたいへんな作業にはならないんじゃないか。シンフルの高齢者のなかには〈ホーダーズ（強迫性貯蔵症の人々を取材したリアリティショー）〉に出てきそうな住民もいるが、マージはそういうタイプじゃなかった」

「違ったわね」わたしは同意した。「彼女の家はとても機能的で、埃がたまるようなものもほとんどない。一番時間がかかるのは蔵書の目録作りだと思う。そこから取りかかってるの」

「筋が通ってるな、あんたは司書なわけだし」

　わたしは彼の顔をじっと見た。「わたしのことを調べたの？」

「好奇心をそそられただけさ。あんたみたいな押しの強い美人はシンフルにあんまりそぐわないからな。どうしてここにいるのか不思議に思ったから、人に訊いたんだ」

「それなら、もうわかったでしょ」

「つまり、ほっといてくれってことか？」

　わたしはフォークを置いてため息をついた。「どうしたいの、ボビー？　わたし、デートする気はないわよ。あなたとも、カーターとも、この女は助けてやらなくちゃって考え方の、群《アルファメール》れで最強の男っ気の強すぎるこの町の男の誰ともね。おばの遺産に関して法的に必要な手続きが終わったら、わたしは家に帰る。家は北部にあるの。こっちでのことはすべて一時的なわけだけど、恋愛はそういうものじゃないでしょ」

ボビーはうなずいた。「フェアな話だな。しかし、男ってやつはトライしないではいられないものなんだ」

「わかった。あなたはトライしたけど、うまくいかなかった。ここから先はストーカー行為になるわよ」

彼は立ちあがった。「それじゃ、おれの分はテイクアウトにしてもらうよ」

にっこり笑ってウィンクをしたかと思うと厨房のほうへぶらぶらと歩いていった。わたしはため息をこらえた。ボビーのような男は決して、絶対に信じない。女性のなかには彼と一緒にいられなくてもぜんぜんオッケーなタイプもいるってことを。どうしてそれをわざわざ口にして、わたしの貴重なエネルギーを浪費したんだか。彼が〝もしも〟大人になれたときのことをじっくり考え、なりたいものを見つけて、戻ってきたときと同じくらいにすばやく、もう一度シンプルを飛びだしていってくれるといいんだけど。カーターが予言したとおりに。

当面、わたしは朝食を家で食べることを検討しはじめたほうがよさそうだ。食事を平和に楽しみたければ。

カフェの前をウォルターのピックアップが通り過ぎるのが見えたので、朝食を食べ終え、急いで通りを渡った。店はこんな早くから開けていないだろうけれど、邪魔が入る心配なしにウォルターと話をしたかった。店の正面のドアをノックすると、わたしが立っているのを見たウォルターが目をみはった。彼は戸口まで足早に歩いてきて鍵を開けると、わたしをなかに入れた。

「あんたたちの……あー、計画はうまくいったのか？」わたしたちがやったはずの違法行為に触れないための訊き方だった。

「たぶんね。だからここへ来たの」

「そうか。座ってくれ。何が必要なんだ？　コーヒーを飲むかい？」

ウォルターの緊張ぶりに、わたしは胸が苦しくなった。アイダ・ベルの身に何か起きたら、彼は二度と立ち直れないだろう。「朝食を食べてきたばかりなの、だからコーヒーはいいわ。欲しいのは情報なのよ」

「なるほど」

「ライル・コックスがこの店で地リス駆除剤を買ったことがあるかどうか知りたいんだけど。覚えてる？」

ウォルターは目をみはり、期待に満ちた表情でしばらくのあいだわたしを見つめていた。でも、徐々に表情が曇ったかと思うと首を横に振った。「あいつが地リス駆除剤を注文したのは覚えてないな。それに、あれはふだんから店に置いとく商品じゃない」

気持ちがずんと足元まで落ちこんだ。きのうの夜は時間と完璧に健康な足首を無駄にしただけだったのだろうか？　わたしたちは解決策が欲しくて必死になるあまり、ばかばかしく可能性が低いことに希望を抱いてしまったのだろうか？

「しかし、確認させてくれ」彼はカウンターの下から帳面を一冊出した。「これはおれの特別注文帳だ」

「特別注文は全部、記録をつけてるの？」

ウォルターはうなずいた。「何が届いて誰がそれを受けとりにきたか、把握しておくにはこうするしかないからな。全部コンピューターに入れたほうがいいのはわかってるんだ。しかし使い方を覚えようってエネルギッシュな気分になれなくてな」

帳面をちらっと見てみると、読みにくい手書きの字がびっしり書かれていた。目を通すには何時間もかかるかもしれない。「注文帳はほかにもあるの？　見方を教えてくれれば、わたしがそっちを調べられるけど」

ウォルターはうなずいてカウンターの下から帳面を十冊引っぱりだした。期待感が少ししぼんだ。

「これが過去二年分だ」彼は言った。「奥にもっとある」

帳面を一冊開き、わたしのほうに向ける。「見るのはこの最後の欄だけでいい。有害物質の注文にみんなこの欄に書きこむから」

気分が十倍上昇した。最後の欄を見ていくだけなら、たとえ十冊あっても時間はぜんぜんかからない。帳面の最初のページを開き、最後の欄を人差し指でたどっていく。このプロセスを何度もくり返し、わたしは注文帳三冊に目を通した。ウォルターも同じように目を通した――

ふたりとも帳面の見えない線を黙りこくって熱心にたどっていく。

五冊目の注文帳に地リス駆除剤と書かれているのを見つけた瞬間、わたしは脈が速くなった。指を左に動かしていき、注文者の名前を見る。

アイダ・ベル。

癪《しゃく》にさわる。これだけ調べて、彼女を罪に陥れるような証拠が増えただけなんて。ページをめくって作業を続けた。しぼんだ希望がゼロとなってしまわないように努力しながら。

「あったぞ！」ウォルターが大声で言ったので、わたしはびっくりするあまり、スツールからころげ落ちそうになった。

「何？」急いでカウンターの奥へとまわり、帳面をのぞく。

ウォルターは地リス駆除剤と書かれているところを指してから、左へと指を滑らせていった。

ライル・コックス。

つかまえた。

第26章

「この注文を受けたのはおれじゃない」ウォルターが言った。「この週、おれはオマハ（ネブラスカ州の街）にいるいとこを訪ねてたんだ。ダチのジェリーが代わりに店番をしてくれてたんだ」

「間違いない？」

彼はうなずいた。「ジェリーの下手くそな字はどこで見てもわかる。これでアイダ・ベルの潔白を証明できるか？」

「これだけじゃ証明はできないけど、ライルがこの駆除剤をいまも持っていれば、もっともな疑いを投げかけられるのは間違いなし」実際はそれよりもずっと決定的な効果があるはずだが、強請《ゆすり》に関連したことはウォルターに話したくなかった。知る人が少なければ少ないほどいい。

「どうしておれはもっと前に思いつかなかったんだ」ウォルターは言った。「自分のばかさ加減に呆れるよ。解決策がずっと手元にあったのに、あんたに指摘されるまで気づかないとはな」

「まだどれだけ解決につながるかはわからないわ」期待をしすぎてほしくなかった。この件は法執行機関に持ちこむにはまだ説得力に欠ける点がある。

「これをカーターのところへ持っていこうか？」彼は興奮がおさまらない様子だった。

「実は、わたしが持っていきたいんだけど。ほかにもカーターに伝えたいことがあって……あなたを巻きこみたくないことなんだけど」

ウォルターはにっこり笑った。「この前あんたを信用したら、こいつを思いついてくれた。あんたにまかせときゃ間違いなさそうだ。だから今度も信じてるよ」

彼は注文帳を取りあげてわたしに手渡した。「カーターだなんて言ったかと、おれかジェリーが何かする必要があったら、そいつを知らせてくれ。ジェリーは喜んで自分の筆跡だと証言してくれるよ」

「ありがとう、ウォルター。これからカーターに電話して、保安官事務所で会ってもらえるか訊いてみる」

「その必要はない。店に入るとき、あいつのボートがドックにとまってるのが見えたからな」

「やった！」わたしは注文帳をつかむと急いで店をあとにした。運がよければ、保安官事務所にいるのはカーターと無線連絡係だけだ。邪魔が入る可能性が少ない。

最後に話したときのことを考えると、カーターはわたしの顔を見て喜ばないだろう。さらに、昨夜わたしたちがしたことを話したら、烈火のごとく怒るにちがいない。でも、そんなことはどうでもいい。大事なのはアイダ・ベルが留置場に入れられずにすむようにすることだけ。

「なんだって？」カーターははじかれたように立ちあがると、デスクの向こうからわたしをにらみつけた。顔を真っ赤にして。「撃たれてもおかしくなかったのはわかってるのか？　ライルの家の裏塀からはデカい穴が三つ見つかったんだぞ。全部四五口径の拳銃によるものだ。もし一発でも当たっていたら――」

「シンフルでもうひとつ、お葬式が執り行われていたでしょうね」わたしはわめくカーターをさえぎった。「わかってるし、ばかだった。そこは同意するってことにして、大事な話に進める？」

カーターは両手を宙に突きあげ、どさりと椅子に腰をおろした。「いいとも。かまわないぞ。

言いだしたわけ」

「そんなわけで、家に戻ったあと、アイダ・ベルはガーティがつまずいたことについて文句を言いだしたわけ」

「それが最悪の出来事でもあるまいに」カーターはぶつぶつ言った。

「いっぽうガーティはつまずいてなんかいないと言い張った」わたしはまったく聞こえなかったふりをした。「で、彼女が地面に足が吸いこまれたときのことを描写すると、アイダ・ベルはガーティが地リスの穴に足を突っこんだんだって気がついたわけ」

わたしは注文帳を開いてカーターのほうへ押した。「そこで今朝ウォルターと話をしたら、ライルがアイダ・ベルと同じ駆除剤を買っていた記録が見つかったわけ」

カーターは身を乗りだして記載にじっくり目を通し、それからわたしの顔を見た。「つまり、あんたたちはシンフル住民のなかでアイダ・ベル以外にただひとり地リス駆除剤を買った人間の家に、たまたま侵入したんだと、おれに信じろっていうわけだな？」

「ちょっと違う」

「どう違うんだ」

この点を突かれるのは予想していたので、昨夜ブレインストーミングをして嘘を用意してあった。それがちゃんと通用することを祈るばかりだ。

「人づてになんだけど、ライルとテッドが二週間ほど前に言い合いをしてたって聞いたの」

「人づてにって、正確には誰から？」

わたしはかぶりを振った。「アイダ・ベルが絞りこもうとしたんだけど、とにかく噂としてまわってるだけで――スーはマリーから聞いて、マリーはジェインから、ジェインはスーから聞いたって話だった。誰が言いだしたのかはわからなかったんだけど、みんな内容については口をそろえているの」

「それだけか？　テッドとライルが喧嘩をしたってだけで、そんな人間がしょっちゅうやることを、あんたたち三人はすぐさま殺人事件と結びつけたのか？」

「というわけじゃなくて。あのね、言い合いを聞いてた人によるとライルがテッドに、当局に訴えるぞって言ったっていうの。だから何をめぐって言い合いをしていたにしろ、それは違法なことにちがいないとわたしたちは考えたわけ」

「つまり、特定されていない情報源が、テッドとライルのどちらかが犯した罪に関してふたりが口論をし、当局に訴えると脅しているのを聞いたようだというわけか」

　わたしはうなずいた。

「それだけで、あんたたちは銃で撃たれるかもしれない危険を冒したのか？」

わたしは肩をすくめた。「そういう言い方をされると、ばかみたいに聞こえるわね」

「聞こえるだけじゃない」

「でもほかに頼れる情報はないし、いったん検事がアイダ・ベルに目をつけたら、彼女の容疑を晴らすのはむずかしくなるとわかっていた。だから一か八かの賭けに出たのよ。確かにばかだったと思う。それに、とてつもなく見込みが低かった」わたしはウォルターの注文帳をトントンと叩いた。「でも、結果は出せたでしょ」

カーターは椅子の背にもたれて息を吐いた。

「聞いて」わたしは先を続けた。「あなたがわたしに腹を立てているのはわかってる……あるいはがっかりしたにしろなんにしろ。あなたを責めはしないわ。でも問題はわたしでもあなたでもないのよ。いま大事なのはアイダ・ベルだけ。彼女の汚名を晴らすためなら、ローマ法王を怒らせることになるとしても、わたしは間違いなくそうする」

カーターはわたしの顔をじっと見つめていたが、ややあって口角がわずかにあがった。「ローマ法王がシンフルに来たら、二分もたたないうちに、わたしをここから帰してくださいと神に祈るだろうな」

「それじゃ、これは捜索令状を取る根拠になる？」

カーターはうなずいた。「と思う。それにオブリ判事は令状を出すだろう。判事はライルを何度も刑務所送りにしているのに、くり返し早期釈放にされてるからな。加えて、アイダ・ベルの家の捜索令状を出すことには乗り気じゃなかった。しかしそれが判事の仕事だったから」

「そうね。あなたの場合と同じ。アイダ・ベルを逮捕するよう命じられたら、そうするのがあなたの仕事」

「そういうことにならないよう期待しよう」カーターは言ったが、彼が隠す前に心配そうな表情がちらっと顔をよぎったのをわたしは見逃さなかった。時間はわずかしか残されていないことを、彼は誰よりもよく知っている。「ガーティの足首の調子は？」

「きのうの夜はものすごく腫れてた。今朝は黒と青のまだらになってるでしょうね——たぶん目のまわりといい勝負。マリーが病院へ連れていって足と頭のレントゲンを撮ってもらう予定。アイダ・ベルは町から出ないほうがいいと考えたから……」

カーターが何か言おうとして口を開いた瞬間、電話が鳴った。発信者番号を見て、彼が凍りついた。電話に出たカーターの声は硬く、私情を完全に排していた。

「イエッサー」と彼は言った。「本気ですか? 実は新しくお知らせすることが……いいえ、わかります。いいえ。務めを果たすのにはなんの問題もありません。彼女を勾留したら、お知らせします」

最後の言葉を聞いて、わたしの気持ちはずんと沈んだ。カーターが音を立てて電話を置いたので、わたしは飛びあがった。彼は勢いよく立ちあがると悪態をついた。

「アイダ・ベルを逮捕しなければならないのね」

彼は短くうなずいたが、わたしをまっすぐ見ることすらできなかった。苦悩しているのは火を見るよりも明らかだったので、彼を思ってこちらの胸が痛むほどだった。いまカーターがどれほどつらい思いをしているか。

わたしは椅子から立ちあがり、彼の腕に手を置いた。「アイダ・ベルはわかってくれる。わたしもわかってる。立場は違うけど、考えは一緒よ。非難したり、特別扱いを期待したりすることもない。あなたが規則どおりに対応しなかったら、裁判になった場合、アイダ・ベルにとってさらに不利になるかもしれない」

「あんたの言うとおりだとわかってはいても、こういう立場に追いこまれたおれのそもそもの怒りは少しもやわらがない」

「わかってるし、残念に思う。むかつくわよね」

「おれはアイダ・ベルがあの男を殺したんじゃないと知っている。それなのに検事はなんの実りもあるはずがない方向でおれに時間を浪費させようとしている、そこが問題なんだ。当面、殺人犯はシンフルに野放し状態で、自分はうまく逃げおおせたとにやついているにちがいない。一番癪《しゃく》なのはそこだ」

「それなら犯人をつかまえなさいよ。アイダ・ベルは逮捕しなきゃならないから逮捕して、それから本物の殺人犯をつかまえることにありったけの時間を注げばいい。すべては正しく解決されるわ」

「本当にそうなると信じられるか?」

「そう信じなきゃいけないのよ」


雑貨店まで歩いて戻るあいだずっと、わたしはあれでよかったのかと自問しつづけた。秘密にしていることを洗いざらい話してしまったほうがよかったのではないか。でもなんとなく、そんなことをしたら事態が混乱するだけだという気がした。カーターは時間ができしだいニコルの件を確認するだろうし、運がよければ同じ駆除剤がもうひと袋出てきたことで、検事の追及はアイダ・ベルからそれるはずだ。

長年、わたしは情報を明かさないように訓練されてきた。なぜなら文字どおりそこに自分の命がかかっているからだ。そして長年、その情報を自分のほかに誰がどういう目的で役立てられるかなどちらりと考えることもなく、そのとおりにしてきた。情報を広めるのはわたしの使命ではないし、その点を疑ったことは一度もなかった。

それならどうして今回は情報を明かさずにいるのがこんなにむずかしいのか？　この情報はわたしの偽装がばれて大っぴらになる可能性をはらみ、そんなことになったら間違いなく命の危険にさらされるというのに。黙っていることにこんなにも抵抗を感じるのはなぜか？　なぜ罪悪感に押し流されそうになるのだろう？

なぜならおまえが個人的なかかわりを持ってしまったからだ。

わたしはため息をついた。父が正しいときは本当に腹が立つ。


「わたしたちにできることが絶対あるはずよ」ガーティがそう言うのは百回目だった。

マリーのほうを見ると、わたしたちが彼女の家のキッチンに集まってからの苦悩の五時間、ずっと両手を絞らんばかりにしている。ガーティは椅子に足をのせ、その足はといえば、足首を固定するためのブーツのようなものにすっぽり覆われ、これからスキーに行くみたいに見える。片足だけだけど。

わたしはガーティの向かいの席に座り、わたしの膝に頭をのせたまま眠りこんでしまったボーンズをぼんやりと撫でていた。

「また痛み止めを服《の》む？」マリーが訊いた。

「三十分前に服《の》んだばかりよ」ガーティが答えた。「あたしを眠らせたいの？　それとも殺したいの？」

今週唯一の幸運《ラッキーブレイク》な出来事は、結局のところ骨折《ブレイク》ではなかったとわかったことだった。ガーティの足首は捻挫しただけだった。ただしよくない捻挫だ。いい捻挫があるわけではないが、キリストよりも年上の高齢者の場合、よくない捻挫は手脚を失ったのと同じくらいに回復がむずかしくなる可能性がある。頭のほうも異常なしとの結果が出た――マリーとわたしはまだ疑いを抱いているけれど。

「ごめんなさいね」マリーはそう言ってボウルに手を伸ばした。「こんなふうにずっと待たされるのってだめなのよ。いったいどうしてこんなに時間がかかってるの？」

「カーターは検事に判事と話してもらって、保釈が認められるようにするって言ってた」わたしがこの話をくり返すのは少なくとも十回目だ。「ウォルターには、アイダ・ベルの年齢を強調して、留置場を出て家に帰れるようにすると約束したそうよ。ウォルターは必要なお金は出すと言ってあるそうなんだけど、こういうことはとにかく時間がかかるから。検事が保釈に反対な場合は特に」

「どうして反対なわけ？」ガーティが尋ねた。「アイダ・ベルが人殺しなんかするわけないでしょ」

「検事は証拠を見るのよ、人柄じゃなく」

「それじゃ、検事がいけ好かないやつでも責められないってわけ?」

「そんなところ。とにかく、待つしかないの」

ガーティがため息をつき、炭酸水の入ったグラスに手を伸ばした。「カーターにはすべて話すの?」

「ライルの家で同じ駆除剤が見つからなかったら、全部話しましょ。これ以上悪いことにならないうちに」

ガーティが新たな質問をしたそうに見えたとき、彼女の携帯電話が鳴った。画面を見て眉をひそめる。「シーリアからだわ。たぶんゴシップが欲しいだけでしょ。出るのはやめておく」

ガーティの携帯はさらに二度ほど鳴ったあと静かになったが、今度はわたしの携帯電話が鳴りだした。シーリアからだ。

「ゴシップのためにわたしにかけてくることはないと思う」わたしは電話に出た。

「聞いた?」シーリアがいきなり叫ぶように言った。

「ええ。アイダ・ベルは逮捕された。わたしたちは新しい知らせを待ってるところ」

「何言ってんの、そんなこととっくの昔に聞いたわよ。あたしを素人だと思ってるの?」

シーリアはそう訊いたあと黙らなかったので、わたしは答える必要はなしと判断した。

「釣り人ふたりがポーレットの遺体をバイユーから引きあげたんですって、一時間ほど前に」

第27章

わたしははじかれたように立ちあがった。「なんですって！　ちょっと待って」携帯電話をスピーカーにし、ガーティとマリーに聞くよう手を振る。「ガーティとマリーも一緒にいるの。いまの話、くり返してくれる、シーリア？」

「バブスから電話があったんだけど、彼女パニックを起こしていて。だんなと友達がリトルバイユーのあたりで釣りをしていたら、錨が丸太に引っかかったんですって……少なくともふたりは丸太だと考えたわけ。そこで少し引っぱってみたら、錨ははずれたんだけど、あがってきたのは丸太なんかじゃなかった。ポーレットだったのよ、疑いの余地なく死んでるポーレット」

マリーは顔から完全に血の気が引き、椅子にどさりと腰をおろした。ガーティはわたしが出会って以来初めて、言葉を失っているように見えた。

「溺れたわけじゃないのね？」わたしは尋ねた。

「まさか。額の真ん中に銃弾の穴が開いてたそうよ。バブスのだんなたちは遺体をボートに引きあげて、防水布で覆ったんですって。ピーターが保安官事務所へ向かう途中でバブスに電話してきて、一部始終を話したらしいわ」

「それで、ポーレットであることは間違いないの？」

「絶対にね。顔はつぶれてなかったし、それに、金のスパンコールのブラウスを着てたっていうから。シンフルで娼婦みたいな服を着るのはポーレットしかいないわ。いったい何がどうなってるの、フォーチュン？　ポーレットの従兄弟は彼女がニュージャージーへ帰ったって言ったのよ。あの男が殺したんだと思う？」

「正直わからない」わたしは答えた。「ちょっと確認してみてから連絡する、何かわかった場合は」

「あたしはほかに動きがないかどうか注意してる。この町で何が起きてるのか知らないけど、心配を通りこしてとことん頭にきてるのよ。この件は決着をつけないと」

「わたしも同じ気持ちよ。情報ありがとう、シーリア」

電話を切ってガーティとマリーの顔を見ながら、つじつまの合う説明をさがそうとした。

「誰がなんのためにポーレットを殺したわけ？」

「シンフルの人間じゃないのは確かね」ガーティが言った。「一番の釣り場に死体を沈めるなんて、誰もやらないわ。このあたりには死体が二度と浮かんでこないはずの場所がたくさんあるもの」

わたしはやれやれと首を振った。「となると、トニーか教会に現れた男たちってことになるわね」

ガーティが息を呑んだ。「あのふたりのこと、すっかり忘れてたわ。写真を撮ったあとは町を出ていったとばかり。その後見かけてないでしょう」

「ええ、でもシンフルみたいなところにいたら目立ってしまうでしょ。もしかしたらまだルイジアナ州にいて、身を潜めていたのかもしれない」

わたしは立ちあがってマリーの家の居間に行き、正面の窓からポーレットの家の様子をうかがった。後ろにやってきたマリーに訊く。「きょうトニーの姿を見た?」

「いいえ、でも、ほとんど一日キッチンにいたから。気持ちが落ち着かないとお菓子を焼かずにいられないの。いまうちのキッチンには〈キーブラー（クッキーなどを販売するアメリカの食品会社）〉よりもたくさんのクッキーがあると思うわよ」

何か動きが見えないかと、ポーレットの家を見つめる。トニーの車は私道にとまっていないし、何も場違いなものは見当たらないが、明らかに何かが絶対におかしかった。窓から離れようとしたちょうどそのとき、ポーレットの家の正面にある窓のブラインドがあげられ、そしてまたさがるのが見えた。

「なかに誰かいる」わたしは言った。

「誰が?」とマリー。

「それは見えなかったけど、ブラインドがあがるのが見えた」

「トニーの車にガレージに入ってるのかもしれないわね」マリーが言った。

「シーリアには、きょうここを出ていくって言ったのよ」

マリーはかぶりを振った。「一日中ここに座って注意を払っていればよかった。まったく思いも及ばな……」

ガーティが病院で渡された松葉杖をつきながら居間にひょこひょこと入ってきた。「そりゃ当然でしょ。あたしだって一日中目を光らせようなんて考えなかったわよ」

わたしもうなずいた。「信じて。誰もこんなことになるなんて予想してなかったから」

それに、これからどうしたらいいかもわからない。わたしのなかの論理的な部分は保安官事務所にまかせるべきだと言っていた。釣り人ふたりがポーレットの遺体をこの一時間のうちに保安官事務所へ届けたなら、彼女の家は犯罪現場の可能性ありとして誰かが急ぎ保全しにくるだろう。

でもカーターは車で一時間はかかる場所に判事と検事と一緒にいて身動きがとれない。ほかに誰がいる？ 午後五時を少し過ぎたところだから、リー保安官はたぶんもうベッドに入っているだろうし、そもそも自分の老馬をちゃんと管理できない人が犯罪現場を保全できるわけがない。ブロー保安官助手は悪い人間ではなさそうだが、ポーレットの遺体をどのように保管するべきか、すみやかに決断するとは思えないし、彼女の家となるとなおさら無理だろう。

ポーレットの家のブラインドをもう一度見て、わたしは唇を噛んだ。カーターが検事の説得を終えるころには、いまあの家にいるのが誰にしろ、いなくなってしまうかもしれないし、それはテッドとポーレットを殺した犯人がいなくなってしまうかもしれないという意味だ。なぜなら、合法な目的を持った人物が彼らの家のなかにいる可能性はほぼゼロだから。

「何かわかるかどうか、あの家に行ってみる」とわたしは言った。

「だめよ！」マリーが言った。「なかにいるのが殺人犯だったらどうするの？」

そうであることをわたしは期待していたので、すぐには返事をしなかった。「誰がなかにいるかわかったら、アイダ・ベルを助けられるかもしれない」

「あなたが言ってるのは、殺人犯に忍び寄るってことなのよ」マリーが言った。

「それがわたしの仕事だもの」

マリーが目を丸くした。「あなたは司書でしょ、フォーチュン。兵士じゃないんだから」しまった。話し相手がマリーであることをすっかり忘れていた。彼女はわたしの正体を知らない。

「わたしが言いたかったのは、友達としての仕事の一部ってこと」失言をごまかそうとした。

マリーは首を横に振った。「危険すぎるわ。アイダ・ベルはあなたにそんな賭けをしてほしいと思わないはずよ」

「マリーの言うとおり」ガーティが同意した。

「かもしれない」わたしは言った。「でも立場が逆だったら、アイダ・ベルは賭けをすると思わない？」

ガーティはマリーをちらりと見てから視線を落とした。マリーはわたしの肩を通りこして窓を見つめた。

「やっぱりね」わたしは言った。「それじゃ決まり。この家の裏庭から外へ出て、ぐるっとまわってポーレットの家の裏庭に入る。このあいだの夜ガーティと一緒にやったみたいに。あなたたちふたりはこの窓に張りついていて。何か怪しい動きがあったら、ひとりがわたしに、ひとりが保安官事務所に電話して」

ふたりともいい顔はしなかったが、反論もしなかった。

気の変わらないうちに、わたしは勝手口から外へ出た。


マリーとガーティに現在位置を知らせるSMSを送ってから、ポーレットの家の塀沿いに進んでいき、裏庭に入った。ふたりが窓から離れるはずがないのはわかっていたけれど、念には念を入れておくに越したことはない。じりじりと進んで、居間の窓のすぐ下に生えている茂みの後ろに隠れた。見あげると、窓が二、三センチ開いていた。なかをのぞくためにそろそろと伸びあがったとき、男の声が聞こえた。

「何が気に食わないんだ」

聞きおぼえのある声だったが、教会に現れたふたり組のリーダーらしき男だとわかるまでに二、三秒かかった。

「おまえが気に食わないんだよ、リッチー」

ふたり目の声はトニーだった。シーリアには町を出ていくと言っておきながら、明らかにそうしなかったわけだ。それはポーレットもだけれど。

「いい度胸してるじゃないか、おれに生意気な口ききやがって」リッチーが言った。

「何が生意気だ。いったいどういうつもりだ？　言っただろう、おれはちゃんとうまくやってるって」トニーがわめいた。「このあいだポーレットと保安官事務所に行ったときに、おれが盗聴器をしこんでこなかったら、死体が発見されたこともわからなかったんだぞ。おたがいまんまとつかまってただろうよ」

「だが、今回はめずらしく仕事をしたわけだろ。だからおれたちはつかまらずにすむ。問題ねえじゃねえか」

「めずらしくだと？　何もかもうまくやってるだろうが」

「ボスは違う考えだ。おまえは時間をかけすぎだと思ってる」

「いいか、おれはボスを尊敬してるがな、こういう小さな町のことをボスはわかってないんだよ。人を殺したら、ただ忘れられるのを待つってわけにゃいかないんだ、ニュージャージーと違って。ここじゃまじで大騒ぎになる。あとふつかくれればポーレットを連れて帰って始末できたのに」

「あの女にニュージャージーの土は二度と踏ませねえってボスが言ったんだよ。あいつにそんなことさせてなるかってな」

「それならニューヨークで殺すことだってできた」トニーが反論した。「どっちにしろ、いまここで殺《や》るこたあなかったんだ」

「いまここで殺《や》るこたあなかっただと？　ポーレットがあのＦＢＩ捜査官と通じてたのは知ってるんだろうな」

「なんだって？」トニーの声が二オクターブほど高くなったので、彼にとって不愉快なニュースだとわかった。「いつ？」

わたしは凍りついたようにじっとして、いま聞いたことを理解しようとした。FBI捜査官って？　それにポーレットがどうして捜査官と通じてたの？　強請《ゆすり》は違法だけど、テッドがやってたようなちまちましたものはFBIが関心を持つ種類の犯罪じゃない。

「このあいだ、おまえが目をそらした隙にだ」リッチーが得意げな声で言った。「要するに、おまえは何もかもうまくやってなんていなかったんだよ。それでボスはおれたちにちゃんと始末をつけてくるよう言って、おれたちはそうしたってわけさ。おまえの好みよりとっ散らかったことになったかもしれないが、そもそもおまえがちゃんと仕事をしてポーレットをおとなしくさせとけば、こんなことにならずにすんだんだ」

「ふざけんな」トニーは言ったが、前よりもずっと声に勢いがなかった。「そっちこそ、せめて死体が見つからない方法で始末できなかったのか？　ポーレットは出ていったって、ここの人間に信じさせたってのに」

「あの女が浮かんでくるなんて、わかるわけねえだろ。おもりをつけたんだから」

「おまえたちがあの女を沈めたのは地元住民がよく行く釣り場だったんだよ。あの女は浮かんできたんじゃない――錨に引っかかって、引きあげられたんだ。それに釣り人が見つけなくても、バイユーにはトルネードみたいに水を引っかきまわすでっかい潮の流れがあるんだ」

「環境についての授業にゃ、ちっとばかし遅いんじゃねえか？　いいか、この町の人間は誰ひとりおまえを追っかけることたあできない。そうだろ？　何もかも偽名でやったんだから。だったら盗んだレンタカーに飛びのってずらかれよ。どうやったら見つかるってんだ？　マイキーとおれはこの家をひっくり返し終わったらすぐ、とんずらするからよ」

わたしはポケットに手を滑りこませ、携帯電話を取りだそうとした。何がどうなっているのかわからないままだが、ポーレットを殺した犯人がなかにいるのは間違いなく、それだけで応援を求めるには充分だった。ガーティとマリーへのＳＭＳを打ちはじめたちょうどそのとき、頭上で何かがきしる音がした。

反応する間もなく、声が聞こえた。

「動くな、このアマ。さもないと頭をぶち抜くぞ」

第28章

見あげると二階の窓から教会で見かけたふたり目、すなわちマイキー、別名悲鳴男《スクリーマー》が身を乗りだしていた。9ミリ口径でわたしの頭を狙いながら。「よお、リッチー！」彼は叫んだ。「裏で問題発生だ」
二、三秒後、勝手口が勢いよく開いたかと思うとリッチーとトニーが拳銃を構えてポーチに飛びだしてきた。ふたりともわたしを見ると急に立ちどまった。
「何者だ、このくそアマ」リッチーが訊いた。

「この前おれたちのあとをつけてたアマだ」マイキーが言った。「おれたちをつけてるやつがいるって言っただろ」

　リッチーとマイキーのあとをつけたことなど絶対に一度もなかったが、ふたりは信じないに決まっている。

「それなら、つけるのはこれでおしまいだ」リッチーはそう言って、わたしに向かって銃を振り動かした。「その携帯電話をポーチに捨ててなかに入れ。急に動くなよ、さもないとその場で殺すぞ」

　どのみちわたしを殺すつもりなのは間違いなかったが、現在は三挺の拳銃がこちらを狙っている。携帯電話を下に落とし、自分の9ミリ口径を引き抜いて、三人のうちの誰かに殺《や》られる前に全員を撃ち殺すというのは不可能だった。いまはなかに入り、もう少し有利な状況になるのを待つほうが賢明だ。この男たちは凶悪犯だが、こちらは訓練された暗殺者だ。冷静でいれば、逃げるチャンスは見つかるはず。

　携帯電話を下に投げ、両手をあげてポーチを進み、居間に入った。トニーが携帯電話を拾ってから、わたしたちのあとに続いた。マイキーが二階から駆けおりてきて、リッチーは勝手口を閉めて鍵をかけ、窓を引きおろしてブラインドを閉めた。

「何か見つかったか?」リッチーがトニーに尋ねた。

　トニーは首を横に振った。「電話番号はほんのわずかしか登録されてない。ＳＭＳは全部削除されてる」

「両手はあげたままにしろ」リッチーが言い、マイキーにわたしの身体検査をしろと手振りで命じた。

「なんだこれは?」マイキーがわたしのウェストバンドから拳銃を引き抜いた。

「おまえ、どこの所属だ?」リッチーが訊いた。

「いったいなんの話かしら。わたしは司書よ。夏のあいだここを訪れているだけ。誰にでも訊いてちょうだい」

リッチーが目をぎらつかせた。「司書がこんなもん、ウェストに突っこんで走りまわってるわけがあるか」

「シンフルに住んでる司書は例外なの」

「時間の無駄だ」マイキーが言った。「この女はしゃべらねえ。どいつもこいつもしゃべらねえんだ」

「この女、いったいどうする?」トニーが訊いた。「収拾がつかなくなってきたぞ」

「もうひとりと一緒に食料庫に閉じこめときゃいい」リッチーが言った。「ずらかる準備ができたら始末する」

「で、そいつはいつだ?」トニーが尋ねた。「サツが来る前にここからずらからなきゃなんねえんだぞ」

「二階をひっくり返すには一、二分ありゃいい。そのあとはすぐずらかれる」リッチーが言った。

「おまえの言うとおりならいいがな」とトニー。「FBIがすでにこっちに向かってるかもしれないだろうが」

「向かってるにしてもだ、この女は応援を要請してねえ」リッチーが指摘した。「携帯には記録がなかったって言ったよな」

「ああ。だがこいつが単独で動いてるとはかぎらないだろ?」

リッチーのあごがひくつき、彼がトニーの隙のない論理的な反論にいらだっているのがわかった。「二階をしっかりひっくり返してこい、マイキー。半端仕事のままこの家からずらかる気はないからな。ボスに半端なやつと思われたらたまんねえ」トニーを見つめる。トニーの仕事ぶりに対する彼の評価が表情にはっきり表れていた。

トニーはわたしの腕をつかんでキッチンへと引っぱっていった。食料庫のドアノブの下に椅子が押しこまれていたが、トニーはそれをどかすとわたしをなかへ突き飛ばした。床にころがっていた何か大きなものにつまずき、わたしは倒れないように棚をつかんだ。照明のスイッチはないかと壁を手探りし、ないとあきらめかけたとき、首にさわるものがあった。手を伸ばし、紐を引くと狭いウォークイン食料庫が明るくなった。

次の瞬間、わたしはつまずいたものを驚きの目で見つめた。

ボビーが床に倒れている。奥の壁に半ばもたれるようにして。わたしは膝をつき、脈を確認した。脈拍は安定しているが、息が浅い。彼の体を少し前へ引っぱり後頭部に触れると、大きなこぶができているのが簡単にわかった。何者かに強打されたのだ。生きているが意識はない。

彼を壁にもたせかけたとき、シャツのポケットから何かの端がのぞいているのが見えた。手を伸ばし、薄い革の財布を引っぱりだす。開いたら何が見つかるかすでに予想はついていたが、それでもその身分証を見た瞬間は小さな驚きを禁じえなかった。

ボビー・モレル。連邦捜査局。

　にわかにすべてつじつまが合った。テッドがニュージャージーを離れたのは恐喝の裁判から逃げるためではなかったのだ。もっと大物をつかまえるために証言をすると検事と取引をし、ＦＢＩはシンフルなら誰にも見つからないだろうと彼をここに隠した。そもそもＦＢＩがどうしてシンフルを選んだのかは相変わらず謎だ。テッドとポーレットがここにかくまわれたとき、ボビーは軍隊にいた。しかし現状を確認するのに、捜査局がボビーを送りこんだのは当然に思えた。彼なら打ってつけだ。

　でも大きな疑問が残る――ファミリーがテッドを殺したのか？　それとも殺したのはライルで、彼らは事後に知ってシンフルまで確認に来たのか？

　息を吐いた。どれも現時点ではどうでもいいことだ。大事なのはこの食料庫から生きて脱出し、すべてをカーターに伝えること。ボビーのウェストをさわってみたが、ホルスターは空だった。だろうと思った。次に脚に移ると興奮が抑えられなくなった。予備の拳銃が足首にストラップでとめられたままだったからだ。

　その拳銃を引き抜き、挿弾子《クリップ》を確認する。弾は一発も使われていないが、敵三人に対し、こちらはひとりという圧倒的な劣勢に変わりはない。誰にしろ食料庫のドアを開けた人間を、わたしは簡単に倒せる。しかしほかのふたりがこの家のどこにいるかがわからなければ、彼らからの攻撃に完全に無防備になってしまう。

テッドとポーレットの家のキッチンにはアイランドカウンターがあり、居間との境になっていた。ほかのふたりがキッチンにいなければ、アイランドカウンターの後ろに飛びこみ、身を隠すことはできる。ただし盾としての働きはあまり期待できない。銃弾はおそらく木材を引き裂くだろう。なかにしまってあるものが貫通を邪魔するか、弾の速度を落とすことを願うのがせいぜいだ。

それにボビーという問題もある。彼の体は奥の壁の真ん中にもたれている。食料庫のドアを開けた人間が低い位置を狙ったら、彼の体の中心に当たってしまう。しかし棚や貯蔵品のせいでボビーを脇に動かすことはできない。最終的にわたしは、彼を下に引っぱって上半身が三十センチかそこら壁にもたれるだけにした。わたしにできるのはそれが精いっぱいだった。

入口寄りに、しかし棚が許すかぎり開口部からは後ろにさがってしゃがむと耳を澄ました。男たちがどこにいるか、判断しようとして。頭上から足音が響いたので、マイキーはまだ二階で作業の仕上げをしているものと思われた。最初トニーとリッチーはどこにいるかわからなかったが、キッチンに近いドアがきしって閉まる音がしたかと思うと、くぐもった声が聞こえてきた。ふたりはガレージで逃走用の車の準備をしていると推測するのが妥当そうだ。

一分ほどして、ドアがもう一度開き、今度は話し声がはっきりと聞こえた。

「捜査員たちはどうする?」トニーが訊いた。「一緒に連れてくか?」

「ポーレットの死体を見つけられてるんだ、隠す必要はないだろう。ここで始末しちまおうぜ。

そうすりゃ、帰りはノンストップで行ける」

「消音器は持ってるか?」

「いや。クッションか何かを使え。おれはマイキーを呼んでくる。これだけ時間をかけて何も出てこなかったら、誰も何も見つけられないだろう」

足元で何か動きを感じて、わたしは脈がわずかに速くなったが、ボビーが小さく身動きを始めたのだと気がついた。見おろすとまぶたがぴくっとして開きかけたが、また閉じた。撃ち合いの最中に彼が起きあがり、ここがどこか確認しようとしたりしないことを祈ったが、それに関してわたしにできることは何もない。

拳銃を握る手に力を込めてゆっくりと息を吐き、トニーの動きに全神経を集中させて耳を澄ました。生と死を決するのはタイミングだ。二番目の選択肢を選ぶ気はさらさらない。階段から足音が聞こえた。リッチーがマイキーを呼びに二階へあがったのだろう。その直後、キッチンの床を踏む軽い足音とドアノブの下から椅子をどかす音が聞こえてきた。声に出さずに祈りを唱え、拳銃をドアに向けた。

次の瞬間、ドアがぱっと開き、わたしは発砲した。

不意打ちという要素は間違いなくわたしに味方した。銃弾が当たった胸をつかみながら、トニーはよろよろと後ずさりした。彼は発砲しようとして腕をあげたが、わたしがもう一発頭に撃ちこんだのでどさりと倒れた。彼は倒れながら一発撃ち、弾は狙いをはずしてわたしの横をヒュッと飛んでいったものの、後ろから声が聞こえたのでボビーに当たってしまったのだとわかった。彼の心配をしている時間はなかったので、わたしはトニーの拳銃をつかみながらアイランドカウンターへと走った。

階段を駆けおりてくる足音が響き、わたしはアイランドカウンターの一番遠い角に滑りこんだ。階段はわたしから見えない位置にあり、キッチンには入口が二カ所ある――廊下からとダイニングルームからと。ダイニングルームはのぞくことができたが、廊下を見ようとすると体をさらすことになる。

敵は二手に分かれてくるだろうと考え、カウンターの端に寄った。まずダイニングルーム側から来たやつを撃ち、次に廊下にいるやつの機先を制すことを目指そう。

家は無気味に静まり返っていたが、ふたりがじりじりと近づいてきているのは間違いなかった。ときおりハードウッドの床がきしるのがわたしにとって彼らの接近報告となり、行動開始まで間もないことがわかった。

一秒、二秒。

ダイニングルームからの入口に人影が見えたので、わたしは拳銃を構えた。マイキーがこちらをのぞいた瞬間、一発撃った。マイキーは悪態をついて入口の向こうに慌てて隠れた。

畜生！

怪我をさせただけだ。まだ脅威は残っている。

心臓がドキドキしているのが感じられたので、呼吸を落ち着けようとした。胸の鼓動のように小さな音が、敵の接近する音をかき消してしまうことがある。

廊下の際でミシッという音がしたかと思うと銃弾が一発、アイランドカウンターを突き抜けてきた。わたしからほんの数センチの場所だ。拳銃をカウンターの角から出して撃ち返したが、標的を視認できていないので、命中させられる可能性はほぼないとわかっていた。

二発目を撃とうと考える前に、背後から衝突音が聞こえたので振り返ると、ボビーが肩から血をだらだら垂らしながら膝立ちになり、ドアノブの下に置かれていたキッチンチェアをマイキーの股間目がけて叩きつけたところだった。マイキーは体をふたつ折りにして拳銃を落とした。拳銃が床を滑って彼から離れる。わたしは口笛を吹き、ボビーがこちらを見るとすぐ、トニーの拳銃を床に滑らせた。ボビーは拳銃をつかみ、マイキーを狙った。

廊下を走るリッチーの足音が聞こえ、それがこちらへ向かうのではなく、遠ざかろうとしていることにすぐ気がついた。わたしは隠れ場所から飛びだし、廊下を走った。逃がしてなるものか。

玄関にたどり着いたちょうどそのとき、一発の銃声が鳴り響いたので立ちどまった。リッチーの叫び声が聞こえたので、外をのぞき見ると、彼が前庭に倒れて自分の尻をつかんでいた。拳銃は一メートル以上離れた、手の届かないところにころがっている。視線をあげると、ガーティがひょこひょこと足を引きずりながら通りを渡ってくるのが見えた。ショットガンでリッチーの頭を狙いながら。次の瞬間、遠くからパトカーのサイレンが聞こえてきた。

家のなかに走って戻るとマイキーがもはや脅威ではないことを確認した。キッチンで彼を見おろしているボビーが、片手にトニーの拳銃を持ち、片手でふきんを肩に押しつけていた。マイキーは意識がなく、ダイニングルームの壁に寄りかかり、脇腹を押さえた指のあいだから血が流れでている。

「こいつはどこにも逃げないと思う」ボビーが言った。

わたしはキャビネットのなかからふきんをもう一枚取りだしてボビーの傷に押し当て、それから彼の拳銃を返した。「これ、貸してもらった。怒らないでくれるといいんだけど」

ボビーはトニーの拳銃をカウンターに置き、自分の拳銃を受けとった。

「あのままだとどうなっていたか考えれば、文句は言えないな」目をすがめてわたしを見る。

「だが、司書だって例の嘘はもうやめてくれないか。意識が戻ってから、あんたが戦ってるところを見た。広範囲にわたる訓練を受けてるだろ。いったい何者だ?」

わたしは首を横に振った。「あなたと同じで、身を潜める必要がある人間なの。わたしを信じたり、わたしのために嘘をついたりする理由があなたにないのはわかってる。でも、協力して。わたしがここで何をしたか知ったら、カーターはハンパない調べ方をする」

ボビーはしばらくわたしを見つめてからため息をついた。「あらゆる論理に反するし、手続き上も違反なのは絶対に間違いなしだが、あんたを信じるよ。それに命を救ってもらった身としては、協力しないわけにいかない。あんたの正体がなんだろうと、秘密は守る」

「ありがとう。約束する、ちゃんと正当な理由があってのことなの。わたしの命がかかってるから、実のところ」

ボビーはうなずいた。「いまにも保安官助手たちが来る。どういう話にしたい?」

「あなたが全部やったことにして」わたしは答えた。「わたしはずっと食料庫で縮こまってた」

彼はにやりとした。「あんた、ずっと縮こまってたなんてふりを本気でするつもりか？　マゼッリ・ファミリーの特に危ない三人を出し抜いておきながら？　度胸があったな。それは間違いない」

「ほかに選択肢はないから。必要な話はなんでもいいからでっちあげて。頭部の負傷を誇張すれば、つじつまの合わないところがあっても誰も深く考えないわ」

ボビーはうなずいた。「それじゃ記憶が曖昧なふりをしよう。頭の回転が速いな。外から聞こえた銃声は？」

「大丈夫。彼女は友達だから」

「いてくれてありがたい友達だな」

彼はわたしに手を差しだした。「これじゃ足りない気がするが、おれの気持ちを示す方法はほかになさそうだ。命を救ってもらって感謝する」

わたしは笑って彼の手を握った。総じて見ればボビーはそんなに悪いやつじゃない、そう判断して。

第29章

「たいした一週間だったわね」ガーティがそう言いながら、ブーツのようなものに覆われ、クーラーボックスにのせている足の位置を直した。わたしたちはわが家の裏のポーチで甘いアイスティーを飲み、本当に信じられないほどおいしいチョコチップクッキーを食べているところだった。すっかり飼い猫に転向したマーリンが、ポーチの端の日向に寝そべっている。

「それは控えめな表現ってやつね」わたしは身を乗りだし、ガーティの足の下にクッションをひとつ挟んだ。「高さが充分じゃないわよ」

「あなたたちの世話の焼き方はそろってておばあさんみたいよ」ガーティが文句を言った。

アイダ・ベルが眉を片方つりあげた。「まあね、ショットガンを持って外に飛びだしたあんたが、アイスクリーム屋のトラックに轢かれたりしなけりゃ、あたしたちが世話を焼く必要もなかったんだがね」

ガーティは両手を宙に突きあげた。「あのアイスクリーム屋ったら、怖いにもほどがあるわ、運転するときに眼鏡をかけないなんて」

わたしはにやりとした。「かわいそうにブロー保安官助手は困ってたわよ、リッチーとアイスクリーム屋のどちらをつかまえるべきか、それともあなたを道路から救出したほうがいいのか決められなくて」

「その後ボビーから何か聞いたかい?」アイダ・ベルが尋ねた。

「聞いた」わたしは答えた。「リッチーはいまだにポーレットの家での撃ち合いについて正当防衛を主張してるらしい。ニュージャージー州の検事は彼の移送を求めたんだけど、拒否されたそう。裁判はルイジアナ州で行われる。本人の気に入らない判決が出るでしょうね」

このふつか間で明らかになったことに驚嘆しつつ、わたしはバイユーを眺めた。テッドがファミリーに関して国に有利な証言をし、それゆえポーレットと証人保護プログラムに入れられたのだろうというわたしの読みはドンピシャだった。ボビーの元上官が二年ほど前にＦＢＩに移ったあと、証人保護に適した場所についてボビーと話したことがあったという。

ボビーはシンフルなら見つかることがなく理想的な場所だと言い、元上官はＦＢＩがテッドとポーレットに身を隠させる場所を必要としたときに彼らを南部へ送らせた。ボビーは除隊になるとすぐＦＢＩに入ったが、そのことは極秘にされ、おかげで彼はシンフルに赴いてテッドの無事と裁判で証言する準備をしていることを確認するのに、これ以上ない適任者となったのだった。

テッドの正体が明らかになると、シンフル住民は仰天した。自分たちのなかに本物のマフィアが入りこんで暮らしていたとは、そのことにまったく気づきもしなかったとは、と。アイダ・ベルとガーティ、そしてわたしはカーターから知らされたときに驚いたふりをしたが、テッド殺しの真犯人がわかったときにはふりなどする必要がまったくなかった。

三人とも、ポーレットのしわざとは思いもしなかったからだ。

最終的に、その事実はリッチーによって明らかにされた。、ニーとマイキーが死んだため、彼の肩にはすでにポーレット殺しの重みがずっしりとかかっていた。リッチーとしては、ふたり分の殺人容疑と闘うつもりはなかった。彼によれば、テッドがほぼ破産状態だったため、ポーレットはもはやテッドと一緒にいて様子を見ようという気がなくなっていた。ファミリーの一員だったときに与えられていた援助と金がなくなり、テッドのそばにいてもメリットはなかったからだ。

ポーレットはファミリーと連絡を取り、彼女の首にかけられた賞金を引っこめることを条件に、テッド殺しを申しでた。すべてが終わったら、ニュージャージーへ戻って、自分を養ってくれる新しい男を見つけるもくろみだった。この話はわたしが雑貨店で盗み聞きしたトニーとポーレットの会話によって部分的に裏書きされる。ただしわたしが聞いたトニーとリッチーの会話からすると、ボスはポーレットを生きたままルイジアナから出す気などさらさらなかったにちがいない。

リッチーによれば、ポーレットは選挙が殺人事件の背景としてぴったりだと考えたらしいが、そこには小さな町の政治に関する重大な誤算があった。ニューヨークやニュージャージーでなら選挙をめぐって殺人が起きることもあるだろうが、シンフルで給料はタダ同然、政治献金もないような町長の座を得るために人を殺すなんてことはずっと可能性が低くなる。ポーレットはアイダ・ベルの家の物置から毒物を盗んでミルクに混ぜ、寝る前のテッドに持っていった。咳止めシロップにはあとで毒を加えておいたのだった。

ピックアップトラックとボートが続けて故障したというテッドの運の悪さについてウォルターが話していたことを思いだすと、どちらも偶然ではなく、二度にわたる初期の——そして失敗に終わった——ポーレットが事故に見せかけてテッドを殺そうとした試みだったのではないかという気がした。もしそうなら、その秘密はポーレットが墓場まで持っていったことになる。

賢明なる検事は、アイダ・ベルに対する容疑を撤回し、いまはリッチーに震えあがるほどきびしい有罪判決をもたらすべく全力を注いでいる。わたしたち三人はよく話し合った結果、テッドの家から持ちだした写真の束を破棄することにした。写真におさめられていた違法行為については、アイダ・ベルが小耳に挟んだ噂としてカーターに吹きこむと請け合ったが、写真を白日の下にさらして大騒ぎを起こすほどの意味はないと考えたのだ。

「カーターにはまた事情聴取されたの？」ガーティがわたしに尋ねた。

「されたけど、ボビーが何もかもうまくごまかしてくれたから。わたしは探偵のまねごとをしてるところをつかまって、食料庫で縮こまっていたって話をくり返しただけ」

アイダ・ベルが声をあげて笑った。「あんたが縮こまってぶるぶる震えてたなんて、どうがんばっても想像できないねえ」

「ふりをするのも簡単じゃなかった」わたしはアイダ・ベルに同意した。「でもボビーはＦＢＩ捜査官だし、カーターは小さいころからの知り合いだってこともあって、よく知らない人間から聞かされた場合に比べると、細かくつつかなかったんだと思う」

アイダ・ベルにうなずいた。「あんたの言うとおりだろうね」

「でも、ものすごくがみがみ、延々と叱られた。そのせいでまだ頭痛がするくらい」

「それはあなたのことが心配だからよ」ガーティが言った。「カーターからすれば、あなたはありえないほどばかなことをしたわけだし」

司書のくせに凶悪犯をつかまえようとしたりするな！　〝保安官事務所に通報しろ〟という常識に従えないのはいったいどうしてだ？

カーターの言葉が頭のなかでこだまし、わたしはため息をついた。問題はそこなのだ――要するに。カーターから見れば、わたしは友人を助けようとして愚かな選択をする無害な市民でしかない。無害だとか愚かだとか思われると、いささか傷つくし、侮辱に感じるけれど、わたしにはどうすることもできない。

もっと深刻な事態にもなりうるわけだし。

「おっと」

カーターの声が聞こえたので目をあげると、彼が家の角を曲がってきたところだった。

「この三人が顔をそろえてると、必ず心配の種になる気がするんだが」

「いまここで唯一の罪はね」ガーティがアイスティーをもの足りなそうな目で見ながら言った。「あたしたちのグラスにアルコールがぜんぜん入ってないってことよ」

アイダ・ベルとわたしは声をあげて笑ったが、ガーティの痛み止めと飲酒の問題については、昨夜ひとしきり話し合っていた。追って診断が下るまで、彼女にはどちらかいっぽうしか摂取させないことに決まった。

「そろそろあんたの昼寝の時間だから帰るよ、ガーティ」アイダ・ベルが椅子から立ちあがり、ガーティが立つのに手を貸した。もう少し自由に動きまわれるようになるまで、あたしの家に泊まりなとアイダ・ベルが言ったそうなのだが、ガーティの不平不満に閉口しているはずなのは想像にかたくない。

「あたしは昼寝なんて必要ないわ」ガーティが文句を言った。

「あるんだよ」アイダ・ベルが刺のある目でガーティを見た。「あんたはその足を頭より高くあげとく必要があるけど、椅子に座ってちゃ無理だろう。少しぐらい寝たって死にゃしないよ。それに、あんたがかまわなきゃ、あたしも昼寝がしたいんでね」

ちょっとのあいだガーティはアイダ・ベルの顔を見つめてから、カーターとわたしをちらっと見て、ほんの少し目を大きく見開いた。「いいわ。それじゃ、昼寝をすることにする。でも、あなたがきのうかけたリラクゼーション音楽は聴きませんからね。あんなクズみたいな曲を聴かされたら、叫びたくなるわ。ジョージ・ストレイト（アメリカのカントリー歌手）をかけてちょうだい。それと人に親切にしようとするのはやめて」

アイダ・ベルはガーティを立ちあがらせ、にやりとした。「それじゃジョージ・ストレイトにしよう。あとで電話するよ、フォーチュン」

ふたりがいなくなると、わたしはいままでアイダ・ベルが座っていた椅子に向かって手を振った。「座って。アイスティーは飲む？」

カーターは椅子に腰をおろした。「甘いやつか？」

「そうじゃないアイスティーがシンフルにある？」

カーターは笑った。「そうだな、一杯もらうよ」

わたしはキッチンに入って大きなグラスに甘いアイスティーを注ぎ、皿にクッキーを補充した。それを両方、椅子のあいだに置かれた小さなテーブルにのせる。カーターがクッキーを取ろうとしたので、わたしは片手を皿の上に伸ばして彼を阻んだ。

「またわたしにがみがみ言うために来たの？　もしそうなら、クッキーはなしよ」

彼はたじろいだ。「もう目の前に出されていることを考えると、それはずいぶんきびしくないか」

「そうね」

彼はしばらくわたしの顔を観察してから笑った。「いや、またがみがみ言ったりするつもりはない。たぶん最初から言うべきじゃなかったんだ。しかし最悪の場合、どうなっていたかを考えると……」

わたしはうなずいてクッキーから手をどけた。能力的に、わたしはカーターが夢にも思わない優位に立っていたとはいえ、実際とはまったく異なる展開になっていた可能性もあった。訓練と知力がいつも命を救ってくれるとはかぎらない。要するに、運が必要な場合もある。

今回、わたしは非常に幸運だった。

「それじゃ、もう怒ってないのね？」クッキーを取りあげるカーターにわたしは尋ねた。

「別に怒ってたわけじゃ……いや、そうだな、怒ってた」彼は顔をしかめ、ちょっとのあいだ裏庭に目をやってから、もう一度こちらを見た。「おれが一番腹を立ててるのは、この世で一番ばかげたことだと思いながらも、友達を助けようとしたあんたに敬意を抱いている自分だ」

わたしはまじまじと彼を見た。あまりに思いがけないことを言われたので、なんと返事をしたらいいかわからなかった。

「しかし、今後は」カーターが言葉を継いだ。「悪人の始末は法執行機関にまかせてもらいたい。あんたがここにいるのはおばさんの遺産を整理するためで、あとを追って死ぬ方法を見つけるためじゃない」

わたしはにやりとした。「法執行機関の仕事には首を突っこまないように最善を尽くします」

「最善を尽くすだって？　約束してくれるのはそれだけか？」

「それ以上となると、アイダ・ベルとガーティとの友人関係を終わらせるか、潜在的嘘つきにならないとだめだから」

カーターは声をあげて笑った。「それならしかたない」

彼はクッキーをひと口食べて椅子の背にもたれた。カーターとふたりでいることにぴりぴりしている自分が間抜けに感じられたけれど、いろいろあったあとだけに、ほとんど反射的な反応だった。

「で、何か特別に用があって来たわけ？」そろそろこの訪問の本当の理由を明らかにしてくれてもいいのではと考えて尋ねた。

カーターはこちらを見て眉を片方つりあげた。「何か特別な用がなければ、友達にアイスティーとクッキーをごちそうになっちゃいけないのか？　おれたちは友達だと言ったよな？」

わたしはため息をついた。「そうよ、わたしたちは友達。それにここへ来るのに特別な用がなきゃいけないってこともなし。ただ、たいていはくつろぐ以外に理由があるでしょ」

カーターはクッキーを皿に置いた。「ばれたか。実はほかにも理由がある」

わたしは脈が少し速くなった。彼はボビーの作り話を信じず、わたしのことを調べたのだろうか？ わたしたち三人がテッドの正体を知りながら、彼に黙っていたことを突きとめたとか？

「あすの夜、予定が入ってなければ」と彼は言った。「食事に誘いたいんだが」

心臓がドキドキしはじめ、わたしは息ができなくなった。

だめ！

これ以上個人的なかかわりを持つのは避けなければならないと、理性が叫んだ。にもかかわらず、口は勝手なことをしゃべった。

「いいわよ」言ってからすぐ、自分の判断ミスを呪った。

「よかった」彼は椅子から立ちあがった。「詳しいことは電話で知らせるよ」

わたしがうなずくと、彼はポーチの階段をおり、家の角に向かって歩きだした。

「カーター？」

彼が立ちどまって振り返った。「うん？」

「これは友達としての食事よね？」

「そのほうがよければ」ウィンクをすると、カーターは家の角を曲がって視界から消えた。

全米が笑った！
フォーチュンとタフなおばあちゃんコンビ、三たび登場！

上條ひろみ

これよ、これ！　こういうのを読みたかったのよ～!!　と一読快哉《かいさい》を叫んだ『ワニの町へ来たスパイ』。以来、ユーモアとコージーとロマンスとアクション（ドタバタともいう）が絶妙にブレンドされた、まさに無敵の痛快娯楽シリーズ、通称〈ワニ町〉シリーズに魅了されつづけ、愛を叫びつづけてきたわたしに、このほど「解説を書きませんか？」とのお話が。ああ、身にあまる光栄。

でも、解説のお仕事をいただくと、作品をじっくり読みこむことになります。それはそれで本読みとしては至福の体験なのですが、一気にガーッと読むからこそよさがわかる本もある。〈ワニ町〉はどちらかというとそちら、物語がどんどん加速していき、あれよあれよという間に読まされてしまう本だと思っていたのです。ところが、じっくり読んでもこれがまたすばらしく味わい深い！　とにかく細かいところまで実によくできているのです。考え抜かれたプロット、一人称の語りの絶妙な抜け感、がさつに見えて繊細な登場人物たちの心の機微。それらがきっちりと描かれているからこそ、一気に読んでもじっくり読んでも、そのおもしろさは変わらない。ますます〈ワニ町〉愛が深まりました。

というわけで、お待ちかねの第三作『生きるか死ぬかの町長選挙』です。シリーズファンのみなさま、三作目も期待通りの、いや、期待のさらに上をいくおもしろさです。どうか安心してにやにやしながらお楽しみください。読みながら噴き出してしまう箇所が多々ありますので、電車のなかなどでは十分にご注意を。

今回初めてこのシリーズを手にしたみなさま、こちらシリーズ三作目ですが、読み進めるうちに、一巻と二巻でそれぞれ何があったかがなんとなーくわかるようになっています。このあたりの親切さも心憎いですね。読んでいても忘れちゃうことだってありますから。でも、ぜひともここは一作目の『ワニの町へ来たスパイ』から読んでいただきたい。三冊まとめて読めば、楽しい時間が三倍になることをお約束します。

舞台はルイジアナ州の架空の町シンフル。アメリカ南部特有の濁った川、バイユーが流れる小さな町です。アルコールが非合法で、咳止めシロップという名の密造酒が流通、毎週カフェのバナナプディングをめぐって死闘が繰り広げられる、そんなのどかな（?）町に潜伏中のレディング、通称フォーチュンは、CIAの秘密工作員。といっても、潜伏しているのは危険なミッションのためではなく、暴れすぎて敵に目をつけられたので、元ミスコン女王の司書サンディ＝スー・モローになりすまし、ほとぼりが冷めるまでおとなしくしているように、と長官に命じられたから。それなのに、ただものではない町の老婦人たち、アイダ・ベルとガーティに見込まれて、町で起こる事件の真相解明のために奔走することに。そのお世辞にも地味とはいえない行動のせいで、地元の保安官助手からも目をつけられています。

とまあ、ここまでが基本設定。

三作目の本書では、六〇年代からシンフルの町を仕切っているという女傑アイダ・ベルが、満を持して町長選挙に立候補します。シンフル住民全員が日曜日にバナナプディングを楽しめるように、カフェへのバナナプディング用冷蔵庫の導入というありがたい公約をひっさげて。ところが、対立候補が何者かに殺され、アイダ・ベルに殺人容疑がかかってしまいます。フォーチュンとガーティは、なんとかアイダ・ベルの無実を証明しようとしますが、無茶な作戦のせいで事態はますます複雑に。それでも警察よりはリードしてる？

いちばんの驚きは、フォーチュンがシンフルにやってきてからまだ二週間しかたっていないということ。その二週間でフォーチュンの身に起こったことを、カフェのウエイトレスでフォーチュンの食生活全般をケアしているアリーは「人骨を見つけたり、殺人の容疑をかけられたり、もう少しで自分が殺されそうになったり」と簡潔に表現していますが、一作目と二作目はそれぞれ一週間ほどの出来事だったことになります。これだけのことをしていながらまだ二週間……もう何年もシンフルに住んでいるような気さえしてしまう、フォーチュンのなじみ具合が半端ないです。

〝個人的なかかわりを持たない〟というスパイの基本ルールを破ったために、さまざまな問題を抱えることになったフォーチュンですが、代わりにスイーツを楽しんだり、恋バナにコーフンしたり、友達や気になる男性がいたりする暮らしを手に入れました。ついには猫まで飼うことになって、どんどん普通の女子に。ここまで来たらもうもとの生活には戻れないんじゃないかという気もしますが、どうなんでしょうか。フォーチュン自身、ぼやきながらもシンフルでの暮らしがだんだん楽しくなってきているようですし。

フォーチュンのいちばんの特徴は、共感性の高さだとわたしは思います。個人的なかかわりを持ってしまったが最後、知らないふりをすることができず、とことん面倒を見てしまう。気になる男性であるカーター・ルブランク保安官助手に対しても、生まれたときから知っている身近な人たちをきびしく取り調べなければならない彼の身になって考え、同情し、あまつさえそんな彼に手を焼かせてばかりいることに罪悪感まで覚えている。もう天使レベルです。スパイ時代には封印されていた資質だったのでしょう。いや、そもそもシンフルに送られることになったのも、その共感性があだになったせいのような……

完全に友達認定しているアイダ・ベルとガーティに対しては、自分は高齢者のお守りと自虐しながらも、彼女たちのためなら面倒なことになってもいいと思っています。カーターも、「おれの代わりにアイダ・ベルを見守ってくれないか」なんてぽろりと言っちゃうあたり、捨て身で友達を守ろうとするフォーチュンへのリスペクトがだだ漏れです。

フォーチュンと組んで活動するおばあちゃんコンビ、アイダ・ベルとガーティのパワフルさは、一作目からずっと変わりません。いつも頭にカーラーをつけているイメージ（『ミスコン女王が殺された』のカバーイラストのせい？　と思ったけど、『ワニの町へ来たスパイ』の初登場シーンからカーラーを巻いていました）のアイダ・ベルが会長を務める〈シンフル・レディース・ソサエティ〉は、身近に男性がいると女性が生まれながらに持っているすぐれた能力が鈍ってしまうと考える団体で、入会資格があるのは未婚を通しているか、夫を亡くして十年以上たった女性のみ。これに対するはシーリア・アルセノーをリーダーとするカトリック信者中心の婦人会GW（ゴッズ・ワイヴズの略）で、両陣営はおもにバナナプディングをめぐって争いつづけているのですが、今回は一時休戦して、シーリアもアイダ・ベルのために陰ながら力を貸します。これも広義の友情ですよね。

本書ではフォーチュンとペアになることが多いガーティは、目がよく見えないのに眼鏡をかけずに車を運転したり、無茶をして足腰を酷使したりと、年寄りという自覚がなくて危なっかしい人。元気なのはわかるけど、気持ちに体がついていかない感じです。でも、コウモリみたいに脚だけで木にぶらさがるシーンもあるので侮れません。やるときはやるタイプかも。

アイダ・ベルもガーティも二言目には「あたしは年寄りじゃないんだよ！」と言うけど、そもそも年寄りって何歳から？　百歳ぐらい？　本人が年寄りじゃないと言うからには年寄りじやないのでしょうし、いつまでも現役（の気分）でいるからこそ、あれほど自信満々なんでしょう。人生百年時代。パワフルなおばあちゃんたちは実際、まだまだ若手なのかも。

頭も口も達者な彼女たちの、手となり足となるのがフォーチュンです。今回やけにガーティを投げあげたり抱えながら走って逃げるシーンが多くて、すごい力持ちだなあとびっくりしました。さすが秘密工作員。ひとりで苦もなく民兵組織を倒したこともあるというんだから、やっぱり本物なのね。

フォーチュンとアイダ・ベルとガーティ、この三人の友情とノリがたまらなく好きです。

検印
廃止

訳者紹介　津田塾大学学芸学部英文学科卒業。英米文学翻訳家。主な訳書にマーカス「心にトゲ刺す200の花束」、ポールセン「アイスマン」、デイヴィス「感謝祭は邪魔だらけ」、ジーノ「ジョージと秘密のメリッサ」、スローン「ペナンブラ氏の24時間書店」など。

生きるか死ぬかの町長選挙

2019年11月29日　初版
2022年10月7日　3版

著　者　ジャナ・デリオン
訳　者　島《しま》村《むら》浩《ひろ》子《こ》

発行所　(株)　東京創元社
代表者　渋谷健太郎

162-0814/東京都新宿区新小川町1-5
電　話　03・3268・8231-営業部
03・3268・8204-編集部
URL　http://www.tsogen.co.jp
DTP　キャップス
理想社・本間製本

乱丁・落丁本は、ご面倒ですが小社までご送付ください。送料小社負担にてお取替えいたします。

ISBN978-4-488-19606-6　C0197